HEYNE <

JOHN HEALEY

DER SAMURAI VON SEVILLA

Roman

Aus dem Amerikanischen
von Stefan Lux

WILHELM HEYNE VERLAG
MÜNCHEN

Sollte diese Publikation Links auf Webseiten Dritter enthalten, so übernehmen wir für deren Inhalte keine Haftung, da wir uns diese nicht zu eigen machen, sondern lediglich auf deren Stand zum Zeitpunkt der Erstveröffentlichung verweisen.

Dieses Buch ist auch als E-Book erhältlich.

Verlagsgruppe Random House FSC® N001967

Vollständige deutsche Erstausgabe 02/2018

Copyright © 2016 by John Healey
Copyright © 2018 der deutschsprachigen Ausgabe
by Wilhelm Heyne Verlag, München,
in der Verlagsgruppe Random House GmbH,
Neumarkter Straße 28, 81673 München
Redaktion: Petra Bradatsch
Printed in Germany
Umschlagillustration: Rumberg Design
unter Verwendung des Originalumschlags von
© Calderón Studio
Satz: Buch-Werkstatt GmbH, Bad Aibling
Druck und Bindung: GGP Media GmbH, Pößneck
ISBN: 978-3-453-47141-2

www.heyne.de

Für Soledad

TEIL EINS

KAPITEL 1

In dem ein Eid geleistet und ein Schwert empfangen wird

Denen, die für ihn kämpften, und denen, die vor seinem Schwert flohen, war der Herrscher und Begründer von Sendai, Date Masamune, als *Dokuganrya,* als Einäugiger Drache bekannt. Seine Kriegsrüstung war schwarz, der Helm mit einem goldenen Ornament in Form der zunehmenden Mondsichel verziert. Schlachtenruhm und weise Herrschaft machten ihn zu einem gefürchteten, aber auch geliebten Fürsten.

Als Masamunes Schwester Mizuki sechzehn wurde, heiratete sie einen Krieger aus guter Familie, der an der Seite ihres Bruders kämpfte. Bereits mit achtzehn jedoch war sie eine kinderlose Witwe. In ihrem einundzwanzigsten Lebensjahr wurde sie die Geliebte des wichtigsten Beraters ihres Bruders, Katakura Kojuro, und empfing einen Sohn. Nach dessen Geburt bat sie ihren Bruder, dem Kind einen Namen zu geben, und Date Masamune nannte ihn Shiro. Wie sein Großvater väterlicherseits, ein Mönch, der zum Samurai geworden war, hatte der Junge sechs Finger an seiner rechten Hand. Es war ein hoffnungsvolles Omen und ein praktischer Vorteil beim Schwertkampf.

Mizukis Geliebter Katakura Kojuro lebte mit seiner Frau und seiner Familie auf dem Gelände der Burg Shiroishi, die ihm von Date Masamune anvertraut worden war. Nach Shiros Geburt ließ Kojuros Frau ihrem Mann wegen des Bastards keine Ruhe und drängte ihn, das Verhältnis mit seiner Geliebten Mizuki zu beenden, die den Jungen daraufhin bei Date Masamune, seiner Frau und seinen Kindern in den Mauern der wesentlich größeren Burg Sendai aufzog. Mizuki war groß und gertenschlank, und ihr Sohn Shiro entwickelte sich zu einem hochgewachsenen, gut aussehenden und edel proportionierten Jungen.

In seinem dreizehnten Lebensjahr wurde Shiro zum Samurai, und der Herr rief ihn zu sich in seinen privaten Garten. Der Junge war nie zuvor dort gewesen. Die Kiesel im Garten waren in Perfektion geharkt, und über allem hing der Duft von feuchter Kiefer und Zeder. Er fand Date Masamune auf breiten, dunklen Bodenbrettern kniend, die so gründlich poliert waren, dass er sein eigenes Spiegelbild erkennen konnte. An den Seiten standen Papiertafeln mit tiefrot bemalten Rändern.

»Deine Mutter Mizuki ist meine einzige Schwester«, erklärte der Fürst. »Doch diese Burg und mein Name müssen an meine Söhne weitergegeben werden. Mizuki wiederum ist nicht mit deinem Vater verheiratet, sodass dessen Burg und Name an seine leiblichen Söhne gehen. Du bist von beiden Namen ausgeschlossen.«

Shiro versuchte, nicht auf die Narbe an der Stelle zu

achten, wo das linke Auge seines Herrn gewesen war. In einer Schlacht ausgehöhlt, war die Stelle vor vielen Jahren zugenäht worden, und mit der Zeit hatte die Narbe die Gestalt eines geäderten Sterns angenommen.

»Doch du trägst das Blut meines Vaters in deinen Adern«, fuhr der Herr fort. »Und mein Blut fließt in dir. Du hast mir bis zum heutigen Tag Gefolgschaft geschworen und wirst nun dem Pfad des Kriegers folgen. Sag mir, dass du weißt, dass dies alles der Wahrheit entspricht.«

Sie knieten nebeneinander einem Felsbrocken gegenüber, in dessen Spalten Moos wuchs. Der Brocken lehnte an einem kleinwüchsigen *Akamatsu*-Baum.

»Ich weiß, dass all dies der Wahrheit entspricht, mein Herr.«

Solange Date Masamune weitersprach, hielt er das Auge auf den Stein gerichtet, ohne den Jungen auch nur ein einziges Mal anzuschauen. Und nach der Ansprache des Fürsten, das war dem Jungen klar, wurde von ihm erwartet aufzustehen und den Garten zu verlassen.

»Trotz allem bist du ein Prinz«, fuhr der Herr fort. »Du wirst wie ein Sohn für mich sein, und wo immer du hingehst, werde ich mit dir sein. Und wenn dich jemand verhöhnt, wird es sein, als verhöhnte er mich. Solange du unser Kriegerleben führst, wird es dir und deinen Nachkommen niemals an etwas fehlen. Hinter mir liegt das Schwert, das ich in der Schlacht von Odawara geführt habe. Mein Name und mein Siegel sind hineingeätzt, und jetzt gehört es dir.«

Masamune senkte den Kopf. Shiro stand auf, nahm das Schwert und hob es zum Kopf. Dann trat er einen Schritt zurück und streckte die Waffe vor sich aus. Als er an den Wachen vorbeiging, verbeugten sie sich vor ihm, denn sie hatten gehört, was der Herr gesagt hatte. Masamune blieb eine weitere halbe Stunde und betrachtete die Rinde des Baums und die feuchte Stelle, an welcher der Stein den Boden berührte.

Kapitel 2

In dem eine Geliebte enttarnt wird

María Luisa Benavides Fernández de Córdoba y de la Cerda war eine direkte Nachfahrin von Isabel de la Cerda und Bernardo Bearne, Conde von Medinaceli. Die Eltern des kleinen Mädchens, *Sevillanos* mit einem Palast in der Stadt und zahlreichen Landgütern, konnten sich seit der Herrschaft Alfonsos des Weisen auf königliches Blut berufen.

Trotz des energischen Protests des Familiengeistlichen ließ María Luisas Vater Don Rodrigo das Mädchen im stinkenden Wasser des Flusses Guadalquivir taufen. Ihre Mutter, Doña Inmaculada Gúzman de la Cerda, die an der exzentrischen Geste ihres Mannes Gefallen fand, begann ihre Tochter »Guada« zu nennen. Dies führte zu Verwirrung, als das Kind im Alter von zwölf Jahren eine Zeit lang am Hof Philipps III. in Madrid wohnte. Sie verbrachte dort viel Zeit mit ihrer Cousine Guadalupe Medina. Guadalupe, die das kürzere »Lupe« verabscheute, bestand nun darauf, ebenfalls Guada genannt zu werden, und zwang die Höflinge so, die jungen Damen mit ihrem kompletten Namen anzusprechen. Doch hinter deren Rücken nannten sie María Luisa »Guada die Schöne«.

Rodrigos Sohn, ebenfalls Rodrigo genannt, entwickelte schon früh einen Hang zu anderen Jungen. Regelmäßige Schläge und eine von seinem Vater bezahlte Geliebte blieben ohne Wirkung. Als der Junge später fürs Priesteramt zugelassen wurde, fiel Guada die alleinige Verantwortung für die Fortführung der Familie zu, denn Doña Inmaculada weigerte sich, weitere Kinder zu bekommen.

Kurz nach dem Eintritt in ihr fünfzehntes Lebensjahr wurde Guadas Verlobung mit einem entfernten Cousin verkündet, dem Herzog von Denia, dessen Besitz das ohnehin stattliche Familienvermögen verdreifachte. Er hieß Julián und war zwei Jahre älter als sie. Sie fand den Jungen gut aussehend und kultiviert. Ihrer Mutter berichtete sie, dass ihr *prometido* eine »poetische Veranlagung« besäße. Wenn sie auf den Gartenwegen des Klosters San Geronimo in Madrid unter Kastanienbäumen spazierten, durch die Rosengärten von »La Moratalla« schlenderten, dem Landgut ihrer Großtante bei Palma del Río, oder am Strand von Sanlúcar de Barrameda im Schatten saßen, hielten die beiden Jugendlichen ihre Triebe für Liebe.

Eines Tages begann sich Guada zu fragen, ob sie Kinder haben wollte, und sie vertraute ihre Gedanken der Mutter an. »Ich weiß, wie es abläuft«, sagte Guada. »Ich habe die Hunde an den Mauern des Alcázar beobachtet und unsere eigenen Pferde hier im Gehege. Außerdem habe ich meinen Bruder baden sehen und mich selbst gründlich untersucht.«

»Was kann ich dir dann noch erzählen, Kind?«

Sie saßen im Zimmer ihrer Mutter in einer Finca der Familie in der Nähe von Carmona. Von ihren Plätzen aus konnten sie die wogenden Felder frischen Grüns sehen. Sie waren derart unüberschaubar, dass sie sich in ein weites grünes Meer verwandelten, sobald Guada die Augen ein Stück zusammenkniff. Hinter Doña Inmaculada stand die maurische Frau von der anderen Straßenseite, die ihr jeden Morgen die Haare kämmte und kaum ein Wort *castellano* sprach.

»Ich weiß, wie es abläuft«, wiederholte Guada. »Aber mir sind die einzelnen Schritte nicht klar. Wie es im Einzelnen vor sich geht.«

»Unter den Augen Gottes«, sagte ihre Mutter und beugte den Kopf bei jedem einzelnen Strich des breiten Elfenbeinkamms, »weiß der Körper, was zu tun ist. Es gibt nichts zu lernen. Es mag unangenehm sein, wie die meisten anderen Körperfunktionen auch, aber es ist eine natürliche Sache.«

»Es ist unangenehm?«

»Nicht, wenn dein Ehemann behutsam vorgeht.«

»War Vater nicht behutsam?«

»Frauen unseres Standes haben keine Freude daran, Kind. Auch wenn es beim niederen Volk angeblich anders ist.«

»Du hast meine Frage nicht beantwortet.«

»Dein Vater hat viele Eigenschaften, aber Behutsamkeit gehört nicht dazu. Ich war so jung wie du und wusste noch weit weniger. Dein Vater war nervös und trotz seines ganzen Geredes noch unerfahren. Er folgte der Leidenschaft des Verlangens, ich der des Gehorchens.«

»Und dabei blieb es?«

»Wir haben nie darüber gesprochen. Und seit deiner Geburt teilen wir das Bett nicht mehr. Wie wir beide wissen, findet dein Vater diese Art von Gesellschaft anderswo.«

Guada fühlte sich nach diesem Gespräch eher bekümmert als beruhigt. Sie hatte gehofft, ihre Mutter würde ihr gut zureden und ihre Ängste mit dem andalusischen Esprit beschwichtigen, für den sie bekannt war. Stattdessen waren Inmaculadas ansonsten kaum spürbare nördliche Wurzeln mit der Härte kastilischen Stahls zutage getreten.

Zurück in Sevilla, erhielt Doña Inmaculada Besuch von ihrer älteren Tante Doña Soledad Medina y Pérez Guzman de la Cerda, die als Gastgeschenk mit dem neuesten Klatsch aufwartete, der beide Frauen in helle Aufregung versetzte. Am nächsten Morgen, nach der Frühmesse, spürte Inmaculada ihren Ehemann auf, der tags darauf nach Madrid reisen wollte. Er saß in seinem Arbeitszimmer und gönnte sich ein Glas bernsteinfarbenen Manzanilla-Sherry.

»Ich muss mit dir über eine äußerst dringende Angelegenheit sprechen«, sagte sie und schaute ihm direkt ins Gesicht.

»Dann sprich«, sagte Don Rodrigo, der nur halb zuhörte und mit einer Klage über irgendeinen Streit unter den Dienstboten oder ein neues körperliches Leiden seiner

Gattin rechnete. Seit dem Ende ihrer ehelichen Beziehungen waren Krankheiten und Unwohlsein bei ihr zu einer Art Besessenheit geworden, die ihn ermüdete. Während sie sprach, betrachtete er den mit seinem Wappen verzierten Ring am Mittelfinger seiner rechten Hand.

Überraschenderweise fragte Inmaculada: »Was hältst du von Don Julián?«

»In welcher Hinsicht?«

»In jeder Hinsicht«, entgegnete sie, was ihn noch mehr überraschte.

»Warum?«

»Ich habe gehört, er hätte eine Geliebte. Der Junge ist siebzehn und hat eine Geliebte, die doppelt so alt und außerdem seine eigene Tante ist.«

»Welche Tante?«, fragte er und löste den Blick vom Ring mit einem Gefühl, als verabschiede er sich gerade von jeglicher Aussicht auf ein glückliches Leben. Denn seine Intuition hatte die Antwort auf die Frage bereits erfasst. Er starrte hinab auf die großen Terrakottafliesen, deren fleckiger, verbrannter Farbton ihn an Sizilien erinnerte.

»Marta Vélez«, erwiderte sie.

»Das kann nicht sein«, sagte er und wusste doch, dass sie recht haben konnte.

»Genauso habe ich auch reagiert, aber Soledad ist sich ihrer Sache sicher.«

»Ich bezweifle es ernsthaft.«

»Martas beide Söhne sind tot. Ihr abscheulicher Ehemann hält sich fern und schlachtet Wild in Asturien. Sie ist noch immer attraktiv. Julián sieht gut aus. Und hinsichtlich des Blutes ist sie nur seine Halbtante. Offenbar übernachtet er oft bei ihr in Madrid, und zwar nicht in getrennten Zimmern.«

Im Bett mit Marta Vélez brachte Rodrigo vier Tage später das Thema zur Sprache.

»Wer um Himmels willen hat dir so etwas erzählt?«, fragte Marta und schloss ihr Negligé vor seinen mit einem Mal unwürdigen Augen.

»Also leugnest du es nicht.«

»Solch schmutzigen Klatsch werde ich erst gar nicht zur Kenntnis nehmen.«

»Weil es wahr ist.«

»Wie kannst du es wagen?«

Am nächsten Tag besuchte Don Rodrigo am Hof seinen Kindheitsfreund Don Francisco Gómez de Sandoval y Rojas, den Herzog von Lerma. Rodrigo war ein spanischer Grande. Die Sandovals, ebenfalls aus Sevilla, aber von niedrigerem Adel, mussten für ihr Geld arbeiten und intrigieren. Der Herzog hatte sich einen Platz im Leben von Philipp III. erobert, als dieser noch ein junger Prinz gewesen war. Nun zog er im Königreich die Fäden, wodurch er für sich und seine Familie ein enormes Vermögen anhäufte. Doch die eine Sache, die er wollte und die er trotz all seiner Macht und all seinem Ehrgeiz nicht haben konnte, war das, was Rodrigo schon durch Geburt in die Wiege gelegt worden war. Die beiden kamen miteinander aus und benutzten sich gegenseitig. Wenige wagten es, Rodrigo in die Quere zu kommen, weil sie fürchteten, den Herzog von Lerma gegen sich aufzubringen. Der Herzog seinerseits warf gern den Namen seines aristokratischen Freundes in die Runde und gab sich den Anschein, selbst zu dessen illustrer Klasse zu zählen.

Sofern der Herzog von Lerma überhaupt über irgendeine maskuline Ausstrahlung verfügte, verdankte sich dieses Charisma seiner Macht. Und doch hielt er sich für attraktiv und kannte viele Frauen, die ihm bereitwillig zustimmten. Seine Räume im Königlichen Palast trennten die Säle und Zimmer, die den Adligen offen standen, von denen, die dem König und seiner Familie vorbehalten waren. Während er seinem Freund zuhörte, betrachtete er sich in einem großen venezianischen Spiegel. Die Krone hatte ihn als Geschenk des Kardinalbischofs von Sabina erhalten, von Scipione Borghese, dem Bruder des Papstes. Sein Schreibtisch, einfach, aber massiv, stammte aus einer geplünderten Synagoge in Toledo. Don Rodrigo stand an einem der Fenster und starrte hinaus auf den umschlossenen Garten, in dessen Mitte ein Priester an einem Springbrunnen in seinem Brevier las.

»Sie leugnet es«, sagte Rodrigo. »Aber ich wusste in dem Moment genau, dass sie lügt.«

»Hast du ihr diese Neuigkeit überbracht, bevor oder nachdem du dich mit ihr amüsiert hattest?«

»Vorher.«

»Was letztlich bedeutet, dass du ohne dein Amüsement auskommen musstest, oder?«

»Es geht um eine ernste Angelegenheit.«

»Unsinn.«

»Der Junge steht vor der Hochzeit mit meiner Tochter.«

»Was erwartest du von mir? Dass ich Marta Vélez vor die Inquisition zerre? Welches Verbrechen hat sie begangen? Welche Ketzerei kann man ihr vorwerfen? Sie genießt das Ansehen des Königs, wird von ihrem Esel von Ehemann vernachlässigt und hat ihre Söhne verloren. Wahrscheinlich ist sie einfach vernarrt in den Jungen. Du solltest dankbar sein.«

»Dankbar?«

Der Herzog begann zu lachen.

»Du machst dich über mich lustig«, stellte Rodrigo verärgert fest. »Vielleicht ist sie auch unschuldig und sagt die Wahrheit.«

»Das hoffe ich wirklich nicht«, erklärte der Herzog.

»Wie kannst du so etwas sagen?«

»Die Sache ist einfach zu köstlich.«

»Ihr, mein Herr, seid ein abscheulicher Mann.«

»Und du bist ein wütender Mann, weil du glaubst, deine Geliebte und dein zukünftiger Schwiegersohn setzen dir Hörner auf. Du musst den Neuigkeiten mit Gelassenheit begegnen, sogar mit Humor, mit einer Spur dieses Mitgefühls, das du bei mir immer vermisst. Sicher hört der Junge auf, sie zu besuchen, sobald er verheiratet ist. Dann hast du sie wieder ganz für dich allein.«

Kapitel 3

*In dem Shiro Yokiko begegnet und der Zweck
einer Reise erklärt wird*

Auf Drängen des Herrn hatte Shiro bereits in jungem Alter Umgang mit den Barbaren. Er wurde nach Edo geschickt, um von dem englischen Seemann und Navigator William Adams zu lernen, der – zum großen Verdruss der portugiesischen Jesuiten – vom Shōgun Tokugawa Ieyasu vor der Exekution bewahrt worden war. Zu der Zeit, als Shiro bei ihm arbeitete, hatte sich Adams bereits japanische Kleidung und Gebräuche zu eigen gemacht. Er brachte dem Jungen neben den Grundlagen der Astronomie, Geometrie und Kartographie auch das Segeln bei, außerdem lehrte er den jungen Samurai, Englisch zu sprechen und zu lesen. Sein ehemaliger Mannschaftsgenosse von der schiffbrüchigen *Liefde,* der niederländische Zimmermann Pieter Janszoon, unterrichtete Shiro in der Holzbearbeitung und der Konstruktion von Schiffen. Ein Franziskanerbruder aus Sevilla, Luis Sotelo, der unter dem Schutz des Herrn Date Masamune persönlich stand, brachte dem Jungen Latein, Griechisch und Spanisch bei. Die Begegnung mit den Kulturen und Sprachen seiner Lehrer – der Engländer war zurückhaltend, praktisch und melancholisch, der Spanier extrovertiert, intrigant und opportunistisch – erweiterten Shiros Verständnis der Welt auf eine Art und Weise, die ihm eine Sonderstellung unter seinen Samurai-Brüdern verlieh.

Die Portugiesen und später die Spanier hatten versucht, ihre Religion ins Königreich zu exportieren. In den südlichen Shōgunaten bewirkten die Jesuiten viele Bekehrungen. Shiro und die anderen Samurai fanden den fremden Glauben ermüdend, arrogant und merkwürdig verworren. Doch manche Japaner hörten auf die Missionare, und einige noch klügere, wie der Shōgun Tokugawa Ieyasu und der Herr Date Masamune, liehen den Predigten zumindest für eine Weile ihr Ohr, wobei sie andere Interessen im Hinterkopf hatten. Ein mächtiges Erdbeben hatte nämlich Gebiete verwüstet, die eine Schlüsselstellung für den Binnenhandel einnahmen, sodass neue Märkte erschlossen werden mussten. Nachdem er von den Reichtümern Spaniens und Italiens erfahren hatte, stellte Date Masamune Pater Sotelo unter seinen Schutz und erlaubte ihm in begrenztem Umfang das Predigen. Wenn der Preis für den Handel mit derart mächtigen Barbaren darin bestand, ihre Religion zarte Wurzeln in seine geliebte Erde treiben zu lassen, dann sollte es eben so sein. Er beschloss, es auf den Versuch ankommen zu lassen und zu beobachten, wie die Dinge sich entwickeln würden. Seine Schlachten waren geschlagen. Seine Feldzüge waren erfolgreich gewesen. Seine Burg war vollendet. Er musste nichts mehr beweisen.

Der heranwachsende Shiro dachte häufig über derlei Dinge nach. Er hatte von der Geschichte der sechsundzwanzig Christen gehört, die 1597 gekreuzigt und mit Lanzen durchstoßen worden waren, darunter einige Japaner. Man hatte sie wegen der Sturheit ihres Glaubens lächerlich gemacht und sie wie verirrte Schweine durch die Stadt getrieben, sie verhöhnt und auf dem Weg nach Nagasaki mit Steinen beworfen. Nachdem man sie an Kreuze gebunden und getötet hatte, waren die Leichen der Barbaren geöffnet und untersucht worden. Zur Bestürzung aller Anwesenden war es eindeutig, dass sich ihr Inneres in nichts von dem des vornehmsten Samurai unterschied.

Der japanische Begriff für alle, die in einem anderen Land geboren worden waren, lautete *nanban*. Doch von William Adams und Pater Sotelo hatte er gelernt, dass die dahinterliegende Vorstellung universell war. Das englische Wort *barbarian* und das spanische *bárbaro* stammten vom lateinischen *barbaria* ab, mit dem das fremde Land bezeichnet wurde, und vom griechischen *barbaroi*, das »alle, die keine Griechen sind« bedeutete. Dies war verwirrend für Shiro. Offenbar hegten andere Rassen in anderen Ländern dieselben Urteile. Trotz erkennbarer physischer Unterschiede wie der Hautfarbe, den Haaren und der Form der Augen verhielten sie sich grundsätzlich gleich. Die gewichtigsten Unterschiede zwischen den Völkern bestanden wohl in Fragen der Sitten, der jeweiligen Essgewohnheiten, der wissenschaftlichen Erkenntnisse und der Religion. Auch wenn die Barbarenschiffe besser für die Reise auf den Ozeanen geeignet und ihre Musketen furchteinflößender waren, konnten ihre Schwerter mit denen der Japaner nicht annähernd mithalten, waren ihre Essgewohnheiten abstoßend und ihre Abneigung gegen Körperpflege ein Angriff auf den Geruchssinn. Ihre Religion war aufdringlich und bizarr.

Im Frühjahr 1612, als Shiro achtzehn war, sprach er im Anschluss an eine Schwertkampf-Vorführung in der Burg Sendai den Fürsten an und erbat dessen Rat, was den Umgang mit Ausländern betraf. Ohne zu lächeln, bat ihn der Herr um eine ausführlichere Erklärung. Er hörte zu, und als Shiro fertig war, sagte er: »Komm mit mir.«

Shiro folgte dem Herrn in die Waffenkammer, wo Diener diesem die Kriegsrüstung abnahmen, jedes Teil in Seide wickelten und dann in lackierte Regale legten, neben denen uralte Schwerter, Speere, Bogen und Pfeile ausgestellt waren. Auf den Befehl des Herrn hin halfen sie auch Shiro, der sich geehrt fühlte. Dann entledigte sich der Herr der Kleidung, die er unter der Rüstung trug, und legte eine Robe an. Shiro wurde aufgetragen, es ihm nachzutun.

Von dort aus gingen sie durch einen langen, schmalen Korridor, der von dem Teil des Gebäudes wegführte, in dem der Herr mit seiner Frau und seiner Familie wohnte. »Deine Überlegungen machen mich zufrieden«, sagte er zu dem jungen Mann. »Alles, was du gesehen und worüber du nachgedacht hast, zeigt die Klarheit deines Verstandes und bestätigt mein Urteil. Meine eigenen Söhne, auch diejenigen, die älter sind als du, sind immer noch zu dreist, zu impulsiv, zu seicht, zu schnell zur Prahlerei und zum Ziehen des Schwertes bereit.« Wieder fühlte Shiro sich geehrt. Er brachte seine Dankbarkeit zum Ausdruck.

»Warst du schon einmal mit einer Frau zusammen?«, fragte der Herr.

Shiro errötete. »Nein, mein Herr.«

»Dann ist es Zeit.«

Sie kamen in einen Teil der Burg, von dem Shiro bisher nur gerüchteweise gehört hatte, einen üppigen Garten im Schutz hoher Anbauten und versteckt hinter Bäumen und Kletterpflanzen. Trotz der Tatsache, dass jeder einzelne Baum und Strauch mit Sorgfalt ausgewählt und gepflanzt worden war, machte der Garten einen wilden Eindruck. Mitten hindurch floss ein kleiner Bach. An Obstbäumen hingen Käfige mit Vögeln. Zwei große Holzbottiche standen in der Mitte, und wenn man den Bach über eine schmale hölzerne Brücke überquerte, teilte sich der Weg in zwei Pfade, die zu flachen Häuschen an den gegenüberliegenden Enden des Gartens führten.

Eine wunderschöne Frau in einem einfachen blauen Kimono, die er noch nie gesehen hatte, stand neben einem der Bottiche, die bereits mit Wasser gefüllt waren. Sie verbeugte sich vor dem Herrn und dann vor Shiro. Der Fürst trat auf sie zu, drehte sich um und ließ sich von ihr aus der Robe helfen. Nachdem sie ihn sauber geschrubbt hatte, ließ er sich in das Wasser sinken. Mit einem Blick bedeutete er ihr, mit Shiro genauso zu verfahren. Sie blieben eine halbe Stunde im Wasser, ehe der Herr die Frau heranwinkte. Er flüsterte ihr etwas ins Ohr, woraufhin sie sich zurückzog und verschwand. Einige Minuten später kehrte sie mit Handtüchern zurück. Der Herr verließ den Bottich und deutete auf eines der Häuschen. »Ich gehe dorthin. Du gehst in das andere. Später trinken wir Tee und sprechen über die Zukunft.« Shiro legte die Handflächen aufeinander, verbeugte sich und sah zu, wie der Herr sich entfernte. Die Frau folgte einige Schritte hinter ihm. Er sah, wie sie das Häuschen betraten und die Tür hinter sich zuschoben.

Als er aus dem Bottich stieg, fühlte er sich unbehaglich. Schließlich war er nackt und stand triefnass im Freien. Weder ein Handtuch noch eine Robe waren für ihn bereitgelegt worden. Er fragte sich, ob irgendwelche an den Mauern postierten Wachen ihn sehen konnten. Dann überquerte er die schmale Brücke und ging über den sorgfältig geharkten Weg zu dem Häuschen, das der Herr ihm zugewiesen hatte. Die Kiesel auf dem Pfad waren glatt und leicht zu begehen. Die Luft roch nach Apfel- und Pflaumenblüten. Er fragte sich, wer die Vögel füttern mochte.

Dann betrat er das Häuschen. Der Boden bestand aus poliertem Zedernholz. Senkrecht zum Eingang war ein Bett ausgerollt. Es gab keinerlei Dekoration, doch zeichneten sich die Umrisse der Pflanzen und Äste draußen als Schatten hinter den Papierwänden ab. Ein kleiner Heizofen dampfte über einem Feuer in einer Grube, die in der Mitte des Raumes in den Boden eingelassen war. Ein junges Mädchen von höchstens sechzehn kniete neben dem Ofen und erwartete ihn mit einem Handtuch und einer Robe.

Als er Anstalten machte, sich zu bedecken, drehte sie den Kopf zur Seite. Dann erhob sie sich, trat hinter ihn und begann, ohne ein Wort zu sagen, ihn mit dem Handtuch vorsichtig abzutrocknen.

Zwei Stunden später traf er den Herrn in einem Teeraum am Rande des Gartens. Hier flogen Vögel frei herum oder hockten auf den Dachsparren. Der Mönch, der den Tee bereitete, war alt und blind und hatte schon Date Masamunes Vater treu gedient. Der Fürst hob die Tasse in Shiros Richtung.

»Wie ich höre, ging es gut.«

Shiro senkte den Kopf.

»Deine Bescheidenheit spricht für sich«, fuhr der Herr fort. »Du darfst die Nacht hier mit ihr verbringen und kehrst dann am Morgen in deine Baracke zurück.«

Wieder wurde Shiro rot.

»Deine Gedanken über die Barbaren erfreuen mich, denn du stehst vor einer großen Reise – als meine Augen und Ohren. Vielleicht hast du schon gehört, dass ein Adliger in meiner Provinz namens Hasekura Tsunenari wegen Korruption verurteilt wurde und enthauptet werden soll. Ich kenne ihn seit früher Jugend und bin sehr traurig. Er hat in vielen Schlachten mit mir gekämpft. Aus Rücksicht auf die Ehre seiner Familie habe ich seinen Sohn, Hasekura Tsunenaga, begnadigt und ihm dasselbe Schicksal erspart. Der Sohn ist doppelt so alt wie du und wird in meinem Auftrag eine Delegation von zweiundzwanzig Samurai auf einer Reise über die Ozeane anführen, darunter zehn Krieger des Shōguns und zwölf meiner Leute.

Sie werden hundertzwanzig Händler, Seeleute, Diener und verschiedene Barbaren begleiten, deren wichtigste der spanische Pater Sotelo und der Seemann Sebastián Vizcaíno sind. Tokugawa Ieyasu und Tokugawa Hidetada haben mir diese Mission übertragen. Das Schiff wird vom Admiral des Shōguns gebaut, Mukai Shogen Tadakatsu, der schon eine Reihe Fregatten mit deinem Freund William Adams konstruiert hat. Im Herbst wird das Schiff zum Aufbruch bereit sein.«

An dieser Stelle legte Date Masamune eine Pause ein und trank noch einen Schluck Tee. Dann deutete er mit dem Finger direkt auf Shiro. »Du wirst mit niemandem über unsere Unterredung heute sprechen, nicht einmal mit Hasekura Tsunenaga. Du wirst dich verhalten wie die übrigen Krieger, aber mit wachen Sinnen. Denn bei eurer Rückkehr muss ich mich darauf verlassen können, dass mir die Wahrheit berichtet wird. Verstehst du das?«

»Ja, mein Herr. Wie lange werde ich fort sein?«
»Mindestens zwei Jahre.«

In der Nacht, nachdem das Mädchen Yokiko sich gebadet hatte und neben ihm eingeschlafen war, lag er wach und dachte über sie nach. Sie war die Tochter eines Gefangenen. Man hatte sie als Beute genommen und angelernt, dem Herrn zu dienen, wenn er sich bei seiner Geliebten aufhielt. Sie war einmal mit Date Masamune und auch mit seinen Söhnen zusammen gewesen und wurde ansonsten gut behandelt. In ihren eigenen Augen hatte sie Glück gehabt, weil ihre Schönheit sie vor einem härteren Schicksal bewahrt hatte. Während sie ihm diese Dinge erzählte, versuchte er, seine Gefühle zu ordnen. Keiner von beiden hatte davon gesprochen, was mit ihr geschehen könnte, wenn sie älter würde. Shiro schaute sie an und stellte sich vor, sie gehörte zu ihm. Kurz vor Morgengrauen begannen die Vögel in ihren Käfigen draußen zu singen. Er tat, als schliefe er, und betrachtete sie durch seine halb geschlossenen Augen beim Aufstehen und Ankleiden. Dann war sie fort.

KAPITEL 4

In dem der Meister einen Langweiler erträgt,
dessen schlimmste Sorge wahr wird

Marta Vélez war bereit, die Beziehung mit Rodrigo wiederaufzunehmen, nachdem er ihr eine Goldkette überreicht und versprochen hatte, den Namen ihres Neffen nie wieder zu erwähnen. Eines Abends blieb Rodrigo, der sich eigentlich auf dem Rückweg nach Sevilla befinden sollte, heimlich in Madrid. Er führte den angehenden Schwiegersohn zum Essen mit Miguel de Cervantes Saavedra aus.

Rodrigo hatte Cervantes kennengelernt, als der Autor in Sevilla inhaftiert gewesen war. Der Grande hatte regelmäßig Essen und Schreibutensilien ins Gefängnis geschickt, und auf seine Fürsprache hin war Cervantes ein Jahr früher entlassen worden. Rodrigo hatte dabei nicht aus Mitleid oder Leidenschaft für die Literatur gehandelt. Die einzigen Bücher, die man in seinem Haushalt fand, waren Bände über die Jagd, die Bibel und – um Eindruck zu schinden – Francesco Guicciardinis *Geschichte Italiens*. In Wahrheit hatte er auf Geheiß seiner Frau gehandelt. Doña Inmaculada nämlich hatte dargelegt, dass die gefälschten

Rechnungen, derentwegen Cervantes zu Unrecht eingesperrt worden war, aus einer Zeit stammten, in der er als Versorgungskommissar für die Spanische Armada gearbeitet hatte. Und der Admiral der Armada war niemand anderes als Rodrigos Großonkel, der Herzog von Medina-Sidonia.

Nach seiner Entlassung war Cervantes stets froh, seine Dankbarkeit zeigen zu können. In letzter Zeit umso mehr, als Rodrigo ein enger Freund des mächtigsten Mannes auf der Iberischen Halbinsel geworden war, des Herzogs von Lerma. Cervantes hasste den Herzog. Als der König sein Wohlwollen für den Autor gezeigt und dem Herzog aufgetragen hatte, Cervantes zu unterstützen, hatte dieser nur spärlichste Geldmittel bereitgestellt und den Schriftsteller praktisch in die Armut gezwungen. Noch schlimmer war, dass in jenem Jahr eine gefälschte »Fortsetzung« seines *Quijote* in Tarragona erschienen war, für deren Verfasser Cervantes einen Günstling des Herzogs hielt, Fray Luis de Aliaga. Das Buch war ein großer Erfolg gewesen. Doch trotz dieser ganzen Vorgeschichte konnte und wollte Cervantes es auf keinen Fall riskieren, sich beim Herzog von Lerma unbeliebt zu machen.

Nachdem er den ganzen Tag am zweiten Teil seines *Don Quijote* gearbeitet hatte, war Cervantes für jede Unterbrechung dankbar, ganz besonders, wenn dabei eine opulente Mahlzeit heraussprang. Die beliebte und stets gut besuchte Taverne, in der sie speisten, lag am eleganteren Ende der Calle Mayor, nicht weit von dort entfernt, wo

Cervantes wohnte. Seit Philipp II. Madrid anstelle von Valladolid zur ständigen Hauptstadt erklärt hatte, war die Stadt überschwemmt worden von Tausenden Höflingen, Adligen und jenen, die für deren Wohlergehen sorgten. Die Bevölkerungszahl hatte sich verdreifacht. Die Gegend um den Alcázar, den Königspalast, lag auf einer Landzunge über dem schmalen Wasserlauf, der liebevoll als »Fluss« Manzanares bezeichnet wurde. Dort war ein Gewirr schmutziger Sträßchen entstanden. Diese übel riechenden Gassen erweiterten sich hier und dort zu bescheidenen Plätzen. In diesem ganzen Labyrinth war es im Sommer brütend heiß und im Winter feucht. Wie die *madrileños* so gern über das Klima in ihrer Stadt sagten: »*Son seis meses de invierno y seis de infierno.*« (Wir haben sechs Monate Winter und sechs Monate die Hölle.)

Über einem Lammbraten, der so saftig war, dass man ihn mit der Kante eines Porzellantellers hätte schneiden können – was der lästige Besitzer auch immer wieder gern demonstrierte –, und einem sehr jungen, aber angenehmen Rotwein aus den riesigen Ton-Zisternen im Keller versuchte Rodrigo, den zukünftigen Schwiegersohn durch seine Bekanntschaft mit dem Schriftsteller zu beeindrucken. Dabei erweckte er den Anschein einer größeren Vertrautheit, als tatsächlich bestand.

»Ich lebe in einer altmodischen, provinziellen, allzu zeremoniellen Welt, Amigo«, sagte er zu dem Autor. »Aber Ihr habt die Geheimnisse des Lebens in vielen Ländern beobachtet und überdacht und lebt nun hier in diesem unablässigen menschlichen Gewimmel, in dieser rohen Umgebung. Sagt mir und diesem jungen Adligen, der heute Abend bei uns sitzt, wie Ihr das Verhalten der Jugend heutzutage einschätzt.«

Cervantes war die absonderliche Ausdrucksweise gewöhnt, die Rodrigo ihm gegenüber anschlug. Von anderen Bekannten des Granden wusste er, dass dieser ansonsten für seine Direktheit bekannt war; als eleganter, aber wortkarger Mann, dessen einzige Schwächen die Jagd, die Hurerei und seine Tochter waren. Cervantes hatte daraus richtig geschlossen, dass hinter Rodrigos verschachtelten Sätzen der hilflose Versuch stand, seinen Vorstellungen einer literarischen Konversation gerecht zu werden. Es amüsierte Cervantes und erweckte sogar eine Art Mitgefühl für diesen Mann, den er im Grunde für einen ausgemachten Primitivling hielt.

Von früheren gemeinsamen Abenden wusste er außerdem, dass Rodrigo sich für eine verwandte Seele hielt, einen Mann von Welt, der wie er den Geschmack der Schlacht gekostet hatte. Auch wenn dies den Schriftsteller im Prinzip belustigte, verspürte er zuweilen auch Ärger. Denn Cervantes war tatsächlich Soldat gewesen, war bei der Schlacht von Lepanto zweimal in die Brust und einmal in den linken Arm geschossen worden. Er wurde nicht umsonst *Manco de Lepanto* genannt. Danach hatte er in Algier fünf Jahre in Gefangenschaft verbracht und mehrfach versucht, aus den befestigten Verliesen zu fliehen. Rodrigo hingegen behauptete zwar regelmäßig, während Spaniens erfolglosem Seekrieg gegen die Engländer 1588 aktiven Dienst geleistet zu haben. Tatsächlich aber war er damals achtzehn Jahre alt und Adjutant seines Großonkels gewesen, des siebten Herzogs von Medina-Sidonia. Von einem langwierigen Anfall von Seekrankheit abgesehen, hatten Rodrigo und sein berühmter Verwandter das Debakel ohne jeden Kratzer überstanden. Während Cervantes in Ketten gelegt und von mordlustigen Wärtern verspottet wurde, hatten Rodrigo und sein Onkel das luxuriöse Leben auf ihren Landgütern wieder aufgenommen und sich mit der Jagd, frommen Ehefrauen und willigen Dienerinnen vergnügt.

»Ich bin nicht sicher, ob ich die genaue Bedeutung Eurer Frage begriffen habe«, erwiderte Cervantes. »Aber mir scheint, dass sich die jungen Leute heutzutage so verhalten, wie sie es immer schon taten.«

»Keineswegs, mein Freund«, erklärte Rodrigo herablassend. »Jedenfalls, was meine Gesellschaftsschicht betrifft – und bitte bekommt das jetzt nicht in den falschen Hals.«

»Keineswegs, Don Rodrigo.«

Die ironische Nachahmung seiner Ausdrucksweise entging dem Aristokraten, nicht aber dem jungen Mann neben ihm.

»Als Ihr und ich jung waren, zogen wir in den Krieg, Miguel, und zwar mit Freude«, erklärte Rodrigo mit einem Gesichtsausdruck, als könne er sich tatsächlich an Szenen blutiger Schlachten erinnern, die er nur mit Mühe überlebt hatte. »Heute habe ich noch von keinem Sohn eines Adligen gehört, der den Drang verspürt, sich auf solche Art zu beweisen.« Während des letzten Satzes stieß er den Ellbogen sanft gegen Juliáns Brust.

Cervantes gab sich alle Mühe, interessiert und verständnisvoll zu wirken. Dabei fragte er sich, worauf – wenn überhaupt – diese geistlose Unterhaltung abzielte. Währenddessen betrat ein kleiner Mann die Taverne, den er zunächst für seinen am meisten verhassten Rivalen hielt, den unerträglichen und massentauglichen Lope de Vega. Cervantes verspürte eine köstliche Erleichterung, als der Mann sich bei näherem Hinsehen als jemand anderer erwies.

»Was würdet Ihr vorschlagen, wo diese jungen Männer ihre Schwerter schwingen sollen, Don Rodrigo? Seit 1604 leben wir im Frieden mit den Engländern und seit fünf Jahren auch mit den Niederländern.«

»Beides wird nicht lange halten, mein Freund. Glaubt mir. Ich, der ich das Vertrauen vieler Informierter genieße, weiß über diese Dinge Bescheid. Aber darum ging es mir eigentlich nicht. Was ich im Hinblick auf unsere Jugend am meisten fürchte« – Rodrigo betrachtete den Autor mit einer Ernsthaftigkeit, die beinahe komisch wirkte –, »ist eine alarmierende Zunahme an Perversionen.«

Nun hatte er die Aufmerksamkeit seines Zuhörers geweckt.

»Perversionen.«

»Lasterhafte Perversionen. Junge Männer, die mit Verwandten herumtollen, statt sich auf dem Schlachtfeld zu erproben.«

Julián spürte, wie sich die Röte von seinem Hals nach oben ausbreitete. Cervantes legte seine gesunde Hand auf Rodrigos Unterarm.

»Sagt mir, guter Mann, was stört Euch? Wenn Ihr von ›Herumtollen‹ sprecht, bezieht Ihr Euch dann auf geschlechtliche Verbindungen?«

Rodrigo leerte seinen Becher und schloss einen Moment lang die Augen.

»*Exactamente.*«

»Dies ist das erste Mal, dass ich von solchem Benehmen höre. Vielleicht gibt es so etwas nur in Euren höheren Kreisen.«

Rodrigo war mit einem Mal die Lust an geistvollen Sprüchen vergangen. Stattdessen antwortete er mit einem Brummen und bestellte noch einen Wein.

»Doch wenn es tatsächlich so ist«, beharrte Cervantes, »muss ich feststellen, dass es sich dabei um nichts Neues handelt.«

»Was wollt Ihr, verdammt noch mal, damit sagen?«, platzte Rodrigo heraus.

»Was denkt denn Ihr, junger Mann?« Cervantes wandte sich an Julián und ignorierte Rodrigos Ausbrüche.

»Ich gestehe«, sagte Julián mit einem Blick auf den verschmierten Tisch, »dass ich nicht so recht begreife, worum es hier geht.«

»Nun, das will ich auch hoffen«, bemerkte Rodrigo eine Spur zu energisch.

Cervantes fragte sich, welches verdeckte Spiel hier im Gange sein mochte.

»Worauf ich mich beziehe, mein Herr«, sagte der Schriftsteller, »ist ein im Verlauf der Geschichte recht gewöhnliches Phänomen, weshalb ich wenig Sinn darin sehe, mehr Zeit darauf zu verschwenden.«

»Gewöhnlich? Recht gewöhnlich, sagt Ihr?« Rodrigo kochte.

»Recht gewöhnlich in Euren entschieden nicht so gewöhnlichen oberen Klassen.«

»Hol Euch der Teufel, Mann! Das ist nicht das, was ich hören wollte.«

Mit unterschiedlichen Graden der Verwirrung horchten alle drei Männer diesem letzten Satz nach.

»Unser eigener König war mit seiner Cousine verheiratet«, erklärte Cervantes. »Der Habsburger Monarch Maximilian II. heiratete *seine* Cousine ersten Grades, María von Spanien, Tochter von Karl V., und sie hatten sechzehn Kinder zusammen. Cleopatra war mit ihrem jüngeren Bruder verheiratet. Adonis war das Kind eines Vaters mit dessen Tochter. Abraham und seine Frau Sarah waren Halbgeschwister. Während der Römerzeit waren Verbindungen zwischen Bruder und Schwester verbreitet. Auch wenn dieses ›Herumtollen‹, wie Ihr es nennt, oft von einer Aura des Tabus umgeben war, ist die Sache als solche so alt wie die Menschheit.«

»Völliger Blödsinn«, sagte Rodrigo.

»Ich finde es faszinierend«, warf der junge Mann ein.

»Glaubt Ihr an die Bibel, Don Rodrigo?«, fragte Cervantes.

»Natürlich.«

»Mit wem hatte Kain seine Kinder? Die einzige Frau weit und breit war seine Mutter Eva. Mein Herr, ohne sexuelle Beziehungen zwischen Verwandten säßen wir alle nicht hier.«

Rodrigo beendete sein Mahl in übler Stimmung und fragte sich, ob es einen Weg geben könnte, den berühmten

Schriftsteller vor das Heilige Offizium der Inquisition zu schleifen. Auf dem Weg nach draußen lief ihm Gaspar de Guzmán mit seinem absurden Schnurrbart über den Weg, der kriecherische Neffe von Don Baltasar de Zúñiga. Gaspar de Guzmán verbrachte seine Zeit damit, sich bei dem jungen Prinzen einzuschmeicheln, der eines Tages König Philipp IV. werden sollte, so wie der Herzog von Lerma es beim Vater des Prinzen getan hatte. Endlich dem raucherfüllten Lokal entkommen, verabschiedeten sich die drei Männer, indem sie sich immer wieder gegenseitig auf den Rücken klopften. Cervantes blinzelte Julián zu und empfahl ihm, gut auf seinen zukünftigen Schwiegervater aufzupassen. Rodrigo unternahm eine heroische Anstrengung, seine schlechte Laune zu überwinden, und sagte dem Schriftsteller mit bewundernswerter Freundlichkeit Lebewohl. Vielleicht gelang es ihm deshalb, weil der Moment, auf den er den ganzen Abend gewartet hatte, nun unmittelbar bevorstand.

Ein peinliches Schweigen legte sich über die beiden Aristokraten, als sie Cervantes fortgehen sahen. Dann folgte ein ritualisiertes Hin und Her über die Frage, wer wen zu seiner Unterkunft begleiten sollte. Julián bestand darauf, Don Rodrigo zu dem Zimmer zu bringen, das ihn im Alcázar erwartete, woraufhin dieser schließlich einwilligte. Während der zehn Minuten, die sie bis zum Königspalast brauchten, gaben sie ihr Bestes, den widerlichen Gestank von Abfällen und menschlichen Ausscheidungen in den Rinnsteinen zu ignorieren. Dabei priesen sie abwechselnd Guadas Vorzüge. Nachdem sie das bewachte Tor hinter sich gelassen hatten, umarmten sie sich und sagten gute

Nacht. Keine Minute später aber folgte Rodrigo dem jungen Mann zurück in die dunklen Straßen, ein Jäger auf der Fährte des Bocks. Ein Teil von ihm hoffte verzweifelt, der Junge würde zur *Academia de Madrid* gehen, die er beim Abendessen beiläufig als den Ort erwähnt hatte, wo er übernachten würde. Trotzdem war Rodrigo auf das Schlimmste gefasst.

Zu Recht. Der Junge ging schnurstracks zum Palais seiner Tante an der Carrer de San Geronimo, wo auch der Herzog von Lerma wohnte. Der Mode folgend, besaßen diese großen Häuser simple Backsteinfassaden mit schmucklosen Fenstern und Balkonen. Dahinter allerdings verbargen sich aufwendige, farbenfrohe Innenräume voller Gemälde und französischer Möbel. Rodrigo sah zu, wie Julián mit der entspannten Selbstsicherheit eines Besuchers eintrat, der aus Erfahrung wusste, dass er hier willkommen war. Obwohl er sich wie ein Idiot vorkam und betete, dass er weder beobachtet noch hinunterfallen und sich den Hals brechen würde, stieg der achtundvierzigjährige Edelmann auf eine Platane vor dem Fenster zu Martas Schlafzimmer und fand einen Ast mit perfekter Aussicht.

Wären da nicht diese Gefühle gewesen, die ihm das Herz zerrissen, so hätte er mit dem privilegierten Blick, den er genoss, höchst zufrieden sein können. Es war der Wunschtraum eines Voyeurs. Drinnen brannten ausreichend Kerzen, um ihn die komplette Begegnung durchleiden zu lassen: die glühende Umarmung, die wilden Küsse, das gegenseitige Ausziehen, dann die widerlich intimen Liebkosungen. Er sah, wie sie mit dem jungen Neffen Dinge tat, die sie für ihn nie getan hatte. Und schließlich, just in dem Bett, das er gerade heute Morgen verlassen hatte, der krönende Akt, bei dem Marta viel intensiver stöhnte und schrie, als er es je erlebt hatte. Es erforderte eine für seine Verhältnisse übermenschliche Selbstkontrolle, nicht laut loszuschreien. Beim Hinunterklettern, betäubt von Verzweiflung, hörte er die beiden in ihrem postkoitalen Glück lachen. Er hätte Guadas Mitgift darauf gewettet, dass sie sich über ihn lustig machten.

Als verwundetes Tier kehrte Rodrigo in den Alcázar zurück. Er spürte sein Alter, tat sich entsetzlich leid und war empört wegen seiner armen, verblendeten Tochter. Tatsächlich war er zu dem gehörnten Dummkopf geschrumpft, als den ihn der Herzog von Lerma bezeichnet hatte. Er fand keinen Schlaf und saß jammernd in der königlichen Wohnung, in der er während seiner Besuche in Madrid so selten geschlafen hatte. Was sollte ein Mann wie er nun tun? Es wurde erwartet, dass er eine Geliebte hatte. Jetzt würde er sich eine neue suchen müssen, was ihm in diesem Moment wie eine Herkulesaufgabe erschien. Wie konnte sich Marta derart betrügerisch verhalten? Während der letzten fünf Jahre hatte er ihr Leben viel komfortabler gestaltet. Ohne ihn hätte sie es nie so gut gehabt. War er tatsächlich so öde, so langweilig im Bett, so lächerlich und aufgeblasen?

KAPITEL 5

*In dem Tee zubereitet wird und
die Reise beginnt – Eine Hand geht verloren,
und ein Freund wird gerettet*

Vor seiner Abreise aus Sendai wurde Shiro zum Tee bei seiner Mutter gerufen. Außer ihnen beiden war nur der Mönch anwesend, der die Zeremonie durchführte. Mit gesenktem Kopf benutzte er Blätter, die direkt von den Pflanzen abstammten, die Ende des 12. Jahrhunderts von Eisai aus China mitgebracht worden waren. Nach Abschluss der Zeremonie und dem Rückzug des bescheidenen Mönchs blieben Mutter und Sohn unter sich.

»Vielleicht werden wir uns nie wiedersehen«, sagte Mizuki und schaute ihrem Sohn in die Augen.

Shiro lächelte. »Zwei Jahre sind keine so lange Zeit, und du bist noch jung und schön.« Mizuki schaute hinunter auf die Bambusmatte, auf der sie kniete. Sie erwiderte sein Lächeln nicht.

»Mein Ehemann war jung und schön, genau wie du, und starb trotzdem. Meine engste Freundin, Kókiko, stolperte mit fünfzehn, verletzte sich am Knie und war eine Woche später an einer Infektion gestorben.«

»Dein Mann starb in der Schlacht«, erwiderte Shiro. »Aber ich gehe auf eine Mission des Friedens. Und vielleicht war deine Freundin ungeschickt, wohingegen ich sicher auf meinen Füßen stehe. Und du selbst bist der Inbegriff weiblicher Anmut.«

»Ich habe dich nicht hergebeten, um Schmeicheleien zu lauschen«, sagte sie. »Du weißt, wovon ich spreche. Von der Unsicherheit des Lebens, von den gewaltigen Entfernungen, die du zurücklegen wirst, von den Gefahren, die dazugehören. Hasekura Tsunenari ist für seine Gier berüchtigt, sein Sohn Hasekura Tsunenaga für seine Eifersucht. Jeder weiß, wessen Schwert du trägst.«

»Der Herr denkt anders darüber.«

»Der Herr ist manchmal naiv.«

Shiro wusste, dass außer ihr und der Mutter von Date Masamunes Kindern niemand in diesem Ton über den Herrn sprechen durfte.

»Ich werde an deinen Rat denken, Mutter.«

»Ich mache mir Sorgen um dich«, sagte sie in sanfterem Ton.

»Das ist nicht nötig.«

»Natürlich ist es das. Und manchmal bedaure ich den Weg, für den du dich entschieden hast.«

»Den Weg?«

»Den Pfad des Kriegers.«

»Es ist eine große Ehre, ihm zu folgen.«

Sie streckte die Hand nach ihm aus, zum ersten Mal seit vielen Jahren, nahm seine rechte Hand und küsste den sechsten Finger, das Fleisch von ihrem Fleisch. Er war ein Teil von ihr, war aus ihr hervorgegangen. Ihn so groß und stark neben sich sitzen zu sehen erinnerte sie in diesem Augenblick lediglich an die zeitliche Kluft, die sich seit dem Tag seiner Geburt aufgetan hatte. Er hatte zu ihr gehört.

»Es heißt, dass wir allein auf die Welt kommen und sie allein wieder verlassen«, sagte sie.

»Das ist eine Wahrheit, die uns leiten kann.«

»Und doch ist es eine Lüge«, sagte sie. »Als du in diese Welt kamst, war ich bei dir, du warst mit mir verbunden. Wir waren zusammen. Meine Angst, meine Schreckensvorstellung besteht darin, dass wir diese Welt ohne einander verlassen.«

»Wenn ich verspreche zurückzukommen, dann musst du versprechen, nicht krank zu werden oder über etwas zu stolpern.«

Sie lächelte und ließ ihn los.

»Ich verspreche es«, sagte sie.

»Dann hast du auch mein Wort«, erwiderte er.

»Hier«, sagte sie und griff in eine Falte ihres Kimonos. »Ich will, dass du das mitnimmst.«

Sie reichte ihm einen kleinen Umschlag.

»*Biwa*-Samen«, sagte sie, »die ich von meiner Mutter bekommen habe. Behalte sie bei dir, damit wir sie bei deiner Rückkehr zusammen einpflanzen können.«

Er nahm den Umschlag und verbeugte sich vor ihr.

Sie bemerkte, dass in einer Pfingstrose, die der Mönch in die kleine Vase neben seine Utensilien gestellt hatte, ein Käfer saß, der langsam bis in die pinkfarbenen Blütenblätter gekrabbelt war. Sie fragte sich, wie der Raum wohl aussähe, wenn sie so klein wie er wäre und dort in den leuchtenden Blättern säße.

»Nur noch eines«, sagte sie zu ihrem Sohn. »Versuch, nicht einsam zu sein. Versuch, deine Einsamkeit zu lieben. Lass sie nicht los, bewahre sie tief in deinem Herzen.«

Das Schiff hieß Date Maru. Es setzte im neunten Monat des christlichen Jahres 1613 in Toshima-Tsukinoura die Segel. Mizuki weinte den ganzen vorangehenden Tag und die Nacht durch. Fürst Masamune verfolgte das Ablegen des Schiffes vom Rücken seines Pferdes aus. Am äußersten Ende des Hafens beobachtete er, wie es sich von einem großen und bunten Schauspiel aus Planken, Masten und rufenden Männern in einen flüchtigen Punkt verwandelte, der am Rand des Horizonts verschwand.

Die Bedingungen an Bord waren beschwerlich, selbst für die privilegierten Samurai. Bei einhundertzweiundachtzig Männern auf einem Schiff dieser Größe blieb praktisch nichts verborgen. Schon früh suchte sich Shiro mittschiffs einen Platz an Deck, wo er viele Stunden verbrachte, in denen er meditierte, sein Schwert schärfte oder aufs Meer blickte. Letzteres war eine neue Erfahrung, die ihm nie langweilig wurde. Am meisten liebte er den Blick vom Bugspriet aus, doch war dies der Ort, den alle an Bord aufsuchten, um sich zu erleichtern.

Shiro machte sich nützlich, verzichtete auf jede Sonderbehandlung und gab sein Bestes, sich anzupassen. Auf dem Land stehst du, dachte er, und durch das Meer fällst du hindurch. Ein Haus gibt Sicherheit und Privatsphäre, während ein Schiff nie aufhört, sich zu bewegen. Und egal, in welche Richtung du dich wendest, du erblickst stets einen anderen Menschen auf Armeslänge.

Shiro sah, wie wilde Kämpfer sich neben schmächtigen Kaufleuten übergaben, die eine Klinge nur zum Brotschneiden benutzten. Und er registrierte, dass Pater Sotelo niemals schlecht wurde. Das Habichtsgesicht des Priesters wirkte von der Reise besonders animiert, und er suchte häufig das Gespräch mit Hasekura Tsunenaga. Sotelos geistliche Brüder, die ihn begleiteten, versuchten ihr auf engstem Raum eingepferchtes Publikum mit einer Penetranz zu missionieren, die der junge Samurai unwürdig fand.

Von seinen eigenen Quellen hatte Hasekura Tsunenaga von der hohen Wertschätzung erfahren, die Shiro bei Date Masamune genoss. Er wusste auch, dass Shiro ein uneheliches Kind war, also jemand, den man in seinen Augen verunglimpfen durfte. Während der beiden ersten Reisewochen unternahm keiner der beiden einen Versuch, den anderen anzusprechen. Eines Tages allerdings, als Hasekura Tsunenaga mit seinen Gefolgsleuten über das Deck schritt, fand er den jungen Samurai allein an dessen bevorzugtem Platz. Sie verbeugten sich voreinander, Shiro respektvoll etwas länger als sein Gegenüber.

»Wie heißt du, junger Mann?«, fragte Hasekura Tsunenaga, obwohl er die Antwort kannte.

»Ich heiße Shiro, mein Kapitän.«

»Du gehörst zu den Samurai aus Sendai.«

»Ja, Herr.«

»Und wie findest du die Reise bisher?«

»Höchst erstaunlich, Herr.«

»Da stimme ich dir zu. Hast du irgendwelche Klagen?«

»Nein, Herr ... oder ... eine vielleicht.«

»Was sollte das sein?«

Nachdem er die Frage gestellt hatte, machte er eine winzige Geste in Richtung seiner Begleiter, als wollte er sagen: Wie soll man mit der Frechheit dieses Bastards umgehen?

»Ich mache mir Sorgen«, sagte Shiro, der die Geste zwar bemerkt hatte, aber keinen Weg zurück mehr sah. »Wegen des unkontrollierten Kontaktes zwischen uns und den Barbaren.«

»Was meinst du genau?«

»Ich meine das unverlangte Predigen der Barbaren.«

»Und was würdest du vorschlagen?«

»Disziplin, mein Kapitän. Trennung, gegenseitigen Respekt, unsere hergebrachten Verhaltensregeln.«

»Du scheinst den alleinigen Zweck dieser Reise zu vergessen, Shiro-san, so wie dein eigener Herr ihn festgelegt hat.«

Shiro wurde klar, dass der Mann versuchen würde, ihn zu erniedrigen, und dass es ein Fehler gewesen war, geradeheraus zu sprechen. Trotzdem spürte er wachsenden Ärger. Er wollte zum Ausdruck bringen, dass Date Masamune auch der Herr Hasekura Tsunenagas war – und der Mann, der Hasekura Tsunenaga das Leben geschenkt hatte.

»Mit allergrößtem Respekt«, sagte Shiro. »Das habe ich nicht vergessen. Ich habe nur das Gefühl, dass uns die Barbaren, je mehr wir selbst unter diesen beengten Umständen unseren eigenen Lebensstil beibehalten, auch umso mehr respektieren werden. Das gilt für die Barbaren an Bord und mehr noch für diejenigen, denen wir jenseits der Ozeane begegnen werden.«

Die Gefolgsleute zogen ihre Augenbrauen hoch und schlossen die Hände um die Griffe ihrer Schwerter. Sie hatten noch nie erlebt, dass ein Samurai von Shiros Rang in dieser Art und Weise mit Hasekura Tsunenaga sprach.

»Als führendes Mitglied einer adligen Familie ziehe ich es vor, Ratschläge von meinesgleichen zu hören, Shiro-san.«

»Ich habe nur Eure Frage beantwortet. Es tut mir leid, wenn ich etwas gesagt habe, das Ihr als anstößig empfindet.«

»Vergessen wir es. Immerhin weiß ich jetzt, dass ich nicht mehr fragen werde.«

Er schien sich wieder der Inspektion an Deck zuzuwenden, hielt aber noch einmal inne und fügte – während Shiro noch in seiner Verbeugung verharrte – einen Punkt hinzu:

»Es wird mir ein besonderes Vergnügen sein, deine Taufe im Glauben der Barbaren mitzuerleben, sobald wir Neuspanien erreichen.«

Shiro wusste, dass er seine Bestürzung besser nicht zeigte. Er hielt den Kopf gesenkt und schwieg, bis Hasekura Tsunenaga und seine Männer weitergingen. Die Samurai aus Sendai hatten schon Gerüchte über solche Taufen gehört, sie aber als bösartigen Klatsch abgetan.

Während eines Sturms, der eine ganze Woche andauerte, ging ein Seidenhändler aus Edo über Bord. Dieser Todesfall ließ Shiro innerlich nicht los, die brutalen Umstände, die Einsamkeit, der Schrecken. Nach einem Monat auf See ankerten sie vor einer Insel, auf der es einen Fluss gab, in dem sie badeten und ihre Wasservorräte auffüllten. Sie tranken Kokosmilch, Bogenschützen jagten Vögel. Shiro brachte sich das Schwimmen bei. Eine Woche später zeigten sich auf hoher See rings um ihr Schiff herum dreiundsechzig Wale. Nachts, wenn er auf den Schlaf wartete, betrachtete Shiro das, was William Adams die *Via Lactea* genannt hatte, und fühlte sich im selben Moment einzigartig und trivial.

Eines Tages hörte er zufällig, wie sich einer der Spanier über Pater Sotelo lustig machte. Auch wenn Shiro dem Priester dankbar für alles war, was er von ihm gelernt hatte, hielt er den Mann für zu hochmütig, zu entzückt von jungen Knaben und allzu exzessiv in seinem christlichen Eifer. Der Spanier, der ihn beleidigte, kam aus Sevilla und hieß Diego. Er war völlig perplex, als der Samurai ihn auf Spanisch ansprach. Von diesem Moment an aßen sie abends gemeinsam.

»Mit jedem Tag näherst du dich ein Stück deinem Zuhause, und ich entferne mich von meinem«, sagte Shiro eines Abends, als es noch hell genug war, um eine Schule Delfine zu beobachten, die es offenbar auf ein Wettrennen mit dem Schiff angelegt hatte.

»Du wirst eines Tages nach Sendai zurückkehren, mein Freund, und genügend Geschichten und Abenteuer für ein ganzes Leben erzählen können«, erwiderte Diego.

»Es fällt mir schwer, mir das vorzustellen.«

»So war es für mich auch, als ich vor drei Jahren aus Sanlúcar aufbrach.«

Eine ganze Woche litten sie unter hoher Luftfeuchtigkeit und Windstille. Sie kamen kein Stück voran, und die Nerven lagen blank. Diego stolperte über einen dösenden Samurai in Diensten des Shōguns Tokugawa Ieyasu, und der daraus resultierende Streit eskalierte in rasendem Tempo. Sie begannen sich zu beschimpfen, schaukelten sich gegenseitig hoch und warfen sich Bemerkungen um die Ohren, die der jeweils andere nicht verstand. Als Diego die verhängnisvolle Entscheidung traf, seinen Dolch zu ziehen – völlig außer sich über den aggressiven Ton, der ihm entgegengebracht wurde –, zog der Samurai sein Schwert und trennte mit einem Hieb die Messerhand des Spaniers vom Rest des Körpers ab. Ein blutiger Geysir schoss aus der Wunde. Alle schrien auf und bildeten einen Kreis um die beiden Männer. Diego ging in die Knie und starrte entsetzt auf seine Verletzung, während der beleidigte Samurai mit beiden Händen sein Schwert hob, um ihm den Rest zu geben. In diesem Moment durchbrach Shiro den Kreis und lenkte den Hieb mit dem Schwert ab, das Date Masamune ihm geschenkt hatte. Sein Bemühen, den außer Rand und Band geratenen Krieger zu beruhigen, blieb erfolglos, und der Samurai gierte nach weiterem Blut. Während ein Spanier Diego aus der Gefahrenzone zerrte und den Blutfluss mit seinem Hemd stillte, schauten die anderen Männer erregt und fasziniert den sich duellierenden Kämpfern zu. Der Angreifer war grob, erfahren und wuchtig; Shiro, der noch nie einen Kampf auf Leben und Tod bestritten hatte, schlank und selbstbeherrscht.

Mit fünf klassischen Hieben, die er mit einer Präzision ausführte, die später viele bewundernde Kommentare nach sich ziehen würde, entwaffnete Shiro den älteren Kämpfer, indem er ihm das Schwert aus der Hand schlug, das sogleich über Bord fiel. Der Samurai des Shōguns, unwiderruflich erniedrigt, verbeugte sich vor Shiro, ging in die Knie und zog, ehe ihn jemand davon abhalten konnte, sein Tanto-Messer und ließ seine Innereien auf das ohnehin blutbefleckte Deck quellen. In diesem Moment erschien Hasekura Tsunenaga wütend am Schauplatz des Geschehens. Er befürchtete einen Tumult und hatte außerdem Angst davor, dass die Männer den jungen Samurai wegen seines entschlossenen Eingreifens bewundern würden.

Man kümmerte sich um Diego, der beinahe am Fieber starb, nachdem sie seinen Stumpf ausgebrannt hatten. Jegliche Sympathien, die Pater Sotelo sich bei den Samurai erworben haben mochte, lösten sich in Luft auf, als er ihnen erklärte, die Seele ihres Gefährten würde wegen dessen Selbstmord nun für alle Ewigkeiten im Feuer der christlichen Hölle schmoren. Shiro wurde in Gewahrsam genommen, drei Tage ohne Essen und Trinken eingesperrt und dann in die Kabine des Kapitäns geführt.

»Was hast du zu deiner Verteidigung vorzubringen?«, fragte ihn Hasekura Tsunenaga.

»Wäre es Euch lieber gewesen, wenn der Samurai aus Edo den Barbaren geköpft hätte?«

»Wie kannst du es wagen, so mit mir zu sprechen?«

»Wie könnt Ihr es wagen, mich grundlos einzusperren?«

»Ich habe dich vor der Rache der Samurai aus Edo bewahrt.«

»Ihr habt mich vor dem Essen und Trinken bewahrt. Die

Samurai aus Edo, wie die aus Sendai, folgen dem Pfad des Kriegers. Es gibt keinen Grund zur Rache.«

»Ich dachte, du wärest für eine strenge Trennung von den Barbaren?«

»In diesem Fall hatte ich keine Wahl.«

»Und doch hat niemand sonst eingegriffen.«

Die Kabine hatte ein Fenster, durch das Shiro aufs Meer blicken konnte, das an diesem Tag ruhig dalag, dunkel und violett wie eine Aubergine. Hasekura Tsunenaga fuhr fort: »In dieser Delegation gibt es nur einen Repräsentanten von Date Masamune, und das bin ich. Ich spreche mit seiner Stimme. Ich vertrete ihn und werde mich für seine Interessen einsetzen. Du bist nur ein Bastard, der auf seinen Wunsch hin toleriert wird.«

Seine Gefolgsleute glaubten, dass Hasekura Tsunenaga aus Schwäche so gehandelt hatte; dass die Bestrafung des jungen Samurai die Autorität ihres Kommandanten eher beschädigt hatte und dass es angemessen gewesen wäre, Shiros beherztes Handeln zu loben. Doch sie sprachen solche Gedanken nicht aus. Man brachte Shiro wieder an Deck, ohne sein Schwert, auf das Hasekura Tsunenaga ein Auge geworfen hatte. Die Samurai beider Häuser begrüßten den jungen Mann und sprachen ihm ihr Mitgefühl aus. Diego bedauerte seinen Wutausbruch und dankte Shiro, dass er ihm das Leben gerettet hatte. Pater Sotelo und die anderen Priester gingen dem jungen Mann aus dem Weg. Shiro spürte, dass er sich verändert hatte. Der erste wirkliche Schwertkampf seines Lebens und die drei Tage in Gefangenschaft hatten ihn härter gemacht.

Er zog sich aus, griff nach einem Seil und ließ sich durchs Meer ziehen, um sich von dem kalten Salzwasser reinigen und erfrischen zu lassen.

Eine Woche später wurde das Schiff von Möwen besucht, und als es morgens eine dichte, tief über dem Wasser liegende Nebelbank durchfahren hatte, merkten sie, dass sie sich hundert Meter entfernt von einem felsigen Strand an einer Stelle befanden, die später Monterey-Halbinsel heißen sollte. Sie gehörte zu dem Land, das die spanischen Entdecker »California« genannt hatten, nach dem imaginären Paradies, das in Garci de Rodríguez de Montalvos Buch *Las Sergas de Esplandián* beschrieben wurde. Die Date Maru drehte bei und fuhr auf südlichem Kurs an der Küste entlang. Mehrere Stunden später ankerten sie schließlich in der kleinen, geschützten Bucht von San Simeon.

KAPITEL 6

In dem Naivität zur Bürde wird

Doña Soledad Medina y Pérez Guzman de la Cerda wurde im Alter von dreißig Jahren Witwe, als ihr vierundfünfzigjähriger Ehemann beim Versuch, die mollige vierzehnjährige Tochter seines Jagdaufsehers zu vergewaltigen, an einer Herzattacke starb. Durch die üppige Erbschaft wurde die ohnehin vermögende Doña Soledad zu einer der reichsten Frauen Europas. Nach einer gescheiterten Liebesbeziehung mit ihrem Cousin, dem Herzog von Medina-Sidonia, nahm sie sich noch einen Liebhaber, ebenfalls einen entfernten Cousin: den Priester, der ihre Söhne getauft und begraben hatte. Ausgerechnet an ihrem vierzigsten Namenstag allerdings erfuhr Doña Soledad von ihrer Kammerzofe, dass der Priester sie mit der jüngeren Schwester ihres Kochs betrogen hatte. Sie bezahlte den Koch großzügig dafür, dass er den Priester vergiftete, und ging nie wieder mit einem Mann ins Bett. Ungefähr zu diesem Zeitpunkt begann sie, ihre lange versteckte und mehrfach enttäuschte Sehnsucht nach einer Tochter auszuleben, indem sie all ihre verbliebene Zuneigung auf ihre Nichte Guada richtete.

Als Don Rodrigo nach Sevilla zurückkehrte und die Neuigkeiten bezüglich Don Juliáns Verhältnisses mit Marta Vélez bestätigte, war Doña Soledad zufällig anwesend. Sie wusste bereits seit einiger Zeit von Rodrigos jahrelanger Liebschaft mit Marta Vélez, hatte aber gegenüber Doña Inmaculada nicht die leiseste Andeutung fallen lassen. Die Vorstellung, dass Julián Gutiérrez y González ihre Lieblingsnichte heiraten würde, hatte ihr nie behagt. Sie betrachtete seine Familie, auch wenn sie sich auf altes Blut und bedeutenden Besitz berufen konnte, der kostbaren Jungfräulichkeit einer Medinaceli für unwürdig. Während sie nun Rodrigos Bericht lauschte und anschließend Inmaculada tröstete, schwor sie sich selbst hoch und heilig, die Angelegenheit irgendwie in Ordnung zu bringen.

Einen Monat vor der Hochzeit lud sie Guada zum Mittagessen ein. Sie saßen an einem kleinen Tisch in einem privaten Esszimmer, das an den kleineren der beiden Gärten von Doña Soledad grenzte. Das junge Mädchen war schön, so schön, wie Soledad selbst einst gewesen war. Während sie zwei Teller mit köstlichen Babygarnelen verspeisten, komplett mit Schale und allem, und diese mit einem kühlen Manzanilla aus einem ihrer vielen Weinkeller hinunterspülten, kam Doña Soledad direkt zur Sache.

»Können wir in absoluter Vertraulichkeit sprechen, meine Liebe?«

»Natürlich.«

»Deine Eltern haben etwas Unangenehmes über Julián herausgefunden. Da es ihnen beiden zu peinlich ist, mit dir darüber zu reden, haben sie diese Aufgabe mir anvertraut.«

»Ist das dein Ernst, Tante?«

»Ich fürchte schon, meine Liebe.«

»Was ist dieses Unangenehme?«

»Es scheint, als ob er eine Geliebte hätte.«

»Du meinst seine Tante, Marta Vélez?«

»Gütiger Himmel, Mädchen. Du weißt davon?«

»Ich weiß es, seit wir verlobt sind.«

»Ich weiß nicht, was ich sagen soll. Kannst du so etwas gutheißen?«

»Wie könnte ich das? Aber ich war dankbar für seine Aufrichtigkeit. Wir haben mehrfach darüber gestritten, und er hat mir schon vor einer ganzen Weile versprochen, dass er sie nach unserer Hochzeit nicht mehr sehen wird.«

Soledad fragte sich, ob das Mädchen auch von der Verstrickung ihres Vaters mit der Frau wusste, doch sie hielt es für besser, nicht danach zu fragen.

»Du verblüffst mich«, räumte sie ein. »Solchen *sang froid* hätte ich dir nie zugetraut.«

»Ich weiß nicht, wie man es nennt. Ich weiß nur, dass ich ihn liebe und dass diese Verbindung schon bestand, bevor wir uns verlobten. Wesentlich unangenehmer ist mir die Vorstellung, dass meine Eltern davon wissen – und jetzt auch du.«

Soledad trank ihren Wein aus und griff nach ihrem Fächer, den sie mit einem gekonnten Schwung ihres Handgelenks öffnete.

»Mach dir deswegen keine Sorgen, meine Liebe. Überlass das mir. Wenn du, wie du sagst, diesen Jungen trotzdem liebst, dann reicht mir das. Der Grund, weshalb ich dich eingeladen habe, war, dass ich wissen wollte, ob du immer noch bereit zur Hochzeit bist. Aber wie ich sehe, ist die Antwort klar.«

»Auf jeden Fall.«

»Und du glaubst, er wird sich an sein Versprechen halten?«

»Ich halte es für unvorstellbar, dass er bei einer Frau ihres Alters bleibt, wenn er mich erst ganz für sich hat.«

Ah, dachte ihre Tante, und ich wollte ihr gerade zu ihrer Reife gratulieren.

»Und ihr kommt gut miteinander aus.«

»Wir kommen prächtig miteinander aus.«

»Und du verzehrst dich nicht vor Eifersucht?«

»Doch. Aber was soll ich tun? Mein eigener Vater hat andere Frauen. Dein Ehemann hatte andere Frauen. Angeblich hat sogar unser frommer König andere Frauen. Warum sollte es bei Julián anders sein?«

Soledad betrachtete ihre Nichte mit neuen Augen, denn nun demonstrierte das Mädchen wieder eine Lebensklugheit, für die es noch viel zu jung war.

»Dass es mit einem Paar irgendwann so weit kommt, ist eine Sache«, sagte sie und faltete ihren Fächer zusammen. »Aber dass eine Ehe schon so beginnt, wo ihr beide noch jung seid, ist etwas ganz anderes.«

»Er hat mir versprochen, dass er sie nicht mehr sehen wird. Ihn von vornherein aufzugeben käme mir übertrieben hart vor, absurd.«

Soledad hob die Hand zum Mund, eine automatische Bewegung, wenn ihr Zweifel kamen. Ihre Fingerspitzen rochen nach den Garnelen, nach den feuchten Stränden von Cádiz. Sie tauchte die Finger in eine kleine, mit Wasser und Zitronenscheiben gefüllte Silberschüssel neben ihrem Teller.

»Hat er dich schon geküsst?«, fragte ihre Tante.

»Nein.«

»Hat er es versucht?«

»Natürlich hat er das. Und vieles andere auch. Aber ich habe es verboten, bis wir …«

»Armes Mädchen.«

»Um ehrlich zu sein, sorge ich mich mehr über das, was in unserer Hochzeitsnacht passieren wird, als wegen der Dinge, die er mit seiner hässlichen Tante tut.«

»Du bist besorgt? Oder neugierig?«

»Ich habe keine Erfahrungen – und er scheint davon mehr als genug zu haben.«

Das sensible Mädchen schwieg. Durch die offenen Türen, die den Blick in den Innenhof freigaben, sah sie, wie zwei Vögel flatternd in der flachen oberen Schale des Springbrunnens badeten. »Aber andererseits, selbst wenn sich dieser Teil unserer Beziehung als unbefriedigend erweisen sollte, wie wichtig ist das letztlich? Ist nicht die Tatsache, dass wir in vielerlei Hinsicht so gut zueinander passen, wichtiger als das, was in der Nacht geschieht?«

»Für solche Gedanken ist es viel zu früh, meine Liebe. Du hast keinen Grund zu glauben, dass ›das, was in der Nacht geschieht‹, enttäuschend sein wird.«

»Ich werde es sehen. Mutter hat mir nicht viel Mut gemacht. Trotzdem sind sie und Vater immer noch zusammen und gehen höflich miteinander um, obwohl dieser

Aspekt ihres Lebens ein absolutes Desaster gewesen sein muss.«

»Und Gott sei Dank gibt es dich trotzdem, ihretwegen.«

Auf dem Weg nach Hause gestattete sich Guada die Tränen, die sie in Gegenwart ihrer Tante zurückgehalten hatte. Sobald sie sich wieder gesammelt hatte, wies sie den Kutscher an, hinunter ans Ufer des Flusses zu fahren. Mit vorsichtigen Schritten, vor der Sonne geschützt durch einen hübschen Schirm, den der verstorbene Mann ihrer Tante ihr vor Jahren aus Paris mitgebracht hatte, ging sie bis zu der Stelle, wo der Boden weicher wurde, und schaute über den Guadalquivir. Licht und Bewegung ließen den Fluss lebendig wirken. Sein Rauschen beruhigte sie. Der Name des Flusses stammte vom arabischen al-wādi al-kabīr الكبير الوادي, »der große Fluss«. Davor hatten ihn die Phönizier als *Baits* und später *Betis* oder *Beatis* bezeichnet, woraus sich der römische Name *Hispania Baetica* herleitete. Ein älterer keltiberischer Name lautete *Oba*, »Goldener Fluss«.

Seine goldene Patina zeigte der Fluss auch an diesem Nachmittag. Unter der Oberfläche versteckt, schwammen Forellen, Barben, Flussbarsche, Störe, Hechte und Karpfen. Guada schloss die Augen, sog den Geruch auf und war ihrem Vater trotz all seiner Fehler dankbar für die Extravaganz, sie in diesem Wasser taufen zu lassen.

KAPITEL 7

*In dem die Reisenden
die Neue Welt erreichen*

Eine Kolonie plumper, schnurrbärtiger Seeelefanten sonnte sich am gebogenen, brackigen Strand der Bucht von San Simeon zwischen vertrocknetem Kelp und Seegras. Der morgendliche Nebel hatte sich zum Mittag hin aufgelöst, und eine sanfte Dezembersonne wärmte die gelbbraunen Felle der Tiere. Die Samurai sahen zu – teils desinteressiert, teils erschreckt –, wie eine übermütige Gruppe spanischer Seeleute mit ihren Musketen aus kurzer Distanz auf die Tiere zu schießen begann. Als endlich ein Teil der Herde die Gefahr begriff, den Rückzug ins Meer antrat und sich mit lautem Getöse in die flachen Wellen warf, lagen bereits mindestens dreißig ihrer Artgenossen im Sand und verbluteten.

Die Barbaren behaupteten, das Fleisch der Tiere sei exzellent, ihr Speck nützlich und die Felle ideal für Winterkleidung. Die enorme Anzahl sterbender Tiere jedoch ließ bei den meisten Beobachtern keinen Zweifel daran, dass das Töten reiner Selbstzweck gewesen war.

Shiro und Diego, die nicht an dem Spektakel teilgenommen hatten, wanderten eine gute Stunde lang ins Landesinnere – einfach, um sich eine Weile von den anderen zu entfernen und festen Boden unter den Füßen zu spüren. Sie durchquerten grüne Felder und gingen durch kleine Wäldchen mit knorrigen Eichen, Zypressen und vom Wind gebeugten Zedern. Auf einem mit Kriechwacholder und Monterey-Kiefern bestandenen Hügel graste eine Rehfamilie. Der Geruch des Festlands ließ Shiro und Diego das Herz höherschlagen.

Shiro fragte Diego, ob Pater Sotelo in Sevilla eine bekannte Persönlichkeit sei.

»Der allgemeine Eindruck ist, dass er sich einen Namen machen will, was ihm in Sevilla nicht gelungen ist. Also ist er, genau wie ich, in die Fremde gegangen, um ein bisschen Erfolg zu ernten. Der Orden, zu dem er gehört, die Franziskaner, sind Rivalen der Jesuiten, deren Einfluss in der südlichen Hälfte der japanischen Inseln stärker zu spüren ist. Weil sie nicht wohlhabend und einflussreich genug sind, um in Spanien oder in Rom zum Bischof oder gar zum Kardinal aufzusteigen, versuchen Priester wie er, sich auf andere Weise hervorzutun: Sie predigen in neuen Territorien, damit sie, wenn genügend Konvertiten der Kirche beigetreten sind, möglicherweise irgendwann zum Erzbischof einer fernen Gemeinde ernannt werden.«

»Aber glauben sie wirklich an das, was sie predigen? An den Menschen am Kreuz, der gleichzeitig Gott ist, einer von dreien, darunter auch eine Taube – die aber alle doch nur ein einziger Gott sind? Und an die Idee von Himmel und Hölle?«

Diego grinste, denn er hatte seine Religion noch nie durch die Augen eines Außenstehenden betrachtet. »Woran«, fragte er den Samurai, »glaubst du denn?«

»An ziemlich wenig. An die Macht des Nichts, an die Kürze des Lebens, an die Einfachheit der Erde und der Steine.«

»Nun«, sagte Diego, der sich nicht in der Lage zu einer Antwort auf diese blasphemische Haltung sah. »Viele der Priester glauben tatsächlich an unsere Religion, aber viele tun auch nur so. Besser gesagt: Sie nutzen die Religion für ihre eigenen Zwecke. Bei Sotelo ist es nicht leicht zu sagen. Viele Priester sind zweite oder dritte Söhne, die keinen ausreichenden Erbteil vom Vermögen ihrer Familien erhalten und ihr Gelübde als praktische und von der Gesellschaft akzeptierte Alternative sehen – was das Ausmaß der Heuchelei erklären könnte: Priester, die herumhuren, Priester mit Geliebten und Kindern, Kardinäle, sogar der Papst.«

»Männer sind Männer«, sagte Shiro. »Überall auf der Welt.«

»Darin liegt allerdings ein Funken Wahrheit«, stimmte Diego ihm zu.

»Ich kann mir Pater Sotelo nicht mit einer Frau vorstellen, aber vielleicht erwartet ihn ja eine in Spanien. In Japan schien er die meiste Freude daran zu haben, Männern beim Baden zuzusehen.«

Diego lachte. Dann schwiegen sie eine Weile. Als sie bemerkten, wie weit sie sich von der Bucht entfernt hatten, begaben sie sich auf den Rückweg. Aus der Entfernung machte das Schiff einen eleganten Eindruck, wie es dort im makellosen Wasser ankerte, inmitten all der unberührten Natur. Anstatt zurück zu der Lichtung zu gehen, wo die Kadaver der Seeelefanten am Strand inzwischen von Flöhen und Fliegen heimgesucht wurden, nahmen sie Kurs auf eine kleine Halbinsel, die die schützende nördliche Spitze der Bucht darstellte, ein sich ins Meer vorschiebendes Stück Land, dessen hoch aufragende Eukalyptusbäume reichlich Schatten spendeten.

»Wie steht es mit dir?«, fragte Diego. »Hast du jemand Besonderen zurückgelassen?«

Shiro dachte an seinen Tag und die Nacht mit Yokiko zurück, an den Pfirsichgeruch ihrer Haut, ihr schüchternes Lächeln, an die Laute, die sie nachts bei ihm in der Dunkelheit von sich gab.

»Nein«, sagte er. »Nur meine Mutter. Es gab jemanden. Aber sie wartet nicht auf meine Rückkehr.«

»Dann bist du ein freier Mann. Vielleicht findest du ein spanisches oder italienisches Mädchen.«

»Vielleicht«, sagte der junge Samurai, um höflich zu sein. »Obwohl ich mich lieber an meinesgleichen halte.«

»Ganz wie du willst«, sagte der Spanier, der die krassen Unterschiede zwischen ihnen immer nur für kurze Zeit beiseiteschieben konnte.

»Und bei dir?«, fragte Shiro. »Wer zählt die Wochen bis zu deiner Rückkehr?«

»Ja, da gibt es jemanden«, sagte Diego. »Eine junge Frau, mit der ich verlobt bin. Aber ich habe Angst, dass ihr Herz nach all dieser Zeit abgekühlt sein könnte. Und wenn sie das hier sieht«, er hob seinen Armstumpf hoch, »weiß nur Gott, wie schnell sie die Flucht ergreift.«

Trotzdem beneidete Shiro den Christen.

Als sie den Wald auf der Landzunge erreichten, sahen sie, dass die Beiboote zum Schiff zurückkehrten und die Segel bereitgemacht wurden. Sie hörten die Glocke, die alle an Bord rief. Statt zurück zum Strand zu gehen, stiegen sie die Felsen hinunter, zogen sich aus, schnürten ihre Kleidung zu einem festen Bündel und wateten in das kalte Wasser. Sie mussten Streifen gummiartigen Kelps mit darin verfangenen feuchten Stücken Eukalyptusrinde wegschieben, dann schwammen sie geradewegs zum Schiff, wobei Diego mit seinem verbliebenen Arm bemerkenswert schnell vorankam. Keine Stunde später hatte die Date Maru die Bucht verlassen und wieder Kurs südwärts Richtung Neuspanien aufgenommen.

Kapitel 8

In dem die Natur ein Geschenk erweist

Julián und Guada lagen Seite an Seite im Schatten, unter ihnen eine weitläufige Terrasse, deren maurische Fliesen mit herabgefallenen Blütenblättern übersät waren. Die hohe, verglaste, offene Flügeltür hinter ihnen führte hinein ins Schlafzimmer. Eine Stunde nach ihrer Ankunft auf dem Landsitz trugen sie noch immer ihre Gesellschaftskleidung. Nach vier Tagen und Nächten ausgedehnter Hochzeitsfeierlichkeiten waren sie froh, endlich allein zu sein.

Als sie die Lider schlossen, nahmen ihre Ohren das Rascheln der Blätter wahr, das Rauschen der Gartenbewässerung, die Rufe der Schwalben. Dann öffneten sie die Augen wieder und sahen das Zwielicht des Himmels und die pfeilschnellen Schwalben, die hierhin und dorthin huschten, sich drehten und wendeten, hinauf- und herabschossen, wobei sich an den Flügelspitzen das Licht des Sonnenuntergangs fing, den nur die Vögel noch sehen konnten.

Das himbeerfarben gestrichene Landgut bei La Moratalla mit seinen fünfunddreißig Zimmern gehörte Guadas

Großtante Soledad Medina. Obwohl ursprünglich im andalusischen Stil gebaut, war das Haupthaus ein Jahrhundert zuvor von einer Herzogin aus der Gascogne, die in die Familie eingeheiratet hatte, neu gestrichen und dekoriert worden. In ländlicher Pracht zwischen hohen Palmen und Platanen gelegen, war es von gepflegten Gärten, Kieswegen und Orangenhainen umgeben, die selten abgeerntet wurden. Die Außenwelt wurde durch weit vom Haupthaus entfernte, efeuberankte Mauern und ein eindrucksvolles, schmiedeeisernes Haupttor mit dem Wappen der Medinaceli auf Abstand gehalten. Abgesehen von den auf dem Anwesen lebenden Bediensteten, die für die Mahlzeiten und die Instandhaltung sorgten, sowie den Tagelöhnern, die jeden Morgen auf Maultieren aus Palma del Río eintrafen, hatten die Neuverheirateten das Landgut für sich.

Als die Idee, allein die Flitterwochen hier zu verbringen, erstmals auf den Tisch gekommen war, hatte Julián gezaudert. Spontan hatte er ein großes Fest vorgeschlagen, das nahtlos an die eigentlichen Hochzeitsfeierlichkeiten angeschlossen hätte und zu dem sie eine Gruppe von Freunden nach Carmona oder Madrid eingeladen hätten. Seine Vorstellung von Spaß hatte viel mit Trinken in Gesellschaft männlicher Freunde zu tun, weniger mit Intimität. Doch ein Gespräch mit Guada eine Woche vor der Zeremonie hatte ihn umgestimmt. Kurz bevor sie das große Speisezimmer in Doña Soledads Palast in Sevilla betreten hatten, wo für zweiundzwanzig Personen gedeckt war, hatte Guada ihn beiseitegenommen.

»Mir ist nicht entgangen, dass sich Wolken vor deine

gute Stimmung geschoben haben«, sagte sie. »Ich glaube, ich ahne, woher sie rühren.«

»Ich weiß nicht, wovon du sprichst«, wich er aus.

Doch ihre Augen, grün wie Kiesel im Meer, ließen ihn nicht los. »Ich muss daran denken, wie der Guadalquivir als kleines Rinnsal in den Wäldern von Cazorla beginnt, dann auf dem Weg nach Westen immer breiter und tiefer wird und sich schließlich in den Wasserweg verwandelt, der meine Heimatstadt schmückt.«

»Worauf, meine Liebe, willst du hinaus?«

Er versuchte, seine Ungeduld zu verbergen. Ihre Kehle errötete, wie sie es immer tat, wenn Guada aufgeregt war.

»Ich meine nur, dass es mich schmerzen würde, wenn auch deine Besorgnisse immer breiter und tiefer würden, je näher der Altar rückt.«

Er wollte sie unterbrechen. »Guada ...«

»Lass mich nur eines sagen, Julián. Ich heirate dich aus freien Stücken, so wie du bist. Wir kennen uns seit Kindertagen, und ich habe dich lieb gewonnen, auch mit all deinen Kompliziertheiten und unbedeutenden Neigungen. Nichts anderes zählt. Vertrau mir, und du wirst sehen, wovon ich spreche.«

Während des darauffolgenden Mahls spürte er immer deutlicher, wie ihm eine Last von den Schultern fiel. Er bewunderte sie immer noch mehr. Gleichzeitig stieß Guada innerlich einen Siegesschrei aus.

Und nun waren sie verheiratet, und der Abend legte sich langsam über das Landgut von Moratalla. Die Bodenfliesen wurden kühler. Das Aroma der Orangenblüten mischte sich in die Abendluft. Die Schwalben zerstreuten sich, und die Flughunde tauchten auf.

»Komm ins Bett«, sagte sie.

Sie zündeten keine Wachskerzen an. Das Haus, das selten bewohnt wurde, und selbst die seidenen Fäden der Bettdecke verströmten einen liturgischen Geruch nach Bienenwachs und Brevieren, nach der Feuchtigkeit eines Bethauses mit alten hölzernen Bänken.

Kapitel 9

In dem eine Warnung erteilt wird

Eine klare Brise vom Pazifik her glättete die azurblaue Wasseroberfläche der Bucht von Acapulco. Die Date Maru, von den Barbaren in San Juan Bautista umgetauft, lag vor Anker. Ihre Planken ächzten, auf ihrem Rumpf setzten sich Seepocken fest. Schiff und Kabinen waren verlassen bis auf einige Katzen und den einzelnen, mit einer Muskete bewaffneten Seemann, der Wache stand.

In der Stadt hatten die spanischen Kolonialbehörden die Japaner mit Pauken und Trompeten begrüßt. Doch nach nicht einmal einer Woche waren die Samurai entwaffnet worden, mit Ausnahme von Hasekura Tsunenaga und dessen engsten Leibwächtern. Ein absurder Streit über Geschenke und das Protokoll hatte mit zwei verwundeten Spaniern geendet. Die Japaner fanden ihre Gastgeber übel riechend und unberechenbar. Immerhin begeisterte sich die lokale Bevölkerung weiterhin für die japanische Art, sich zu kleiden, für die zum Handel angebotenen Seidenballen und die Essstäbchen, die sie statt Gabeln oder der Finger benutzten.

Nach zwei Monaten elementarer religiöser Unterweisung und Spanischunterricht für die Samurai wurde die nächste Phase der Reise in Angriff genommen. Hasekura Tsunenaga befahl einer Delegation von Händlern aus Edo, in Acapulco zu bleiben, während die übrigen Händler und alle Samurai sich auf die Reise über Chilpancingo und Cuernavaca nach Mexiko-Stadt machten. Als sie in der Hauptstadt eintrafen, war es April, und man begrüßte sie mit Menschenaufläufen und Festen. Hasekura Tsunenaga ordnete die ersten Taufen an. Erzbischof Juan Pérez de la Serna leitete die Zeremonie persönlich, und eine große Menschenmenge schaute zu, wie die Samurai – einschließlich Shiro – in den heiligen römisch-apostolischen Glauben aufgenommen wurden. Die Samurai nahmen aus Gehorsam und Höflichkeit teil. Nur eine Handvoll hatte begonnen, die Worte der christlichen Priester ernster zu nehmen. Im Stillen machte bei den Kriegern der Witz die Runde, dass es nur eine Chance auf ein ordentliches Bad gebe, nämlich sich taufen zu lassen.

Hasekura Tsunenaga wurde in der Residenz des spanischen Gouverneurs einquartiert. Die meisten Samurai fanden in den örtlichen Militärunterkünften Platz. Einige allerdings, darunter auch Shiro und sein Freund Diego, fanden Zimmer in einem Bordell. Dort wurden Bäder arrangiert, und die Frauen boten ihre Dienste im Austausch gegen Seide an. Die Frauen nannten Shiro schon bald »Tlazopilli«, das aztekische Wort für »gut aussehender Edelmann«, denn dies entsprach seinem Äußeren und seiner Haltung. Die übrigen dort untergekommenen

Samurai genossen ihre neue Umgebung, wurden faul und nahmen enorme Mengen von scharfem Essen und Spirituosen zu sich. Shiro hingegen folgte der asketischen Lebensweise derer, die in den Militärbaracken wohnen mussten.

Indem er mit den Frauen sprach und noch mehr Zeit mit Diego verbrachte, erfuhr er viel über Mexiko in der Zeit vor dem Auftauchen der Barbaren und über die Unterjochung der Großelterngeneration dieser Frauen. Die Brutalität der Geschichten schockierte ihn nicht, denn was er von seiner Mutter, von Katakura Kojuro und von Date Masamune über berühmte Schlachten der Vergangenheit gehört hatte, war nicht minder blutig gewesen. Mehr bewegte ihn das, was eine der Frauen ihm eines späten Abends erzählte, nachdem die anderen bereits eingeschlafen waren.

»Jetzt sind sie zu euch gekommen«, sagte sie. »Mit Lächeln und Versprechungen fangen sie an, mit ihren Priestern und Kreuzen und dem Weihwasser. Sie reden vom Handel und der Brüderlichkeit der Nationen. Aber nichts davon ist wahr. Im Grunde ihres Herzens sind sie Eroberer und Diebe. Du solltest umkehren und dich in Sicherheit bringen. Du solltest nicht mit ihnen weiterreisen.«

»Diego wird mich beschützen, solange ich hier bin.«

»Diego ist ein einzelner Mann, und es gibt Tausende von ihnen. Und selbst Diego wird, wenn er zur Entscheidung gezwungen wird, sich auf die Seite seiner eigenen Leute schlagen.«

In der Hauptstadt trafen sie auf einen spanischen

Admiral, Don Antonio Oquendo. Er und seine Einheit von Soldaten mit Metallhelmen und Musketen führten die komplette Expedition von Mexiko-Stadt hinunter durch Puebla und weiter zum am Golf gelegenen Hafen von Veracruz. Eine kleine Flotte erwartete sie dort. Kurz nach der Ankunft wurden ihnen die in Acapulco konfiszierten Katana-Schwerter und Tanto-Messer zurückgegeben, darunter auch das in Leinen gewickelte Schwert, das Shiro von Date Masamune erhalten hatte. Shiro fragte sich, ob die Rückgabe ein Friedensangebot bedeutete oder etwas anderes. Er untersuchte sein Schwert auf Beschädigungen, und während die Übrigen sich mit dreitägigen Ausschweifungen von Mexiko verabschiedeten, blieb er in der Nähe des Hafens, fastete und schärfte seine Klinge.

Am zehnten Juni waren sie an Bord eines spanischen Schiffes namens San José. Wieder stand er auf dem Mittschiff. Das Wasser des Golfs war kristallklar. Riesige Schildkröten paddelten dicht über dem sandigen Meeresboden. Mit Antonio Oquendo als Kommandant und Hasekura Tsunenaga an dessen Seite ließ das Schiff Veracruz hinter sich und nahm Kurs auf Kuba.

KAPITEL 10

*In dem der Admiral der Ozeane sich an
einen schmerzhaften Tag erinnert*

Alonso Pérez de Guzmán y de Zúñiga-Sotomayor, der siebte Herzog von Medina-Sidonia, betrachtete die Frischvermählten von einem Balkon seiner ländlichen, seit Generationen zum Familienbesitz gehörenden Villa in den Hügeln außerhalb der Ortschaft Medina-Sidonia. Mithilfe eines Stocks versuchte er eine Position zu finden, in der die stechenden Schmerzen in seiner Hüfte verschwinden würden. Ein leichter September-Nieselregen fiel. Das kürzlich aus La Moratalla eingetroffene Paar unten im Garten saß händchenhaltend am Brunnen. Es versetzte ihm einen Stich, dass sie das Wetter einfach so ignorieren konnten. Die Schönheit seiner Nichte brachte Erinnerungen an die ersten Monate zurück, die er mit seiner eigenen Frau, Ana de Silva y Mendoza, der Tochter der Prinzessin von Éboli, verbracht hatte. Ihre Verlobung hatte stattgefunden, als das Mädchen erst vier und er selbst fünfzehn gewesen war. Acht Jahre später, nach einem Dispens des Papstes wegen Anas Alter, hatten sie geheiratet. Inzwischen waren ihre Kinder erwachsen und selbst verheiratet, und das schmächtige Mädchen, das einst seine zwölfjährige Braut gewesen war, lag längst in der Familiengruft, keine fünf Minuten zu Fuß von der Stelle entfernt, wo er nun stand. Er versuchte, sie sich vorzustellen: schwarz und verschrumpelt, die verwesenden Finger in weißen Handschuhen und Rosenkranzketten.

Drinnen auf seinem Schreibtisch lag ein an den *Admiral der Ozeane* adressierter Brief. Zweifellos hatte irgendein ahnungsloser Beamter in Sevilla diesen Titel in der Absicht gewählt, ihm zu schmeicheln – ohne zu wissen, dass das genaue Gegenteil der Fall war. Die Adligen in seinem engeren Bekanntenkreis hatten auf seinen Wunsch hin schon vor Jahren aufgehört, diese Bezeichnung zu verwenden.

Aus Gründen, die dem Herzog bis heute unverständlich geblieben waren, hatte ihm Philipp II. nach dem Tod des Marqués von Santa Cruz die Führung der Spanischen Armada übertragen. Er hatte abgelehnt – erfolglos –, da ihm jegliche Erfahrung auf See fehlte. Die schmachvolle Niederlage gegen die Engländer im Jahr 1588 vor den Küsten Frankreichs und Irlands wurde ihm angelastet. Die Plünderung der Stadt Cádiz 1596 ebenfalls. Dann machte man im Jahr 1606 seine Sturheit für den Verlust eines Geschwaders vor der Küste Gibraltars verantwortlich. Er war immer der Ansicht gewesen, dass der inzwischen verstorbene König eine große Dummheit begangen hatte, als er sich für ihn entschieden hatte. Der Herzog war ein Mann des Festlands und fühlte sich zu Hause, wenn er auf dem Rücken eines Pferdes durch seine ländlichen Besitztümer oder über die Strände seiner

Familie in Sanlúcar ritt. Er war ein Mann für Sattel und Zügel, Hunde und Jagdmusketen. Segel und strudelndes Meerwasser, Stürme auf See und schleimige Fische waren ihm stets fremd geblieben. Die Oquendos und Bazánes waren für so etwas geboren und erzogen. Niemand hatte ihn darauf vorbereitet, sich über die Reling einer Galeone zu erbrechen oder unverschämten Seeleuten aus Lugo Befehle zu erteilen. Nie würde sich die öffentliche Erniedrigung wiedergutmachen lassen, die der Titel ihm eingebracht hatte.

Und trotzdem, dachte er, war der Inhalt des Briefes eigenartig und hatte eine gewisse *gracia* an sich. Er kündigte nämlich an, dass eine Horde asiatischer Teufel auf dem Weg nach Spanien war. Sie wurde begleitet von einem Franziskaner aus Sevilla und dem Kapitän Sebastián Vizcaíno, dessen Name dem Herzog irgendwie bekannt vorkam. Die Asiaten hatten die Wahrheit Jesu Christi erkannt und strebten Handelsbeziehungen an. Sie gehörten zu einem Inselvolk, dessen Name er vor einigen Jahren bei einem Abendessen gehört hatte, als er neben einem Jesuiten gesessen hatte, der sich in diesen Dingen auskannte. Soweit er sich erinnerte, hatte der Jesuit erklärt, die Heiden in diesem Land hätten Steine und Bäume verehrt, ehe sie das Christentum kennengelernt hatten.

Lasst sie kommen, dachte er. Auch Spanien hatte Hunger auf neue Häfen, neue Mineralien und Wälder, neue Bekehrte, neues Geld. Der Brief bat ihn dringend, einen angemessenen Empfang für die Delegation zu organisieren. Weiter erwähnte er, dass der größte Teil der Gruppe sich schon hätte taufen lassen und dass die Nation, die sie repräsentierten, für ihre schönen Künste und exquisiten Sitten bekannt war.

Ihm erschien die Angelegenheit reichlich ironisch. Ausgerechnet zu einer Zeit, in der die Reinheit des Blutes hitzig propagiert und durch die von der eigenen Macht berauschte Heilige Inquisition mit aller Härte durchgesetzt wurde; in der die Foltereisen glühten wie nie zuvor; in der gerade erst fünf Jahre vergangen waren, seit der neue König und sein Handlanger, der Herzog von Lerma – ein unangenehmer *Emporkömmling* –, alle Mauren aus Spanien hinausgeworfen hatten. Ausgerechnet in dieser Zeit also bat man ihn, einer anderen Rasse dubioser Konvertiten den roten Teppich auszurollen. Der Herzog von Lerma war ein Stachel, von dem er sich nicht befreien konnte. Die Tochter des Herzogs hatte seinen eigenen ältesten Sohn Juan Manuel geheiratet, der ihm eines Tages nachfolgen und der achte Herzog von Medina–Sidonia werden würde. In einem Moment der Schwäche hatte er dem Paar seinen Segen gegeben.

Er nahm sich vor, den Besuchern aus Japan und den Palastbeamten, die ihn darum gebeten hatten, zu demonstrieren, wie sich ein alter Aristokrat in Zeiten verhielt, in denen ansonsten religiöser Provinzialismus regierte. Er würde den Palast in Sanlúcar de Barrameda öffnen, alle verfügbaren Kutschen abstauben, neu streichen und mit geschmückten Rössern losschicken lassen, um die Baumanbeter von ihrem Schiff abzuholen. Selbstverständlich würde er sie dort nicht persönlich in Empfang nehmen. Bestimmte Grenzen galt es zu respektieren. Er würde Julián schicken und einen oder zwei Neffen, um ihn zu repräsentieren. Mit Freude würde er seine Nichte eine Weile für sich allein haben, ohne die Gesellschaft des ansehnlichen jungen Ehemanns.

Der Schmerz in seiner Hüfte ließ nicht nach, als er hinunterging und das Zimmer seines Sekretärs aufsuchte. Er diktierte eine Antwort nach Sevilla und Madrid. Einen separaten Brief schickte er an seinen Verwalter in Sanlúcar und listete darin detailliert alle erforderlichen Vorbereitungen für die Ankunft der japanischen Delegation auf. Außerdem empfahl er die Dienste Juliáns und zweier nichtsnutziger Neffen.

Anschließend trank er einen kräftigen Schluck Wein und humpelte zu den Stallungen. Als wollte er seine Verbundenheit zum Land noch einmal bekräftigen, stieg er unter beträchtlichen Mühen auf seinen Lieblings-Araberhengst und machte einen Ausritt in die Hügel. Sein Weg führte ihn zwischen Hunderten Oliven- und Mandelbäumen hindurch. Die Wege waren nach einem morgendlichen Regenguss noch feucht. Von der wie trockenes Blut gefärbten Erde stieg ein Duft der Erneuerung empor, ein Aroma unterirdischer Dankbarkeit. Ursprüngliche Gerüche, wie das Land sie den Reitern und Pferden schenkt, die das Glück haben, nach einem überfälligen Regenschauer unterwegs zu sein. Er kam an einer Familie von *campesinos* vorbei, die Kartoffeln erntete, und erwiderte ihre Begrüßungen mit einem knappen Winken. Wehmütig gab er sich der Fantasie hin, dass er vielleicht glücklicher wäre, wenn er in eine Familie wie ihre hineingeboren worden wäre. Er dachte an seine Geliebte aus dem

Dorf, Rosario, die er als Guadas Kammerzofe ins Haus gebracht hatte, damit es leichter war, sie heimlich in sein Schlafzimmer zu lotsen.

Schließlich erreichte er den Kamm des Hügels und trabte über einen Ziegenpfad zu einer *alberca,* einem Bewässerungsbecken, das durch Rinnsale aus den Bergen genährt wurde. Dann wandte er sich stöhnend im Sattel um und blickte auf sein Haus und die Kapelle unten am Rand des Dorfs. Je älter er wurde, desto mehr fühlte er sich seinem Grund und Boden verbunden, desto unwilliger wurde er in Bezug auf irgendwelche Reisen, die ihn fort von hier führten.

Er tätschelte den kräftigen Hals des Pferdes und genoss dessen Wärme in der kühlen Luft. Der Herbst, seine liebste Jahreszeit, stand unmittelbar bevor. Er nahm ein Büschel der kastanienbraunen Mähne in seine mit Altersflecken gesprenkelte Hand und zerrte liebevoll daran, was das Pferd ignorierte. Doch mit dieser Geste rief er gleichzeitig eine Erinnerung wach, auf die er gern verzichtet hätte. Einen Vorfall, der mit dem jämmerlichen Untergang der Armada vor vierundzwanzig Jahren in Verbindung stand. Es war alles unternommen worden, um die Flotte zu retten. Jede Hoffnung, die Truppen des Herzogs von Parma nach Frankreich zu befördern, hatte sich zerschlagen. Er ordnete die Flucht seiner Armada Richtung Norden an, um Drakes leichteren Schiffen zu entkommen, die nicht nachließen, sie wie wütende, aus ihrem Nest aufgescheuchte Wespen zu attackieren. Auch damals war es September gewesen, wenn auch deutlich kälter. Sie hatten Schottland umrundet und waren endlich wieder auf südlichen Kurs gegangen. Auf ihrer Fahrt an der irischen Westküste entlang versuchte er, die Schiffe weit genug vom Ufer fernzuhalten. Doch Strömungen und Stürme drängten die Flotte immer näher an die Küste, als wollten sie ein höhnisches Spiel mit ihm treiben. Viele Schiffe wurden zerstört. Der Proviant und die Wasservorräte neigten sich dem Ende zu. Die Stimmung war so mies wie das Wetter. Und dann kam der Moment, wo er seinen Kavallerie-Offizieren befehlen musste, ihre Pferde ins Meer zu treiben.

Der Anblick seiner schreienden, brennenden Seeleute beim niederträchtigen Angriff mit Brandsätzen vor der Küste von Gravelines; das Bild seines an einer Musketenwunde sterbenden Schiffsjungen auf Deck; die böse zugerichteten Gesichter seiner verhungernden, an Ruhr erkrankten Männer; keine dieser Erinnerungen ging ihm derart unter die Haut wie der Anblick dieser Pferde, die gezwungen wurden, ins kalte Meerwasser zu springen, ihre Köpfe in den rauen, tiefen, fremden Wogen, als er sie so weit von ihren andalusischen Koppeln entfernt hatte ertrinken lassen.

Beim Mittagessen am selben Tag nahm Don Julián es mit überraschender Freude zur Kenntnis, dass er in den Palast der Familie Medina-Sidonia in Sanlúcar geschickt wurde. Der Herzog registrierte das tapfere Lächeln, das Guada aufsetzte. Sie dankte ihm, dass er ihrem Mann solches Vertrauen entgegenbrachte. Und doch hätte er schwören können, dass das Mädchen beinahe geweint hätte.

Kapitel 11

In dem die Samurai Spanien erreichen

Shiro stand am Bugspriet. Das Schiff fuhr in die Flussmündung ein. Die Ufer zu beiden Seiten wirkten sanft und unbewohnt. Den schlimmsten Teil der Überfahrt hatten sie längst hinter sich.

Sanlúcar de Barrameda im Oktober roch nach Tünche, brennenden Olivenzweigen und hohen dunklen Sherryfässern, die mit Quellwasser ausgespült wurden. Die Sonne war klar, das Land und die breiten Strände lagen flach vor den niedrigen grünen Hügeln. Riesige weiße Wolken dehnten sich langsam aus und lösten sich dann in der Brise auf. Er entdeckte ein hoch oben fliegendes Vogelpaar einer ihm unbekannten Art.

Diego und all die anderen Spanier an Bord deuteten aufgeregt hierhin und dorthin und klopften sich gegenseitig auf den Rücken. Hasekura Tsunenaga erschien in einem seiner festlicheren Gewänder an Deck. Es bestand aus weißer Seide mit eingenähten roten Kranichen. Alle Samurai trugen Schwarz oder Marineblau mit schwarzen Aufschlägen und Schärpen. Ihre Schwerter mitsamt Scheiden waren festlich poliert.

Als Shiro das Bild der Landschaft in sich aufnahm, spürte er etwas, auf das er nicht vorbereitet war – eine Vertrautheit, die sich als zitternde Schwerelosigkeit in seiner Brust bemerkbar machte. Es fühlte sich an, als spräche ein Geist zu ihm, der ihm vom Land her entgegenströmte. Er fragte sich, wie es möglich war, dass ein derart fremder und unbekannter Ort eine solche Wirkung auf ihn ausübte. Er fand keine Antwort und vermutete zunächst, dass es vielleicht jedem so ging, der über große Entfernungen reiste und viel Zeit auf dem Meer verbrachte. Doch die Ankunft in Neuspanien nach der Überquerung des Pazifiks und die Ankunft in La Habana nach der Reise durch den Golf von Mexiko hatten nicht annähernd derartige Gefühle in ihm ausgelöst.

Er bemerkte, dass auf dem hohen Glockenturm einer christlichen Kirche in der vor ihnen liegenden Ortschaft Störche nisteten. Diese Vögel – *kounotori* – wurden in seiner Heimat verehrt. Er verbeugte sich in ihre Richtung und ging dann nach hinten zum Steuer, um mit Hasekura Tsunenaga und dem christlichen Kapitän zu sprechen.

»Darf ich kurz mit Euch reden, Herr?«

Der japanische Gesandte betrachtete ihn mit einem Anflug von Misstrauen, denn sie hatten kein Wort gewechselt, seit Shiro vor Monaten aus dem Arrest entlassen worden war.

»Du darfst.«

»Ich frage mich, ob es mit Eurer Erlaubnis und der von Señor Capitán Oquendo vielleicht möglich wäre, dass ich die erste Wache an Bord des Schiffes leisten dürfte, wenn wir festgemacht haben.«

Hasekura zog eine Augenbraue hoch.

»Bist du nicht so begierig wie alle anderen darauf, festen Boden zu betreten?«

»Das bin ich, Herr, aber ich kann genauso gut noch einen Tag damit warten.«

Wieder schien sich der junge Mann einen Sonderstatus zu erbitten, was Hasekura Tsunenaga irritierte.

»Wie du wünschst«, sagte er, obwohl er innerlich weiter nach einer versteckten Motivation suchte. Shiro richtete seine Bitte daraufhin auch an den spanischen Offizier, der keine Einwände erhob, aber darauf hinwies, dass Shiro sich am Tag darauf als Übersetzer bereithalten sollte, weil ein Repräsentant des Königs aus Sevilla eintreffen würde.

Der Empfang am Kai verlief ausgesprochen erfreulich, wenn man davon absah, dass Hasekura Tsunenaga auf dem Landungssteg ausrutschte und beinahe das Gleichgewicht verlor. Shiro zählte fünfzehn offene und geschlossene Kutschen in blauen Pastelltönen mit goldenen Kanten und Federn als Schmuck. Die Fahrer trugen Hosen in pinkfarbenen und himmelblauen Stoffen, dazu gepuderte Perücken. Die drei jungen Adligen allerdings stiegen nicht von ihren Pferden, um Date Masamunes Repräsentanten zu begrüßen. Das einzige Zeichen von Respekt, das sie zu erkennen gaben – und auf das sie sich offenbar im Vorhinein verständigt hatten –, war die Andeutung einer Verbeugung im Sitzen. Frauen trugen Sonnenschirme oder Schleier zu ihren raffinierten Röcken und langärmligen Blusen, dazu farbenfrohe *mantillas* auf den

Köpfen, die durch stabile Kämme aus Schildpatt und Perlmutt festgehalten wurden.

Shiro war erleichtert, als alle gegangen waren außer einer kleinen Gruppe Schaulustiger, die nichts Besseres zu tun hatten, als zu glotzen und Kommentare über das neu eingetroffene Schiff abzugeben. Als sich die Nacht über den Hafen senkte, verschwanden auch sie. Zufrieden schritt Shiro die Decks ab, als gehörte alles ihm. Er gönnte sich eine Extraration Kekse zu seinem Trockenfisch und einen Extraschluck Wasser. Dann kletterte er in der Dunkelheit ganz nach oben ins Krähennest, wohin es ihn schon seit der Abfahrt aus Japan gezogen hatte.

Während er sich an dem kreisrunden Geländer festhielt, an dem die Hinterlassenschaften von Seeschwalben und Möwen klebten, schaute er hinaus über die Siedlung. Viele Häuser waren dunkel und verlassen. Andere wurden von innen mit Kerzen erleuchtet. Aus den Kaminen wehte Rauch, und weiter oben auf einer Anhöhe glaubte er den Palast zu erkennen, wo die Festlichkeiten stattfanden, denn in diesem Teil des Ortes waren die Lichter am hellsten, und von dort schien die Musik zu kommen, die über die Dächer herangetragen wurde. Als er sich umdrehte, sah er nur Dunkelheit: dunkle Wellen, die an ein dunkles Ufer schwappten, einen sandigen Strand, der von der schnell steigenden nächtlichen Flut überspült wurde. Über ihm stand kein Mond, aber eine Million Sterne.

Zwei Stunden später erwachte er verwirrt und mit Krämpfen. Er fror und schämte sich. Schlaf war dem Wachhabenden verboten. Außerdem hätte er leicht in einen unsanften

Tod stürzen können. Er hielt sich die rechte Hand vors Gesicht und betrachtete den zusätzlichen Finger, der ihn, trotz allem, was ihm von Geburt an prophezeit worden war, ungemein störte.

Er stieg wieder hinunter aufs Deck und meditierte in der kühlen, feuchten Luft, bis sich hinter den niedrigen Dünen und dem geschwungenen Ufer unter einer dünnen Wolkenschicht das erste Licht der Morgendämmerung zeigte. Er zog sich aus und ließ sich auf der dem Dorf abgewandten Seite des Schiffes ins Wasser gleiten. Er wusch sich und schwamm im kalten Wasser, während es langsam heller wurde. Zurück an Bord trocknete er sich ab und zog sich wieder an, gerade rechtzeitig für die Wachablösung. Mit der Hand am Griff seines Schwertes, so wie es sein Herr und Onkel Date Masamune ihm gezeigt hatte, ging er den Landungssteg hinunter und spürte zum ersten Mal den Boden Spaniens unter seinen Füßen.

Kapitel 12

*In dem ein Schwert zerbrochen und
eine Vision geschaut wird*

Hasekura Tsunenaga bevorzugte Pater Sotelo als seinen wichtigsten Dolmetscher. Während Sotelo vor dem Abgesandten des Königs katzbuckelte und für Hasekura Tsunenaga und die Häupter der vornehmen Familien eine Nettigkeit nach der anderen übersetzte, blieb für Shiro nichts zu tun, als sinnloses Geplauder zwischen Kaufleuten und örtlichen Beamten zu wiederholen, die es aufregend fanden, sich unter die exotischen Samurai zu mischen. Bald wurde ihm klar, dass er seinem Herrn ein besserer Neffe wäre, wenn er sich auf der langen Überfahrt ein wenig Mühe gegeben hätte, Hasekura Tsunenagas Vertrauen zu erlangen. Stattdessen wurde er nun gemieden und von den wichtigen Gesprächen ausgeschlossen.

Nach dem Abendessen schlug Pater Sotelo vor, dem Herzog von Medina-Sidonia eine Geste der Dankbarkeit für den festlichen Empfang in Sanlúcar zu überbringen. Hasekura Tsunenaga willigte ein, kümmerte sich um ein Geschenk und bestimmte Shiro zum Kurier. Zwar wusste

Sotelo, welch mächtiger Mann der Herzog war, doch begriffen weder Hasekura Tsunenaga noch Shiro, welche Chance diese Höflichkeitsmission barg. Hasekura Tsunenaga war einfach froh, Shiro für eine Weile loszuwerden, und der junge Samurai fühlte sich mehr denn je an den Rand gedrängt. Diego meldete sich freiwillig, um ihn zum Herzog zu begleiten.

Bevor sie sich am selben Abend zurückzogen, sollten sie Don Julián aufsuchen, den jungen Herzog von Denia, um von ihm ein Empfehlungsschreiben zu erhalten. Dank seiner kürzlichen Heirat bewohnte Julián eine der besseren Suiten in der oberen Etage des Palastes, mit Blick auf die Bucht. Als Shiro und Diego eingelassen wurden, saß Marta Vélez mit einem Glas Wein im Zimmer. Der junge Herzog erschien und stellte sie als seine Tante vor. Dann ließ er die drei allein, um sich dem Brief zu widmen. Zunächst reagierte Marta Vélez entsetzt auf die Vorstellung, sich mit diesem merkwürdigen Paar unterhalten zu sollen. Sie schrieb diese Pflicht den Launen des Provinzlebens zu. In Madrid hätte eine Armee von Dienern, angefangen am Eingang zu ihrem kleinen Palast bis hin zu ihrer Kammerzofe, eine Barriere zwischen solch absonderlichen Besuchern und ihrer eigenen Person errichtet. Hier in Sanlúcar verharrten sie nun zu dritt in quälendem Schweigen und hörten zu, wie Julián mit seiner Feder über ein Blatt Pergament kratzte.

Sie konnte nicht leugnen, dass der junge Samurai gut aussah. Er war groß, schlank und breitschultrig. Seine Haltung war aufrecht und wirkte entspannt, sein Gewand dunkel und elegant. Die Füße steckten in einem Paar geräuschvoller Holzsandalen, wie sie sie nie zuvor gesehen hatte. Sein Begleiter dagegen schien mit seinem Stumpf, der fleckigen Kniehose und den strähnigen langen Haaren genau dem Menschenschlag zu entstammen, den sie zeitlebens gemieden hatte. Immerhin war er Spanier, also richtete sie die ersten Worte an ihn.

»Wie gefällt dem Fremden unser Land?«

Diego schaute zu Boden und wartete, dass Shiro die Frage selbst beantwortete.

»Ich verstehe Eure Sprache«, sagte der Samurai.

Sie warf ihm einen erstaunten Blick zu.

»Wie ungewöhnlich«, sagte sie. »Ihr klingt, als wäret Ihr hier aufgewachsen.«

»Und ich freue mich sehr, hier zu sein«, sagte er. »Ich freue mich sehr, wieder auf festem Boden zu stehen.«

Sie schien seine Bemerkung amüsant zu finden. Ihre Stimmung hellte sich auf, denn ihr wurde klar, dass sie dank dieser unverhofften Begegnung später in Madrid eine köstliche Anekdote im Gepäck haben würde. Derweil bemerkte Diego, dass sie unter ihrem Kleid barfuß war.

»Ich weiß, dass Ihr erst einen Tag hier seid«, sagte sie zu Shiro. »Aber was ist Euch als bemerkenswertester Unterschied aufgefallen?«

»Alles, meine Dame«, sagte er. »Die Speisen und wie man sie zu sich nimmt, die Art der Kleidung, die unterschiedlichen Gesichtszüge und Hautfarben – der Mangel an Bädern.«

»Der Mangel an Bädern?«

»Ja, gnädige Frau. In Japan baden alle, und hier ... wie es mir scheint ... nicht.«

»Man glaubt bei uns, dass durch Wasser Krankheiten übertragen werden, die durch die Poren in die Haut eindringen und uns infizieren.«

Shiro lächelte nur höflich.

»Ihr stimmt dem nicht zu?«, fragte sie.

Wieder lächelte er nur. Ein Spanier hätte an diesem Punkt vermutlich gestikulierend die Stimme erhoben. Sie lächelte zurück.

»Nun, ich glaube es auch nicht«, räumte sie mit leiser Stimme ein. »Und wo ich normalerweise lebe, in Madrid, habe ich einen Raum ausschließlich zum Baden. Solltet Ihr eines Tages dorthin kommen, werde ich ihn Euch zeigen.«

»Daran wäre ich sehr interessiert«, sagte er.

Allen dreien war nicht ganz klar, ob plötzlich eine erotische Spannung in der Luft lag. In diesem Augenblick erhob sich Julián und reichte Diego ein versiegeltes Sendschreiben, wobei er Shiro vollständig ignorierte.

»Bitte schön.«

»Mein Herr«, erwiderte Diego ein wenig unterwürfig, um dem jungen Herzog zu schmeicheln.

Julián griff in seinen Geldbeutel und beförderte drei Münzen zutage, die er Diego in die Hand drückte. »Und dies ist für Euch, wenn Ihr mir Euer Wort gebt, nichts von der Anwesenheit meiner Tante hier zu erwähnen. Es geht um gewisse Streitigkeiten in der Familie, von denen Ihr nichts wissen müsst.«

»Kein einziges Wort, mein Herr«, sagte Diego und senkte den Kopf.

Julián drehte sich kurz in Shiros Richtung und neigte den Kopf, wie er es früher am Vormittag bei der Begrüßung Hasekura Tsunenagas getan hatte. Dann verließ er das Zimmer und nahm seine Tante mit. Doch ehe Marta Vélez endgültig verschwand, drehte sie sich um und warf Shiro einen schnellen, verschwörerischen Blick zu. Sobald sie allein waren, ergriff sie die Hand ihres Neffen. »Das war ziemlich unhöflich«, sagte sie.

»Überhaupt nicht.«

»Nun, du hättest dem Ausländer ebenfalls ein paar Münzen geben können, denn er spricht fließend Spanisch.«

»Nein.«

»Doch.«

Er hielt inne und dachte nach.

»Aber er wird nichts über uns verraten«, erklärte Julián mit höhnischem Lächeln. »Er wird genug damit zu tun haben, vor den Jagdhunden des Herzogs zu flüchten.«

»Ich fand ihn anziehend.«

»Das kommt daher, dass du ein leichtes Mädchen mit unsolidem Urteil bist. Er ist bloß ein Heide, ein grotesker Laufbursche in einem Frauengewand.«

Shiro und Diego brachen im Morgengrauen auf und erreichten am Nachmittag Jerez, wo sie die Pferde wechselten. Als die Nacht sich herabsenkte, waren sie immer noch vier Stunden von Medina-Sidonia entfernt. Sie lagerten in einem Kiefernwäldchen an einem Nebenarm des Flusses Guadalete. Shiro hatte genug von Trockenfisch und Pökelfleisch, zog mit seinem Bogen los und schoss drei Ringeltauben im Flug ab. Diego hatte etwas Derartiges noch nie gesehen und kam aus dem Schwärmen nicht wieder heraus. Shiro rupfte, säuberte und briet die Vögel. Bis hierhin war der Ritt wunderschön gewesen. Wieder auf einem Pferd zu sitzen und zu jagen, in einem Wald am Feuer zu lagern, das alles war ein Segen.

Er bedauerte es, dass sein Freund ihn begleitete. Seit dem Aufbruch in Sanlúcar hatte Diego pausenlos geredet. Er hörte gar nicht mehr auf zu reden von den Phöniziern, Griechen, Römern, Mauren und Westgoten, all den verschiedenen Völkern, die in diesen Hügeln und Tälern so nahe am Meer gelebt hatten. Nichts davon interessierte den Samurai wirklich. Stattdessen lenkte es ihn von der Erfahrung ab, einfach hier zu sein. Ihm wurde klar, dass Diego zu den Menschen gehörte, die immer sprechen mussten, statt zu genießen, was in Shiros Augen der beste Teil des Lebens war.

Früh am nächsten Morgen, als der Spanier noch schlief, zog Shiro sich aus und tauchte in das Flüsschen. Als das kalte Wasser über ihn hinwegrauschte, stellte er fest, dass seine Randstellung drei Vorteile mit sich brachte. Wäre seine Mutter mit seinem Vater verheiratet gewesen, so hätte er Japan niemals verlassen. Der Fürst hätte ihn als seinen Sohn anerkannt, als einen Erben wie alle anderen. Hätte er einen richtigen Vater, so wäre sein Geist wahrscheinlich in feste Formen gegossen. Ein Bastard zu sein hatte ihm eine gewisse Unabhängigkeit ermöglicht. Ein Bastard zu sein erlaubte es ihm, hier in diesem Fluss am anderen Ende der Welt zu baden. Wie einer seiner Lieblingsmönche immer wieder gesagt hatte, wenn Shiro sich beschwert hatte, ignoriert zu werden: »Wer weiß schon, was gut und was schlecht ist?« Dies, so schien es ihm, war einer der größten Gegensätze zwischen seinem Zen-Buddhismus und den Glaubenssätzen der Christen, die behaupteten, immer zu wissen, was gut und was böse war.

Als sie die beeindruckende Finca des Herzogs erreichten, wies man ihn und Diego an, am Tor zu warten. Eine Stunde verging, ehe ein Sekretär erschien, um die Briefe entgegenzunehmen. Zwei Stunden später kehrte derselbe Mann zurück und erklärte, die Briefe seien gelesen worden und es bestünde kein Grund mehr für ihre Anwesenheit. Diego war wütend über das Bild, das seine Landsleute abgaben, und – ganz wie er es schon in seiner Jugend gewesen war – zornig auf den Adel. Doch er hatte keine Lust auf eine Auseinandersetzung mit einem derart mächtigen Haus und machte sich daran, wieder aufs Pferd zu steigen. Shiro blieb ruhig und erklärte dem Sekretär, dass er immer noch das Geschenk für den Herzog hätte und es ihm nur persönlich überreichen würde. Dann fügte er noch hinzu, dass er in seinem Heimatland als Prinz gelte und der Herzog ihn sicher empfangen würde, sollte er davon erfahren.

Als der Sekretär sich zurückzog, fragte Diego: »Du bist ein Prinz?«

»Mein Herr Date Masamune hat mich so genannt, denn sein Blut fließt durch meine Adern.«

Diego nickte bewundernd, als hätte er es begriffen, doch tatsächlich waren ihm die Hierarchien und Ränge der Japaner nie recht klargeworden. Er war drauf und dran, genauer nachzufragen, doch der stählerne Blick hinter der ruhigen Aura des jungen Samurai ließ ihn innehalten. Als der Sekretär zurückkehrte, wurde Shiro in die Villa gebeten.

Er bewunderte die weißen Wände, die dunklen Möbel und die gefliesten Böden. Der Palast in Sanlúcar war äußerlich zwar schlicht erschienen – jemand hatte ihm erklärt, dass diese Eigenschaft einem islamischen Ideal entsprach, das ihm auf Anhieb sympathisch war –, innen aber war er reich verziert und extravagant. Hier dagegen, wo sich der Besitzer am meisten zu Hause fühlte, empfand Shiro den Stil beinahe japanisch, nämlich innen und außen gleichermaßen einfach und streng. Shiro gefielen die sachlichen religiösen Gemälde und die düsteren Porträts, die schlichten Rüstungen, die Farne in ihren Töpfen und die verblichenen Gobelins. Dieses Haus gehörte jemandem, der es nicht für nötig hielt, irgendetwas zu beweisen.

Er wurde ins Arbeitszimmer des Herzogs geführt, wo der Edelmann an einem breiten, schweren Schreibtisch saß, auf dem sich Papiere und Manuskripte stapelten. Er legte ein Vergrößerungsglas beiseite und erhob sich, wobei er sich auf einen Gehstock stützen musste. Shiro verbeugte sich, und der Herzog musterte den jungen Mann. Bei all seinen mehr oder weniger erfolgreichen Reisen und Abenteuern, bei den zahlreichen Begegnungen mit ausländischen Würdenträgern am Hof des Königs, war er nie jemandem von solchem Aussehen begegnet.

»In dem Brief, den Ihr mitgebracht habt, ist von Eurem

königlichen Stand keine Rede«, sagte er bewusst langsam. »Und Ihr seid in Begleitung eines Mannes aufgetaucht, der wie ein Stallbursche aussieht.«

»Ich bin Shiro-san, Prinz von Sendai, mein Herr.«

Der Herzog lächelte, beeindruckt von der Courage des jungen Mannes. Und er zeigte ein unmittelbares Interesse an dem merkwürdigen, langen Griff des sonderbaren Schwertes, das unter Shiros Schärpe hervorschaute.

»In meinem Land, diesem Land, ist der Begriff ›Prinz‹ ausschließlich den legitimen Erben des Königs vorbehalten; des Königs, der über ganz Spanien und Portugal herrscht, beide Sizilien, die Niederlande sowie das gesamte Neuspanien und die Philippinen jenseits des Ozeans. Was bedeutet es in Eurem Land?«

»In den Briefen, die ich Euch mitgebracht habe, ist von meinem königlichen Blut keine Rede, weil ich ein illegitimer Nachkomme bin. Die legitimen Erben wären niemals so weit fort von ihren Burgen und Armeen gereist. Doch ich bin verwandt mit Fürst Date Masamune, der mich als engen Vertrauten hier in Euer Land geschickt hat.«

Das unverblümte Eingeständnis des jungen Mannes schockierte den Herzog im ersten Moment, dann amüsierte es ihn ebenso wie die eindeutige *sevillano*-Färbung in seiner Aussprache.

»Der Mann, der den einen dieser beiden Briefe geschrieben hat, Euer Landsmann, ist er ein legitimer Prinz?«, fragte der Herzog.

»Er ist legitim, hat adliges Blut und wurde vom Herrn Masamune mit der Leitung der Mission betraut, aber er ist kein Prinz.«

»Und erkennt er Euch als Prinzen an?«

»Nein, oder besser: Ja, denn ich vermute, dass er mich deshalb als Zumutung empfindet. Er hat mich mit diesen Briefen geschickt, um mich loszuwerden.«

Der Herzog kam zu dem Schluss, dass er sich in Gesellschaft eines fürstlichen jungen Mannes befand, egal wie es sich im Einzelnen verhalten mochte. Er forderte Shiro mit einer Geste auf, Platz zu nehmen. Dann setzte er sich wieder auf den Stuhl hinter seinem Schreibtisch.

»Das Stehen ermüdet mich.«

Mit den ungeschnittenen Fingernägeln seiner rechten Hand klopfte er auf die Tischplatte. »Lasst mich sehen, ob ich begreife, was Ihr mir erzählt«, sagte er. »Der König Eures Landes hat die Gesandtschaft losgeschickt und ein Mitglied des Adels als Führer ausgewählt. Ihr aber, selbst wenn Ihr ein illegitimer Nachfolger seid, worauf ich in einer Minute komme, steht dem König näher und werdet deshalb von dem adligen Gesandten gemieden.«

»Ja, mein Herr. Das ist eine zutreffende Einschätzung, nur dass der Herr Date Masamune sich nicht als König bezeichnen würde.«

»Und warum das?«

»Er zieht die Bezeichnung ›Krieger‹ vor.«

»Ist er denn einer?«

»Ja, mein Herr.«

»Und Ihr?«

»Ich und die anderen Samurai sind alle Krieger und folgen dem Pfad des Kriegers. Aus dem, was ich bisher gelernt habe, schließe ich, dass der Pfad des Kriegers am ehesten mit dem zu vergleichen ist, was hier Rittertum genannt wird.«

»Ihr seht nicht unbedingt wie ein Krieger aus.«

»Wie kommt Ihr darauf?«

»Krieger sind in der Regel gröber und robuster.«

»Wenn das Schwert flink und scharf ist, ist keine Grobheit nötig. Und ein robustes Äußeres ist oft trügerisch.«

Der Herzog lächelte.

»Ist es wahr, dass Ihr alle getauft wurdet? Ihr und die übrigen Samurai?«

»Ja. Wir alle mit Ausnahme von Hasekura Tsunenaga, der in Gegenwart Eures Königs getauft werden möchte.«

»Und Ihr glaubt tatsächlich an die Lehren der Kirche?«

»Wir glauben an die Diplomatie.«

Der Herzog lachte laut. »Ich beginne zu verstehen, warum Euer Botschafter Euch nicht in der Nähe haben möchte.«

Shiro reagierte nicht auf die Bemerkung. Stattdessen fiel ihm etwas ein.

»Ich bringe Euch ein Geschenk von ihm.«

Er griff in seine Tunika und zog einen langen, in weiches Leder gewickelten Dolch hervor. Dann stand er auf, trat an den Schreibtisch und überreichte ihn mit einer Verbeugung dem Herzog, der ihn an sich nahm.

»Dies ist ein wertvolles *Tanto*, das man normalerweise zusammen mit dem *Katana* trägt«, erklärte er und berührte dabei den Griff seines Schwertes. »Die Kombination dieser beiden – hier seht Ihr mein eigenes *Tanto*, das ich nahe an meinem Herzen trage – ist als *Daisho* bekannt. Nur ein Samurai darf sie tragen.«

Der Herzog wickelte das Messer aus und nahm es in die Hand. »Es ist wunderschön. Ein Geschenk, das mir wirklich Freude bereitet.«

»Und scharf.«

»Ich fühle mich sehr geehrt.«

»Ganz meinerseits, Herr. Ihr habt uns nach unserer langen Reise viel freundlicher empfangen, als wir einst Eure Seeleute empfingen, die im Sturm vom Kurs abkamen und an unseren Küsten landeten. In dieser Hinsicht können wir noch viel von Euch lernen.«

Der Herzog dachte einen Moment an seinen Sohn und seine Schwiegertochter, dann konzentrierte er sich wieder auf den sonderbaren jungen Mann, der aus einem fernen Land, das er selbst niemals besuchen würde, in sein Arbeitszimmer in den Hügeln gekommen war. Mit einem Mal spürte er das Gewicht seines Alters.

»Ich würde Euch raten, nicht so schnell zufrieden mit uns zu sein. Wisst Ihr, warum ich Euch nicht gleich heute Morgen empfangen habe?«

»Nein.«

»Wegen des zweiten Briefes, den mein Landsmann geschrieben hat. Tatsächlich ist er der Ehemann meiner eigenen Nichte. Soll ich ihn Euch vorlesen?«

Shiro nickte einfach mit dem Kopf.

»Ich werde die blumigen Begrüßungen überspringen, die mir, ganz unter uns, alles über diesen Jungen verraten hätten, was ich wissen muss. Lieber komme ich gleich zum Kern der Sache.«

Er räusperte sich und hielt sich den Brief mit beiden Händen vor die wässrigen Augen.

»Anstatt sich selbst die Mühe zu machen, hat der Botschafter seine Grüße und seine Dankbarkeitsnote zwei Männern anvertraut, die nach allem, was ich schließen kann, zu den Niedrigsten der Niedrigen gehören. Dem jungen Mann, dem man befohlen hatte, letzte Nacht als Wache an Bord zu bleiben, und einem einfachen Seemann aus La Triana, der kaum des Lesens fähig ist. Die Beleidigung, oder schlimmer noch, die Ignoranz eines solchen Verhaltens befremdet mich. Ich brauche wohl kaum zu sagen, dass Ihr die beiden gar nicht zur Kenntnis nehmen braucht, wenn sie bei Euch eintreffen.«

Er legte den Brief zurück auf seinen Schreibtisch.

»Was haltet Ihr davon?«

Schon beim Zuhören hatte Shiro den Entschluss gefasst, den Verfasser für diese Verunglimpfungen bezahlen zu lassen. Doch diesen Teil behielt er für sich.

»Als Hasekura Tsunenaga das Schiff verließ«, erklärte er in gleichmütigem Tonfall, »ließen sich weder Don Julián noch seine beiden Gefährten dazu herab, von ihren Pferden zu steigen und unseren Botschafter Auge in Auge zu begrüßen. Und an dem Abend, als mein Freund und ich ihn aufsuchten, um unser Empfehlungsschreiben abzuholen, sprach er ausschließlich mit meinem Freund Diego, dem er etwas Geld gab, um dessen Schweigen über eine bestimmte Frau zu erkaufen, die sich bei ihm aufhielt. Außerdem wurde mir nie befohlen, die Nacht auf dem Schiff zu verbringen. Ich hatte mich freiwillig gemeldet.«

Mit ehrlicher Faszination zog der Herzog die Augenbrauen hoch. Was wie ein gewöhnlicher Morgen mit langweiligem Papierkram und der Eintönigkeit des Alters begonnen hatte, nahm inzwischen Fahrt auf.

»Eine Frau, sagt Ihr. Was für eine Frau?«

Shiro sah keinen Grund, dem Herzog etwas zu verheimlichen. »Eine Frau, die er als Tante bezeichnete, was sie eindeutig nicht war.«

Schon im nächsten Moment schien der Herzog jegliches Interesse an dem Thema verloren zu haben.

»Und wer ist dieser Diego, von dem alle so wenig halten?«

»Er stammt aus Sevilla, ein Abenteurer. Ein feiner Mann.«

»Doch warum begleitet er Euch?«

»Wir wurden auf der Reise von Japan hierher Freunde und konnten uns zusammen über Pater Sotelo lustig machen. Dann rettete ich sein Leben. Und dafür ist er dankbar.«

»Pater Sotelo.«

»Der spanische Priester, der mir in Japan Eure Sprache beigebracht hat, und der Mann hinter der ganzen Mission. Ich vermute nämlich, dass es ursprünglich seine Idee war, die sich mein Herr dann zu eigen gemacht hat.«

»Und wie kam es dazu, dass Ihr das Leben des Seemanns rettetet?«

»Er bedrohte einen Samurai mit dem Messer, der ihm daraufhin die Hand abtrennte und ihn köpfen wollte.«

»Den Mann köpfen?«

»Als ich dazwischenging, verübte der Samurai jedenfalls *seppuku* vor den Augen aller.«

»Und das heißt?«

»Wir öffnen den Bauchraum mit einem Tanto, wie Ihr jetzt auch eines habt. Es ist ein Ausdruck des Respekts vor dem Kontrahenten.«

»Guter Gott. Wie abscheulich.«

»Nicht mehr als das Jagen und Ausnehmen einer Antilope.«

»Wo wir gerade von Innereien sprechen ... Meine rühren sich langsam. Wir müssen etwas essen. Aber vorher habe ich noch eine Frage. Warum habt Ihr Euch freiwillig gemeldet, um auf dem Schiff Wache zu halten? Warum verspürt ein Prinz, selbst ein illegitimer, einen solchen Wunsch?«

»Wir waren so weit gereist, Herr, so weit von dort, wo ich herkomme, von dem, wer ich bin. Dann plötzlich, als wir bei Sanlúcar de Barrameda in den Kanal einfuhren, fühlte ich mich auf so merkwürdige Weise zu Hause. Das brachte mich so aus der Ruhe, dass ich ein wenig Zeit für mich brauchte, ehe ich an Land ging. Nach so vielen Monaten erzwungener Gemeinsamkeit allein zu sein, war ein großer Luxus. Ehrlich gesagt ließ ich mich nur deshalb von Diego zu Eurem Haus begleiten, weil er es so gern wollte. Die Vorstellung, mit einem Pferd und meinem Bogen allein durch Eure Landschaft zu reiten, wäre mir viel lieber gewesen.«

Unten, im an die Kapelle grenzenden Garten, tranken die beiden Männer Málaga-Wein und aßen dazu Gebäck, das von den im Kloster des Dorfes lebenden Nonnen zubereitet worden war. Granatäpfel und gefleckte Quitten hingen an den Bäumen, späte Rosen blühten, kurz geschnittene und bitter riechende Buchshecken grenzten die Beete ab. Obwohl eine Palette verschiedener Grüntöne vorherrschte, waren die Kieswege bereits von gefallenen Blättern übersät, und das Sonnenlicht musste gegen eine verräterische Herbstfeuchtigkeit ankämpfen.

Der Herzog hielt Shiros Katana in seinen knochigen Händen und bestaunte dessen Stabilität, die Form und die handwerkliche Kunstfertigkeit. Shiro betrachtete ein spanisches Schwert, das zusammen mit den Erfrischungen gebracht worden war.

»Ich bin ein strenger Verfechter dessen, was wir *La Verdadera Destreza* nennen«, erklärte der Herzog. »Die wahre Kunst des Schwertkampfes, im Gegensatz zur *esgrima vulgar*. Ich habe die Veröffentlichung eines Buches zu diesem Thema finanziert. Unter den Adligen hierzulande gibt es lebhafte Diskussionen zwischen den *Carrancistas* und den *Pachequistas* in Bezug auf die korrekte Beinarbeit und Ähnliches. Aber wie Ihr sehen könnt, benutzen wir nur eine Hand. Könntet Ihr mir eine kurze Demonstration in der Handhabung des Schwertes durch die Samurai geben?«

Ein Wächter wurde herbeigerufen, und auf einer kleinen Lichtung neben einem Springbrunnen nahmen Shiro und der Mann einander gegenüber Aufstellung. Shiro verbeugte sich vor dem Wächter, ehe er die erste Position einnahm, was den Herzog beeindruckte. Doch nichts hätte ihn auf das vorbereiten können, was er nun zu sehen bekam: die Akrobatik, mit der das Samuraischwert über Shiros Kopf wirbelte, dann hinter seinem Rücken, ehe es schließlich dramatisch nach vorn drängte, stets in präzisem Winkel zu Shiros Ellbogen. Der Wächter tat sein Bestes, um den Enthusiasmus des Herzogs für die *verdadera destreza* zu rechtfertigen, doch nach dreißig Sekunden – genügend Zeit, um seinem Gastgeber die grundlegenden Bewegungsabläufe zu demonstrieren – nahm Shiro das Schwert seines Gegenübers ins Visier und schlug es in zwei Teile. Sein Hieb zerbrach die Klinge, als wäre der spanische Stahl nichts weiter als ein trockener Zweig.

Die zerstörte Klinge flog hoch in die klare Luft und glitzerte im Sonnenlicht. Die drei Männer folgten ihr mit den Augen. Sie flog quer durch den Garten und wirbelte zwischen Oleanderblüten und Palmwedeln hindurch. Schließlich drang sie wenige Zentimeter vom zierlichen Fuß Guadas entfernt in die Erde des Pfades, auf dem diese gerade spazierte. Sie hatte den Kopf bedeckt, und ihr Herz war zerknirscht nach dem Besuch der Messe in der Kapelle.

TEIL ZWEI

Kapitel 1

*In dem Shiro und Guada in
den Ruinen spazieren*

In einer Ecke des großen Zimmers, das man ihm zugewiesen hatte, warf eine Wachskerze Tentakel aus bernsteinfarbenem Licht auf die geweißten Wände. Das Bett war breit und hart. Shiro lag unter einem Laken aus gebleichtem Musselin mit einem bestickten Rand, in dem die Initialen des Herzogs sich kunstvoll mit astrologischen Motiven verwoben. Über das Laken war eine schwere Decke aus dem Fell von Luchsen gebreitet worden, die aus der Sierra de Grazalema stammten. Der Saum bestand aus gefranstem burgunderrotem Samt. Die Wärme der Decke schützte ihn vor der eiskalten Luft, die durch die offenen Fensterläden drang. Luft, die den Duft von Kiefern und Rosmarin mit sich trug.

Es war kurz vor der Morgendämmerung, und er lauschte dem Klippklapp von Maultierhufen auf den Steinen der nahe gelegenen Straße. Er vermutete, dass das Tier aus dem Dorf hinaus aufs Land geführt wurde. Auch wenn er sich weit von zu Hause entfernt fühlte, spürte er einmal mehr einen Anflug von Vertrautheit. Sein Kopf schmerzte.

Er dachte an das wundersame Mädchen. Beim gestrigen Abendessen hätte er geschworen, dass ihre Augen sich außen leicht nach oben zogen. Die Eleganz ihres Auftretens und ihre Zartheit hatten ihn überwältigt. Als er merkte, dass sie auf den zusätzlichen Finger an seiner rechten Hand starrte – eine Extravaganz, die dem Herzog bisher entgangen war –, verschlug es ihm die Sprache. Der Gedanke, dass sie mit dem unhöflichen Barbaren namens Julián verheiratet war, der Diego in Sanlúcar für sein Schweigen über diese Frau bezahlt hatte, war verstörend. Zuerst vermutete er, dass es sich um eine arrangierte Ehe handelte. Doch jedes Mal, wenn im Gespräch Juliáns Name fiel, reagierte sie erfreut. Es war nicht zu übersehen, dass sie ihren Ehemann liebte, und es hatte ihn all seine Selbstkontrolle gekostet, nicht zu verraten, was er wusste.

Es fiel ihm nicht schwer, sich vorzustellen, dass er sich verliebt haben könnte, wenn er mehr Zeit mit Yokiko hätte verbringen können. Verliebt in ein Mädchen, das an andere Männer versklavt war. Man hatte ihm erzählt, dass seine eigene Mutter ihren ersten Ehemann leidenschaftlich geliebt hatte – einen gut aussehenden Mann, der nicht für seine Freundlichkeit bekannt war. Dann hatte sie eine neue Liebe mit Katakura Kojuro gefunden, der dicklich, plump und mit einer anderen verheiratet war.

Er würde sich damit abfinden müssen, dass mit Guada nichts möglich war, was über den Austausch von Freundlichkeiten hinausging – selbst wenn sie noch nicht zu einem anderen Mann gehörte. Sowohl ihre Sippe privilegierter Christen als auch sein Samurai-Kodex würden allenfalls eine höchst vorsichtige und eingeschränkte Annäherung zulassen. Tatsächlich war es ihr Status als verheiratete Frau – und seiner als exotischer Gast aus dem Ausland –, der ihnen ein gewisses Maß an Freiheit ermöglichte. Als ungebundene Frau hätte sie ihm nicht einmal im Schutz der prachtvollen Räume ihres Onkels ohne Begleitung gegenübertreten dürfen. Und so wie es aussah, würde ihre Mutter in wenigen Tagen eintreffen, um dem Herzog die »Last« abzunehmen, einen beträchtlichen Teil seiner nachlassenden Kräfte zur Unterhaltung seiner Nichte aufbringen zu müssen.

Zum Essen waren über dem Feuer geschmorte Stücke Ziegenfleisch mit Kartoffeln aus der Neuen Welt serviert worden, die zusammen mit Äpfeln und Birnen gekocht worden waren. Der Wein, ein Getränk, das er nie zuvor probiert hatte, kam zur offensichtlichen Zufriedenheit des Herzogs aus dem spanischen Norden. Je mehr Shiro trank, desto mehr schien das Getränk seine Zunge zu lösen, bis schließlich die Diskussion über *maguro* – also Thunfisch – dafür sorgte, dass er seine Zurückhaltung völlig ablegte. Ein nahe gelegenes kleines Dorf an der Küste, das noch im Herrschaftsbereich des Herzogs lag, war für seine zupackenden Fischer bekannt, die sich auf Thunfisch spezialisiert hatten. Als der Herzog erwähnte, dass die Saison begonnen hatte, erzählte Shiro ihm, welch große Delikatesse der Fisch in seinem Heimatland darstellte. Sogleich bestand der Herzog darauf, am nächsten Morgen einen gemeinsamen Ausflug in dieses Dorf zu unternehmen.

Nach mehreren Stunden Reise entdeckten sie um die Mittagszeit von hoch oben in den Hügeln erstmals das Meer. Der Herzog, Shiro, Guada und Rosario, dazu die Wächter und Diener des Herzogs, bildeten eine farbenfrohe Karawane vor dem Hintergrund der grünen Gräser und der Mandelbäume auf den Hängen ringsum. Der Herzog war purpurn und cremefarben gekleidet, Shiro in Schwarz und Weiß, und Guada saß im Damensattel und trug einen wogenden elfenbeinfarbenen Rock und eine blaugrüne Weste mit gelben, aus venezianischem Glas gefertigten Knöpfen. Rosario trug Schwarz, die Wächter Grau und Blau, die Diener Tuniken aus Musselinstoff. Den Hausgeistlichen hatte man zurückgelassen. Ein Wächter ritt mit der Standarte des Herzogs an einer langen, lackierten Stange voran. Eine Reihe von Mulis mit Zelten und Vorräten folgte ihnen.

In seinem ganzen bisherigen Leben hatte Shiro noch keine derartige Gegend kennengelernt. Der Herbst fühlte sich wie Frühling an. Alles schimmerte unter einer Sonne, die die Haut wärmte, ohne die Menschen zu tyrannisieren. Es war eine von Landwirtschaft völlig unberührte Gegend, nur hin und wieder mit weißen Häusern gesprenkelt, die grundsätzlich zwei Fenster und ein ziegelgedecktes Dach aufwiesen, dazu einen kleinen Gemüsegarten und einen einfachen Stall mit grauen Schweinen. Nichts Unheilvolles schien in diesem Idyll gedeihen zu können. Sie ritten die sanft abfallenden Pfade in Richtung des Mittelmeers hinunter.

Der Herzog hingegen erlebte die Reise ganz anders. Jeder Schritt, den sein Hengst machte, sandte einen stechenden Schmerz in die Hüften des stolzen Mannes. Der morgendliche Krug Wein hatte wenig getan, um die Schmerzen zu dämpfen. Doch seine Eitelkeit, seine Männlichkeit, seine Sehnsucht, für Rosario eine romantische Figur zu bleiben – auch wenn diese Vorstellung vielleicht nur in seinem eigenen Kopf existierte –, seine Sehnsucht nach einer ungebrochenen Kontinuität zu einer jugendlichen Vergangenheit, in der er als Lebemann am Hof berüchtigt gewesen war, ließen ihn stoisch leugnen, dass sein Körper nicht mehr lange in der Lage sein würde, ohne Hilfe aufrecht zu stehen.

Am späten Nachmittag erreichten sie das Ufer, wo ein stetiger Wind von den Meerengen her beigefarbene Sandwolken um ihre Füße herum aufwirbelte. Nach der Begrüßung der einheimischen Fischer luden sie die Mulis an einem Weiher hinter den niedrigen Dünen ab, am Rande einer ausgedehnten Fläche mit römischen Ruinen. Zahlreiche hohe Säulen, die Überreste eines Amphitheaters und mehrere ins Nichts führende Straßen mit sorgfältig verlegten Pflastersteinen umgaben ihren Lagerplatz mit einer antiken Aura. Sofort erkundigte sich Shiro beim Herzog.
»Was ist dies für ein Ort?«
»Es schmerzt mich, sagen zu müssen, dass ich kaum etwas darüber weiß. Vor einigen Jahren habe ich zwei Gelehrten einen ansehnlichen Betrag für die Erforschung dieses Ortes gezahlt, doch die Resultate waren äußerst karg. Ihrer Meinung nach hat der Ort einst Baelo Claudia geheißen, da Kaiser Claudius ihm im ersten Jahrhundert den Status eines Municipiums verliehen hat. Die Siedlung

widmete sich dem Fischfang sowie der Produktion von Garum und besaß Tempel, die Isis, Jupiter und Minerva geweiht waren.«

Shiro wusste kaum etwas über die Römer und ihre Herrscher und verleitete den Herzog zu einer an Ort und Stelle gehaltenen Geschichtsstunde, an der sich alle in Hörweite erfreuen konnten. Geschickt beendete er die Vorlesung mit Hinweisen auf einige seiner Vorfahren, die geholfen hätten, die Gegend Mitte des 13. Jahrhunderts von der Herrschaft der Mauren zu befreien.

Am Abend aß man Schweinerippen und trank mit Wasser verdünnten Wein. Kurz nachdem der Herzog sich zurückgezogen hatte, wurde Rosario in sein Zelt bestellt. Shiro lud Guada zu einem Spaziergang durch die Ruinen ein. Es herrschte Neumond. Ein Wächter folgte ihnen in diskretem Abstand.

In der Luft lag eine feuchte Kühle. Sie schien aus den Ritzen zwischen den tausendjährigen Steinen zu kriechen, über die sie spazierten. Guada zog ihren Umhang dicht um den Hals und machte sich bewusst, dass sie bisher niemals nachts – oder zu irgendeiner anderen Tageszeit – einen unbegleiteten Spaziergang mit einem Mann gemacht hatte, der nicht ihr Ehemann war. Und bestimmt nicht mit einem so ungewöhnlichen Mann wie diesem hier.

»Vor langer Zeit war dies eine lebendige Stadt am Meer«, sagte sie. »Voller Männer, Frauen und Kinder unter dem Schutz des römischen Rechts. Und während sie hier lebten, glaubten sie, es würde immer so weitergehen. Doch heute erinnert sich keiner mehr an sie.«

Noch ehe ihr die Worte über die Lippen gekommen waren, begriff sie, wie banal sie klingen mussten. Doch sie hielt es für ihre Aufgabe, das Gespräch mit diesem Fremden, der am Abend zuvor so wenig geredet hatte, in Gang zu bringen.

»Unbeständigkeit ist ein Bestandteil des Lebens«, sagte er. »Diese Ruinen sind eine gute Mahnung. Wir haben auch in meinem Land solche Orte.«

Sie wusste nichts über sein Land, hatte erst vor wenigen Tagen von seiner Existenz erfahren. In Geografie besaß sie bestenfalls Grundkenntnisse.

»Ich glaube, es gefällt mir nicht, wie das klingt«, sagte sie. »Diese Unbeständigkeit.«

»Warum?«

»Es macht mir Angst«, erklärte sie. »Ich mag es, wer und wie und wo ich jetzt bin. Ich möchte nicht, dass die Dinge sich ändern.«

»Aber Ihr wisst, dass sie sich ändern werden.«

»Natürlich«, sagte sie. »Ich weiß, dass ich eines Tages alt werde und sterbe. So sicher wie jeder andere hier heute Abend. Aber es gefällt mir nicht.«

»Mir gefällt es auch nicht«, sagte er. »Aber ich glaube, es kann hilfreich sein, um … damit man jeden einzelnen Tag lebt.«

»Das klingt, als könnte es sündhaft sein.«

»Warum?«

»Weil es einen der Versuchung entgegentreibt.«

»Eure Religion beschäftigt sich viel mit der Versuchung.«

»Es ist auch Eure Religion.«

Er entschied sich, diesen Punkt lieber zu ignorieren.

»Und diese Idee«, fuhr er fort, »dass man immer von oben beobachtet und beurteilt wird und dass man nach dem Tod vor ein Gericht kommt, ist ziemlich, wie soll ich es sagen …?«

»Anstrengend?«

Er lachte. Sie beide lachten.

»Ja«, sagte er. »Das ist genau das richtige Wort.«

»Aber wir sind geboren, um zu kämpfen«, sagte sie. »Um gegen die Sünde zu kämpfen, so wie die Tiere ums Überleben kämpfen. Es gefällt Gott nicht, wenn wir in unserer Wachsamkeit nachlassen.«

Sie hielten an und setzten sich auf eine unebene Steinplatte, den Überrest einer Wand, von der aus man das Meer überblicken konnte.

»Diese Menschen, die vor so langer Zeit hier lebten«, sagte er. »Diese Römer – glaubt Ihr, auch sie waren Christen?«

»Das bezweifle ich. Der Herzog erwähnte Tempel, die für mythische Gottheiten gebaut wurden, aber keinen, der dem Erlöser geweiht war.«

»Sie haben auch gekämpft«, sagte er. »Ums Überleben, wie Ihr es ausdrückt. Aber wie wurden sie … unserer … Religion zufolge nach ihrem Tod gerichtet?«

»Sie wurden alle, ohne Ausnahme, in die ewige Hölle verdammt.«

»Erscheint Euch das gerecht?«

»Es ist besser, solche Fragen nicht zu stellen. Sie können zur Sünde führen.«

»In manchen unserer Bergdörfer werden die Alten, wenn sie nicht mehr nützlich sind, an einen Ort getragen, an dem man sie sterben lässt.«

»Das ist ungerecht.«

»Da stimme ich Euch zu. Aber ich sehe keinen Unterschied.«

»Diejenigen, die nicht der Kirche angehören, verehren per Definition falsche Götter. Und das ist eine Sünde, eine Todsünde.«

»Was habe ich doch für ein Glück«, sagte er, »dass ich gerettet wurde.«

Sie warf ihm einen Blick zu.

»Nehmt Ihr mich auf den Arm?«

»Ein wenig«, sagte er. »Ist das auch eine Sünde?«

»Ich werde für Euch beten«, entgegnete sie. »Vielleicht zum heiligen Thomas, für Eure zweifelnde Seele, und zum heiligen Josef, dem Schutzpatron der Sterbenden, denn bei seinem Tod waren Jesus und Maria an seiner Seite.«

»Ihr seid zu freundlich«, sagte er.

Sie wusste, dass er sich über sie lustig machte, doch es war ihr egal. Ein Gespräch wie dieses hatte sie noch nie geführt.

»Mir ist kalt«, sagte sie. »Lasst uns ins Lager zurückkehren.«

Er stand auf und half ihr von der Steinplatte hinunter, wobei ihre Hände sich zum ersten Mal berührten. Er wollte sie küssen, und sie wusste es.

Schließlich machten sie sich auf den Rückweg. Der Wächter verbeugte sich, als sie ihn passierten, woraufhin Shiro sich ebenfalls verbeugte. Unterwegs schwiegen sie, und dieses Schweigen ließ sie beide schwer Schlaf finden. In seinem Zelt lauschte Shiro auf die Wellen und den Wind, während er sich die Küste von Edo vorstellte, so weit entfernt und scheinbar Teil eines anderen Lebens. Guada hielt ein Paar Handschuhe fest umklammert, die sie von Julián bekommen hatte. Sie legte ihren Kopf darauf und vermisste ihren Mann mit einer Intensität, die an Wut grenzte.

Kapitel 2

*In dem ein nächtlicher Wind weht und
Geständnisse ausgetauscht werden*

Rosario und der Herzog lagen unter der Bettdecke und lauschten dem gegen das Zelt schlagenden Wind. Von all den jungen Frauen in all den Jahren, mit denen er sein *droit de seigneur* ausgeübt hatte, war sie ihm mit Abstand die liebste. Ihre Schönheit; ihre scheinbare Ignoranz gegenüber seinem Alter; ihre Empfänglichkeit fürs Vergnügen; die beiläufige Art, mit der sie sein Geld nahm; die Klarheit, mit der sie das, was zwischen ihnen passierte, vom Rest ihres Lebens trennte.

»Wie läuft es mit deinem Mann?«, fragte er.

»Schwierig«, sagte sie. »Er versucht immer weiter, mich zu schwängern.«

Er fragte sich, ob sie das sagte, um ihn zu ärgern, denn das tat es.

»Dafür wird es wohl Zeit, denke ich. Und ich verstehe gut, dass er dich leidenschaftlich begehrt.«

»Von seinem Begehren merke ich nichts. Er will einfach ein Kind, damit unsere Familien aufhören, sich über ihn lustig zu machen.«

»Von einem Mann wie ihm etwas anderes zu erwarten wäre unklug.«

»Das sagt auch meine Mutter.«

»Sie war schon immer eine weise Frau.«

Sie küsste seine nackte Schulter. Er schloss die Augen, um die Berührung zu genießen.

»Wie war sie – damals?«, fragte sie.

»Still, anfangs zornig. Aber das änderte sich im Laufe der Zeit.«

»Bist du sicher, dass ich nicht deine Tochter bin?«

»Sie hat mir klar und deutlich gesagt, dass du es nicht bist.«

»Und wenn sie sich irrt?«

»Ich glaube, dass Frauen solche Dinge wissen. Wenn du von mir schwanger würdest, wüsstest du dann nicht, wer der Vater ist?«

»Das wäre leicht. Antonio ist klein und behaart. Du bist groß und stattlich.«

»Gott segne dich. Aber ich bin ein alter Mann.«

»Nicht bei mir«, sagte sie. »Ich hätte ihn nie heiraten sollen.«

»Hättest du ihn nicht geheiratet, dann hätte man dich in ein Kloster gezwungen. Sich unter solchen Voraussetzungen mit dir zu treffen wäre sehr viel schwieriger geworden.«

Wie sündig es auch sein mochte, ein Teil von ihr wünschte, er wäre ihr Vater. Ihr eigener Vater war grob und gemein gewesen. Sie stellte sich vor, im Kloster oben im Dorf zu leben, wo man die Nonnen nur während der Messe durch ein maurisches Gitter zu Gesicht bekam, wenn sie ihre Choräle sangen. Oder man sah ihre Hände, wenn sie die Pastellzeichnungen, die sie anfertigten, für ein paar Münzen durch die Gitterstäbe schoben.

»Warst du jemals mit einer Nonne zusammen?«

»Einmal.«

»Wie war sie?«

»Haarig, wie dein Mann.«

Gemeinsam lachten sie laut.

»Was hältst du von unserem Gast?«, fragte er sie. »Dem Fremden aus dem fernen Land?«

»So etwas wie ihn habe ich noch nie gesehen. Ich frage mich, ob er vielleicht ein Teufel ist.«

»Aber attraktiv ist er.«

»Ja.«

»Glaubst du, dass er Guada gefällt?«

»Guada ist zu verliebt in ihren *esposo,* um jemand anderen zu bemerken.«

»Woher weißt du das?«

»Sie hat es mir gesagt. Seit wir hier angekommen sind, hat sie es oft gesagt.«

»Zu oft vielleicht.«

»Sie sind ein böser Mann, Eure Exzellenz.«

»Ich sorge mich um ihr Glück. Ist das so böse?«

»Aber sie ist schon glücklich.«

»Das redet sie sich selbst und der ganzen Welt ein. Aber ihr Mann ist ein Schuft. Mehr als ihr bewusst ist.«

»Frauen können sich auch in Schufte verlieben.«

Sie setzte sich auf. Das Weiß ihres schlanken Rückens und das Schwarz ihres Haars faszinierten ihn. Sie machte sich daran, ihre langen Locken mit Nadeln hochzustecken.

»Und du glaubst, zwischen ihnen könnte etwas sein?«, fragte sie.

»Hast du es nicht bemerkt?«

»Ich war zu beschäftigt mit dir.«

Er küsste eine kleine Erhebung am unteren Ende ihrer Wirbelsäule.

»Du bist ein böses Mädchen.«

»Ich war ein böses Mädchen. Aber jetzt werde ich wieder ein braves Mädchen sein und in Guadas Zelt zurückkehren.«

KAPITEL 3

*In dem Sushi serviert und um
eine Hand angehalten wird*

Shiro erwachte und ging in der Morgendämmerung schwimmen. In dieser Gegend ging niemand freiwillig ins Wasser, zu keiner Jahreszeit. Die Fischer, die ihn sahen, hielten ihn für verrückt. Das Wasser war kalt und klar, doch nach dem ersten Schock spürte er eine Welle der Kraft, die ihn völlig eins mit sich werden ließ. Er schaute zurück und überblickte den weitläufigen Strand, die hoch aufragenden Dünen an dessen westlichem Ende, die Ruinen von Baelo Claudia, die Spitzen des Feldlagers, wo die Banner des Herzogs im stetigen Wind flatterten.

Als die anderen eintrafen, hatte Shiro die Bekanntschaft der Fischer gemacht, die auf Thunfischjagd waren. Von kleinen Booten wurde ein Stück vom Ufer entfernt ein Netz ausgesetzt, das Pferde dann langsam Richtung Strand zogen. Als der kraftvolle Schwarm, massig und silbrig, irgendwann begriff, was ihm bevorstand, begannen die Tiere panisch zu zappeln und verwandelten die kleiner werdende Wasserfläche, die ihnen blieb, in ein schäumendes Spektakel. Am Strand wartete bereits eine

Gruppe in Lumpen gehüllter Henker, bewaffnet mit Haken und Dornen. Der Herzog und sein Gefolge hielten sich abseits, um das Geschehen zu betrachten. Nun wateten die Männer in die niedrigen, sich brechenden Wellen und teilten kräftige Hiebe aus, die das Wasser purpurrot färbten. Shiro, der kaum mehr als einen Lendenschurz trug, ging zwischen den sterbenden Tieren hindurch, um nach dem besten Exemplar Ausschau zu halten. Obwohl er sich dieser Aufgabe mit voller Konzentration widmete, tauchte das sinnlose Schlachten der Seeelefanten vor seinem inneren Auge auf, dessen Zeuge er am Strand von San Simeon geworden war.

Die beiden jungen Frauen – und einige der Wächter und Einheimischen – konnten sich kaum vom Anblick Shiros losreißen, von seinem schlanken, straffen, hochgewachsenen Körper, auf dem Blut und Salzwasser glitzerten. Guada wandte den Blick bald ab, da ihr Instinkt ihr einflüsterte, dass die Sünde nicht allzu weit entfernt lauerte. Bald nachdem der letzte Fisch an Land gezogen worden war, entschied sich der junge Samurai für ein Tier, das prompt von einem der Wächter bezahlt wurde. Mit seinem *tanto* nahm Shiro den Fisch an Ort und Stelle aus. Die Schnelligkeit und das Geschick, mit denen er vorging, beeindruckten die Fischer. Auch der Herzog genoss das Schauspiel, denn er wusste, dass es auch seinem Ansehen bei den Einheimischen förderlich war.

Beim Mittagessen, das an einem provisorischen Tisch eingenommen wurde, servierte Shiro kleine Scheiben *toro*, die er vorsichtig aus dem Bauch des Blauflossenthunfischs herausgelöst hatte. Sie waren in Häppchen geschnitten und glänzten auf kleinen Klumpen von Calasparra-Reis aus den Hügeln von Murcia. Der Herzog, Rosario und der Koch des Herzogs waren als Einzige bereit, den Fisch zu kosten. Guada konnte das rohe Fleisch kaum ansehen und erblickte darin einen weiteren Beweis für die Primitivität des jungen Mannes. Sie addierte diesen neuerlichen Angriff auf ihre Empfindsamkeit zu seiner dreisten Konversation während ihres gemeinsamen Spaziergangs; zum fehlenden Anstand, mit dem er sich in zwangloser Nacktheit beim Baden präsentiert hatte; zu der Art und Weise, in der er durch das blutige Wasser geschwommen und gewatet war; zu den zu einem kurzen Zopf zurückgebundenen Haaren und seiner merkwürdigen Kleidung und Rüstung. All diese Eindrücke bestätigten einmal mehr ihr Bild einer extremen und verstörenden Fremdheit. Sie fand die Faszination ihres Onkels für seinen Gast beunruhigend und war enttäuscht, als sie bemerkte, dass Rosario, die sie inzwischen mochte und der sie sich anvertraute, eine Art Beziehung mit dem Herzog zu haben schien – eine Vorstellung, die ihr obszön und geschmacklos vorkam. Wäre es nach Guada gegangen, dann hätten sie noch am selben Tag nach Medina-Sidonia zurückkehren können. Doch ihr Onkel bestand auf einer weiteren Nacht bei den unheimlichen Ruinen und den infernalischen Wellen, von denen sie inzwischen glaubte, dass sie unaufhörlich und vom Wind gepeitscht alle möglichen ungesunden Gemütszustände verströmten. Aus Gründen, die sie nicht durchschauen konnte oder durchschauen wollte, fühlte sie sich schon seit dem Aufwachen unwohl in ihrer Haut. Sie freute sich sogar auf den Besuch ihrer Mutter und war bereit, die Einschränkungen, die

Doña Inmaculadas Anwesenheit mit sich bringen würde, zu akzeptieren, wenn sie dadurch ein Gefühl von Normalität gewinnen würde. Warum hatte sich Julián so bereitwillig von ihrer Seite entfernt?

Am Nachmittag zog sich Shiro in die Hügel zurück, um sich seinen physischen und spirituellen »Übungen« zu widmen. Als er sie jedoch bei seiner Rückkehr einlud, ihn wieder auf einen Spaziergang zu begleiten, diesmal am Meer, wies sie ihn ab. Sie unterdrückte das sinnliche Zittern, das die Einladung in ihr auslöste, und interpretierte es als Unwohlsein infolge eines zu langen Aufenthalts im maritimen Klima. Natürlich brachte er, wie sie erwartet hatte, seine Überraschung zum Ausdruck.

»Wo ich herkomme, gelten das Meer und die Küste als besonders gesunde Gegend.«

»Trotzdem«, sagte sie knapp, da ihr keine weiteren Argumente einfielen. Nach kurzem Verstummen fügte sie, wie um die Mauer zwischen ihnen noch höher zu ziehen, hinzu: »Ich denke, das ist ein weiteres Beispiel für die Unterschiede zwischen uns beiden.«

Shiro machte seinen Spaziergang allein, während der Herzog sich zu einer langen Siesta niederlegte. Rosario war gereizt, weil sie neben Guada in ihrem Zelt kniend eine lange Novene beten musste. Die mit Blick auf den sandigen Boden gesprochene Abfolge immer neuer Ave Marias machte sie schläfrig, und nur die Angst vor einem Tadel durch die allzu tugendhafte junge Dame an ihrer Seite ließ sie unnachgiebig durchhalten.

Mit dem Einbruch der Nacht allerdings konnte sie sich entspannen, auch wenn es schien, als würde die Verkrampftheit, die Guada ausstrahlte, in der Dunkelheit nochmals zunehmen. Rosario ließ sich das Abendessen ebenso schmecken wie der Herzog, der Fremde und alle anderen, ausgenommen Guada. Danach musste Rosario all ihre Geduld aufbringen, um abzuwarten, bis Guada eingeschlafen war, ehe sie wieder zu ihrem Besuch beim Herzog aufbrechen konnte. Doch sobald sie sich in der Überzeugung erhob, dass die blonde Schönheit tatsächlich fest schlummerte, begann Guada zu sprechen.

»Was ist los, Rosario?«

»Bitte?«

»Wohin willst du um diese Zeit?«

»Mich erleichtern.« Und diese Behauptung war nicht gänzlich falsch.

»Dann geh, aber trödle nicht herum. Hier draußen ist es nicht sicher.«

»Wir sind von bewaffneten Wachen umstellt, Señora.«

Frustriert schlüpfte sie ins Zelt des Herzogs und berichtete von der Schlaflosigkeit seiner Nichte.

»Lass sie einfach«, sagte er.

»Mein Herr?«

»Bleib hier bei mir.«

»Aber sie wird mich sicher suchen, wenn ich nicht zurückkomme.«

»Das bezweifle ich. Und falls doch, dann sei es halt so.«

Sie blieb stehen und versuchte zu begreifen, was sich in der Atmosphäre verändert hatte.

»Aber wenn sie etwas verrät«, wandte sie ein. »Zu Hause in der Finca – mein guter Ruf ...«

»Was würdest du sagen, wenn ich dich bitte, mich zu heiraten, Rosario?«

Der Wind wehte in dieser Nacht ungewöhnlich kräftig, und die flatternde Lasche am Zelteingang durchbrach immer wieder geräuschvoll die Stille im Inneren. In der Nähe einer Zeltwand hatte der Herzog ein Räucherstäbchen mit Granatapfelaroma entzündet, das die Luft mit einem Geruch erfüllte, den Rosario für immer mit ihm verknüpfen würde. Sie trat näher.

»Ich bin schon verheiratet, mein Herr.«

»Mit einer Person, zu der ich dich am liebsten nicht wieder zurückkehren lasse.«

Diese mit sanfter Einfachheit vorgebrachte Erklärung schockierte sie.

»Ich werde langsam alt«, sagte er. »Und du bist eine junge Frau. Aber wir tun uns gut. Würdest du mir nicht zustimmen?«

Sie lächelte. »Das würde ich, mein Herr.«

»Es macht mir keine Freude mehr, Zeit ohne dich zu verbringen. Die Einsamkeit, die in den letzten zehn Jahren gut für mich war, bereitet mir keine Freude mehr. Es tut mir nicht gut, mein Privatleben im Geheimen leben zu müssen, als wäre ich ein Krimineller oder ein Heranwachsender. Ich spüre eine tiefe Zuneigung zu dir. Würdest du mich also nehmen, einen ergrauten Mann mit Schwierigkeiten beim Gehen?«

»Ich weiß nicht, was ich sagen soll, mein Herr.«

»Ein einfaches Ja würde schon reichen«, sagte er sanft.

»Wenn es möglich wäre, mein Herr, dann wäre es die größte Freude, die ich mir vorstellen kann.«

»Meinst du das ehrlich? Sag mir die Wahrheit.«

Sie fiel vor ihm auf die Knie, nahm seine Hand, küsste sie und legte dann – immer noch, ohne sie loszulassen – ihren Kopf darauf. Seine Hand war schmal, aber kräftig und sehnig. Der dicke goldene Ring an seinem Mittelfinger drückte kühl gegen ihre Wange.

»Ich meine es aus tiefstem Herzen«, sagte sie.

Und das stimmte, denn ihr Herz raste.

»Dann werde ich deine Ehe annullieren lassen«, sagte er. »Auf der Basis der Unfruchtbarkeit deines Mannes. Der Papst ist ein alter Freund, und ich schätze, Antonios Ehrgefühl kann durch eine Kiste voller Münzen mit dem Bild des Königs besänftigt werden.«

»Eine Verbindung mit mir würde Euren Ruf ruinieren. Ich habe kein königliches Blut, mein Herr.«

»Ich bin Admiral der Ozeane und ein spanischer Grande. Ich kann tun, was ich will. Und was den Mangel an ›königlichem Blut‹ betrifft, wie du es nennst, so waren meine eigenen Vorfahren, ohne dass ich besonders tief in der Vergangenheit wühlen müsste, Schafhirten und *oliveros* mit Blut wie deinem in ihren Adern. Unsere Kinder werden unser gemeinsames Blut in sich tragen.«

Sie kehrte nicht zu Guada zurück. Und trotz des Zorns über die Dreistigkeit des Mädchens und den Umstand, dass sie angelogen worden war, wäre es Guada viel zu peinlich gewesen, etwas zu unternehmen. Dass die Wachen sie ins Zelt ihres Onkels stürmen sähen, um das Mädchen zurechtzuweisen, wäre hässlich und geradezu unverzeihlich. Bis sie irgendwann einschlief, dachte sie stattdessen gegen ihren Willen darüber nach, wie nah Shiros Zelt an ihrem eigenen stand. Schlief der Samurai, oder war er wach wie sie? Während sie dort lag, überfiel sie eine schwer zu kontrollierende Fantasie, in der sie ihren Arm unter dem Zelt nach draußen streckte, den schmalen Streifen aus kaltem Sand zwischen ihnen spürte, ihre Hand in sein Zelt schob und die Finger sanft auf seine nackten Schultern legte.

KAPITEL 4

In dem ein Christ seinen Kopf verliert

Kurz vor Morgengrauen legten sich schwere Wolken über diesen Teil der Küste. Als der Herzog und sein Gefolge ihr Lager abbrachen und sich auf den Rückweg hinauf in die Hügel machten, fiel ein hartnäckiger herbstlicher Nieselregen. Nach seinem draufgängerischen Antrag und dem Umstand, dass er angenommen worden war, fühlte sich der Herzog belebt und nahm das Wetter ebenso wenig wahr wie die Schmerzen in seiner Hüfte. Rosario, die sich von ihrem Schock noch nicht erholt hatte, ritt an Guadas Seite, fassungslos, beschwingt, ängstlich, aber auch ruhig und heiter angesichts eines Selbstvertrauens, das ihr in diesem Ausmaß völlig neu war. Shiro genoss es, Guada verstohlene Blicke zuzuwerfen, während er die aus der Erde und den Büschen aufsteigenden Düfte in sich aufnahm. Die Wächter und das Küchenpersonal fühlten sich schmutzig und unbehaglich.

Einer von ihnen, ein Wächter namens Guillermo, der seit vielen Jahren im Dienst des Herzogs stand, versank immer tiefer in einen Zustand der Übellaunigkeit. Er hatte einen Freund im Dorf, der Rosarios Ehemann nahestand, und er hatte das Mädchen ins Zelt des Herzogs gehen sehen. In der Annahme, dass der Herr nichts anderes getan hatte, als seine feudalen Rechte auszuüben, richtete sich die Verachtung des Soldaten ausschließlich auf das Mädchen. Er freute sich darauf, ihren Ruf zu ruinieren, sobald sie nach Hause kämen. Gelangweilt und innerlich aufgestachelt trieb er sein Pferd an und ritt direkt neben sie.

»Wem willst du zuerst beichten, Señora, dem Priester oder deinem Mann?«

Sie schaute ihn mit weit aufgerissenen Augen an.

Ohne dass er es wirklich gewollt hatte, war seine Frage ihm lauter als geplant über die Lippen gekommen, laut genug, dass Guada jedes einzelne Wort verstand.

Bis zu diesem Moment war Guada wütend auf Rosario gewesen; wegen ihrer Lüge, wegen ihres Verhaltens, wegen der Entscheidung des Mädchens, für die skandalöse Abwesenheit in der letzten Nacht nicht einmal um Entschuldigung zu bitten. Und wegen der Selbstsicherheit, mit der sie Guada am Morgen begrüßt hatte. Der Tonfall des Wächters allerdings war derart widerlich und beleidigend gewesen, dass er sie noch weit mehr erboste. Ganz abgesehen von der Tatsache, dass er sich die Freiheit genommen hatte, seine Beschimpfung, wie berechtigt sie auch sein mochte, in ihrer unmittelbaren Nähe zu äußern. Sie wollte gerade etwas sagen, als der Mann seiner Beleidigung eine zehnmal schlimmere Fortsetzung folgen ließ:

»Wenn du eine öffentliche Züchtigung vermeiden willst«, sagte er zu Rosario, diesmal mit leiserer Stimme, »dann kommst du am besten auf dem Heimweg heute Abend an meiner Pritsche vorbei.«

Rosario holte aus und schlug ihm ins unrasierte Gesicht. Trotz des Regens war das Klatschen für alle zu hören. Der Herzog unterbrach sein Gespräch mit Shiro und drehte sich gerade rechtzeitig im Sattel um, um zu sehen, wie Guillermo Rosarios Handgelenk packte und es verdrehte, woraufhin sie aufschrie. Der Herzog ließ die Karawane halten.

Mehr als zuversichtlich, dass sein Status als bewährter Wächter jeglichen Einfluss eines Dorfmädchens überbieten würde, hob Guillermo die Stimme, sodass alle ihn hören konnten. »Das beweist nun alles, was die Leute im Dorf über dich reden, Mädchen ...«

Der Herzog führte seinen Hengst zwischen die Pferde, auf denen Guillermo und Rosario saßen, und trennte sie voneinander.

»Nun lass hören, was du damit meinst.«

»Eure Exzellenz?«

»Ich möchte es hören.«

»Dass sie keine Christin ist, mein Herr. Sondern eine Jüdin, oder sogar eine Ungläubige.«

»Was wäre deiner Meinung nach das Schlimmere von beidem?«

»Die Mauren sind unsere Todfeinde, mein Herr.«

»Und was soll das alles? Was ist hier vorgefallen? Was hat sie provoziert, dich zu schlagen?«

Das war keine Frage, die der Soldat gern beantworten mochte. Er schaute auf die aufgeweichte Erde und dann auf einen entfernten grünen Hügel mit kahlen Mandelbäumen.

»Guillermo?«

Guada ergriff die Chance, ihrem eigenen aufgestauten Zorn Luft zu machen.

»Er beschuldigte sie des unzüchtigen Verhaltens, und …« Sie brachte es nicht über sich, den Satz zu beenden.

»Und?«

Alle konnten sehen, wie die Adern im Gesicht des Herzogs vor Zorn anschwollen.

»Dass ich, wenn ich weiß, was gut für mich ist«, sagte Rosario und starrte auf die Mähne ihrer kastanienbraunen Stute, »ich in der Nacht zu ihm kommen soll. Sonst wird er dafür sorgen, dass ich gedemütigt werde.«

»Bis zu diesem Moment«, erklärte der Herzog mit einem Blick auf den Soldaten, »hatte ich, abgesehen vom Wetter, einen prächtigen Tag. Kannst du dir vorstellen, warum, Guillermo?«

»Nein, mein Herr.«

»Weil ich letzte Nacht diese Frau, die du nun beleidigt hast – beleidigt auf die kränkendste und unverzeihlichste Weise –, um ihre Hand gebeten habe. Und weil sie mir die Gnade ihrer Zustimmung gewährt hat.«

Diese Worte erweckten die Aufmerksamkeit aller. Das nun folgende Schweigen war so intensiv, dass der Regen, bis zu diesem Moment kaum wahrnehmbar, wie ein heftiges Gewitter zu dröhnen schien. Während ihm die irreparable Natur seines Fehlers langsam ins Bewusstsein sickerte, brachte Guillermo nichts weiter heraus als: »Mein Herr.«

»Daher muss ich nun auch um deine Hand bitten«, sagte der Herzog. »Steig von deinem Pferd.«

»Bitte, Herr.«

»Was hast du dir gedacht? Selbst wenn ich nie die Bekanntschaft dieser jungen Frau gemacht hätte: Was bist du für ein Grobian, was für eine Art Christ? Runter in den Schlamm mit dir.«

»Aber sie ist schon verheiratet, Herr«, platzte Guillermo heraus, die Augen weit aufgerissen vor Angst, aber auch vor Wut. Mit spritzendem Speichel sprach er einen Gedanken aus, der allen durch den Kopf ging.

Der Herzog drehte sich um und wandte sich an seine anderen Wächter. »Ich bitte euch sehr ungern darum, aber es scheint, dass ich keine Wahl habe. Packt ihn und holt ihn herunter.«

Die Männer stiegen ab und folgten dem Befehl ohne Zögern. Jegliche Solidarität, die sie für ihren Kameraden spüren mochten, wurde durch die Erleichterung aufgewogen, dass ein anderer den Zorn des Herzogs erleiden musste. In diesem Moment zog Guillermo sein Schwert.

»Ich sage Euch, was für eine Art Christ ich bin«, brüllte er, sodass alle es hören konnten. »Die Art, die den Geboten gehorcht und den Ehebruch verurteilt.«

Mit Schrecken sahen Guada und Rosario, wie der Herzog ebenfalls sein Schwert zog und sich für den Kampf mit dem Abtrünnigen bereitmachte. Die Hände am Schwertgriff wichen die anderen Soldaten nicht von der Stelle.

»Tretet zurück«, sagte der Herzog. »Ich schwöre bei Gott, dem Allmächtigen, wenn ich durch die Hand dieses Mannes falle, stirbt er mit mir. Lasst uns sehen, aus welchem Holz wir geschnitzt sind.«

»Mein Herr, bitte«, sagte Rosario.

Guada warf Shiro einen besorgten Blick zu, einen Blick,

der vor allem ein Flehen war, einen Blick, der eine ganze Reihe Emotionen ausdrückte und den er auf Anhieb verstand. Schnell stieg er vom Pferd und trat in den Kreis, der sich um die beiden Widersacher gebildet hatte.

»Darf ich etwas sagen, mein Herr?«, fragte er den Herzog.

»Wenn es sein muss«, erwiderte dieser, ohne Guillermo aus den Augen zu lassen.

»Ich biete Euch meine Dienste an. Es ziemt sich nicht, dass ein Adliger Eures Standes sich mit einem Mann von seinem Rang abgibt. Und einen der anderen Soldaten mit ihm kämpfen zu lassen, was eine gerechtere Möglichkeit wäre, würde ihnen schwerfallen, weil sie lange an seiner Seite gestanden haben. Ich bitte Euch, mir als Eurem Gast zu erlauben, das zu tun, wozu ich ausgebildet bin. Ich, der ich hier nur auf der Durchreise bin, wäre dankbar für die Möglichkeit, Eure Gastfreundschaft wenigstens zu einem Teil zurückzahlen zu dürfen.«

»Die Beleidigung richtete sich gegen mich, mein Freund. Also muss ich sie erwidern.«

»Ich habe nicht den geringsten Zweifel, dass Ihr sie erwidern könnt. Ich bitte Euch nur, mir einen Gefallen zu erweisen.«

Der Herzog wollte bereits ablehnen, als Guillermo, ein Koloss von einem Mann, erneut das Wort ergriff und sein Schicksal endgültig besiegelte.

»Ich nehme es mit Euch beiden auf«, sagte er und warf Shiro einen abschätzigen Blick zu. »Wenn du mein Gast wärest, würde ich dich in einen Käfig stecken und den Kindern im Dorf zu ihrem Vergnügen präsentieren.«

Der Herzog schaute zu Shiro hinüber. »Nun gut denn.«
Rosario und Guada schlugen das Kreuzzeichen zum Dank, dass er sich hatte umstimmen lassen. Zwar steckte der Herzog sein Schwert noch nicht wieder in die Scheide, doch er trat zurück und nahm die Zügel von Rosarios Pferd, um es zu beruhigen.

»Macht Platz für sie«, befahl er seinen Männern.

Alle traten zurück. Die Gehilfen des Kochs mussten die Mulis von der Straße auf ein kleines Stück Wiese drängen. Shiro zog sein Schwert und konzentrierte sich auf seinen zweiten echten Kampf, den ersten mit einem Barbaren. Der grobschlächtige Wächter, der wenig zu verlieren hatte, stürzte sich in der Hoffnung auf ihn, den schmalen Ausländer unvorbereitet zu erwischen. Doch Shiro wich aus und ließ den Mann an sich vorbeifliegen, sodass das lange, schwere christliche Schwert nichts traf als den Regen. Shiro blieb auf der Stelle stehen und ließ Guillermo genügend Zeit, sich umzudrehen und Atem zu holen.

»Du wirst nicht mehr lange vor mir ausweichen können«, bellte der plumpe Spanier.

In diesem Augenblick trennte Shiro die Schwerthand des Mannes mit einem einzigen Hieb ab. Es war geschehen, ehe irgendwer wirklich etwas bemerkt hatte, in einer schnellen Bewegung, auf die sofort die nächste folgte: ein tiefer Schnitt in den Bauch des Mannes, der den Wächter in die Knie zwang. Shiro wirbelte herum, fixierte sein Ziel und trennte Guillermos Kopf ab. Später würde er anderen erzählen – und sich selbst einzureden versuchen –, dass es sich hierbei um einen Gnadenakt gehandelt hätte. Er hätte dem Mann die Schmerzen und die Erniedrigung wegen seiner abgetrennten Hand ebenso ersparen wollen wie den Gestank seiner herausdrängenden Eingeweide. Später am Tag, als die durchnässte Gruppe den Außenbereich von Medina-Sidonia erreichte, erklärte er dem Herzog außerdem, dass Enthauptung die übliche Strafe für Krieger war, die ihren Herrn verraten hatten. Im Inneren aber wusste er, dass er aus Hybris gehandelt hatte; dass er denjenigen aus dem Gefolge des Herzogs, die ihn als sonderbaren Gecken abgestempelt hatten, zeigen wollte, mit wem sie es zu tun hatten.

Viele der jüngeren Wächter hatten noch keine Kampferfahrung. Den älteren, die mit Guillermo und dem Herzog auf den Schiffen der Armada gekämpft hatten, waren Szenen wie diese fast aus dem Gedächtnis verschwunden. In Sekundenschnelle hatte sich ihr Kamerad von einem furchterregenden, wütenden Mann in einen blutigen Fleischhaufen verwandelt. Der Koch, seine Helfer und die restlichen mitgereisten Diener waren alle schockiert zurückgewichen.

Rosario reagierte auf das Spektakel mit tiefem Schluchzen, und der Herzog tat sein Bestes, um sie zu beruhigen. Guada, aufrecht und kreideweiß in ihrem Sattel sitzend, starrte auf die abgetrennte Hand mit dem Schwert, als wollte sie vermeiden, die grausigen Überreste des Mannes oder Shiros blutbespritzte Gestalt zu betrachten. Sie fühlte sich verantwortlich. Sie hatte mit ihren Blicken um sein Eingreifen gefleht. Der Samurai, dem sie zuletzt mit Geringschätzung begegnet war, hatte ihre Bitte erfüllt und wahrscheinlich das Leben ihres Onkels gerettet. Während ihr Herz wie verrückt hämmerte, versuchte sie all diese Dinge ebenso zu verarbeiten wie die skandalöse Erklärung des Herzogs bezüglich ihrer Dienerin und das niedere Gefühl der Erregung, das Shiros grausames Einschreiten in ihr ausgelöst hatte. All diese Eindrücke vermengten sich in ihrem Inneren und ließen sie ihren Mann hassen, der sie allein gelassen hatte, sodass sie mit alldem auf sich gestellt war. Sie betete für den Tag, an dem sie wieder vereint in Sevilla sein würden.

Während sein Schwert den Hals und die Wirbel des Christen durchtrennte, hatte Shiro begriffen, dass er das Leben eines Mannes beendete. Eines Mannes, der Jahrzehnte zuvor von einer Frau geboren worden war, die ihren Säugling sicher gekost und ihn gewickelt hatte und die dem Jungen das Gehen und Sprechen beigebracht hatte. Der Junge war zu einem Mann geworden, war gereist, hatte viel gesehen und für sich herausgefunden, wer er sein wollte und wie er in der Welt überlebte. Der Mann war am heutigen Morgen am Meer aufgewacht, und durch seinen Kopf war das übliche Durcheinander von Erinnerungen, Empfindungen und banalen Sorgen gegangen, ohne dass er einen Gedanken an den Zeitpunkt seines Todes verschwendet hätte. Zu seinem großen Glück hatte er nicht geahnt, dass ihm nur noch Stunden zu leben blieben. Die Lektion lag auf der Hand, und Date Masamune hatte sie Shiro ans Herz gelegt, ehe er die Burg Sendai verlassen hatte. »Jeder Sonnenaufgang«, hatte der Herr gesagt, »und jeder deiner Atemzüge bringen dich dem Tod näher. Atme tief und sei dort, wo du bist.«

Kapitel 5

In dem die Jugend verschmäht wird

Marta Vélez wurde ihres Neffen überdrüssig. Juliáns Gesprächsstoff war im Wesentlichen darauf beschränkt, sich selbst zu loben. Sie war zu lange in Sanlúcar geblieben. Die feuchte Luft erschöpfte sie und machte ihr Haar widerspenstig. Sie vermisste ihr eigenes Haus und ihre Diener, sie vermisste die bequeme Pracht des Hofes mit seinen hinter falscher Religiosität verborgenen, bitteren Rivalitäten, das gebirgige Klima Madrids.

Es war unerträglich geworden, jeden Nachmittag auf die Heimkehr Juliáns zu warten, der grundsätzlich betrunken war, nachdem er die zugegebenermaßen schönen Morgenstunden mit seinen reichen, widerlich provinziellen Freunden verplempert hatte. Diese Menschen schienen nie genug zu bekommen von den immer gleichen Geschichten, die in einer der beiden Tavernen zum Besten gegeben wurden. Das Einzige, was sie hier hielt, waren das Unbehagen und die Angst, die sie verspürte, wenn sie allein war. Doch nach dem kräftezehrenden und ermüdenden Streit des gestrigen Abends war sie zum Gehen entschlossen. Zurück in Madrid würde sie ihre festlichen

Abendessen wieder aufleben lassen und freundlicher zu Don Rodrigo bei dessen Besuchen am Hof sein. Vielleicht würde sie sogar einen neuen Bewunderer finden, der weniger blutsverwandt und interessanter im Bett wäre.

Sie stellte sich schlafend, bis Julián zu seinen verwöhnten Freunden aufbrach. Dann widmete sie sich rasch ihrer Morgentoilette und befahl einem Diener zu packen und eine Kutsche zu mieten. Als Julián mit einem riesigen Strauß Mimosen, die er für sie besorgt hatte, zum Mittagessen kam, war er nichtsahnend und voller Hoffnung, dass ihre schlechte Laune sich verzogen haben würde, dass er sie zum Lachen und dazu bringen könnte, sich für ihn auszuziehen. Eine hübsche junge Bedienung, mit der er und seine Freunde am Morgen gescherzt hatten, hatte ihn in die Stimmung für eine *siesta amorosa* versetzt.

Stattdessen schlug er auf den Diener ein, der Martas Anweisungen ausgeführt hatte, durchsuchte ihre Suite vergeblich nach einer erklärenden Nachricht, warf die Mimosenzweige auf den Boden und brach schließlich weinend in einer Ecke zusammen. Als kleiner Junge war er oft von seiner Mutter verlassen worden, wenn diese zusammen mit seinem Vater ferne Schlösser und Provinzen besuchte und ihn derweil sich selbst überließ. Nie hatte sie irgendwelche Skrupel gehabt, ihn allein zu lassen, um ihren Körper seinem widerlichen Erzeuger hinzugeben.

Martas Abreise fiel ausgerechnet mit dem einzigen Termin zusammen, zu dem Julián als persönlicher Abgesandter des Herzogs von Medina-Sidonia erscheinen musste, an ebendiesem Nachmittag. Seit der Ankunft der japanischen

Delegation hatte er seine offiziellen Verpflichtungen weithin ignoriert. Er hatte sich die Einschätzung gestattet, dass die Haltung des Herzogs gegenüber den Fremden von Herablassung geprägt sein sollte. Unter dem Schutzmantel des aristokratischen Snobismus hatte er seine ohnehin vorhandene Neigung gerechtfertigt, fast jeder Gelegenheit zu einer Verbesserung der Beziehungen mit den Japanern auszuweichen und sich stattdessen reichlich Zeit für seine Ausschweifungen zu gönnen. Diese Haltung blieb den örtlichen Amtspersonen mit Verbindungen zum Herzog nicht verborgen, und dass er damit bei Marta Vélez prahlte, trug nur dazu bei, dass ihr Respekt vor ihm noch schneller schwand.

Bei dem Treffen am Nachmittag sollte das Protokoll für den Besuch der japanischen Delegation in Sevilla endgültig festgelegt werden: die Route, die Sicherheitsmaßnahmen, der Kreis der Anwesenden, das Wann und Wo. Den Eingaben des Herzogs als engem Vertrauten des Königs und herausragendem Repräsentanten der Oberschicht Sevillas wurde entscheidende Bedeutung beigemessen. Julián allerdings hatte ein Programm zusammengeschustert, das öffentliche Kontakte und begeisterte Reaktionen der Bevölkerung auf die exotischen Gäste so weit wie möglich ausschloss. Beim Abschied von seinen Freunden am späten Vormittag hatte sich Julián auf ein Mittagessen und ein Rendezvous mit Marta eingerichtet, deren Sympathien er zurückgewinnen wollte. Und schließlich auf eine Ruhepause, ehe er sich angemessen ankleiden und nüchtern zu der Verabredung erscheinen würde, bei der auch Hasekura Tsunenaga und Pater Sotelo anwesend sein würden.

Doch der Kummer überwältigte ihn. Der Gedanke, in Zukunft ohne die Zuwendung seiner Tante auskommen zu müssen, erschien ihm unerträglich. Die Beziehung, die ihm stets unverbindlich erschienen war und von der er sich immer wieder eingeredet hatte, er könne sie jederzeit beenden, hatte sich plötzlich in etwas verwandelt, ohne das er nicht mehr leben konnte. Bisher war es ihm gelungen, diese Beziehung als Satelliten seiner Ehe mit Guada zu betrachten. Doch nun, da er sich verlassen fühlte, bedeutete sie ihm mehr als alles auf der Welt. Er sattelte sein Pferd und machte sich an die Verfolgung.

Drei Stunden später holte er Martas Kutsche zwischen Lebrija und Las Cabezas de San Juan ein. Sie kam zwischen Azaleen in der Nähe einer Farm zum Halten, wo auf einem Feld Ziegen grasten. Sie wurden von einem Jungen gehütet, der auf einen Stock gestützt die Ankunft der Adligen beobachtete. Die Kutsche war grün und golden gestrichen und wurde von vier schwarzen Pferden gezogen. Der junge Adlige, der sie zum Anhalten gebracht hatte, trug prachtvolle Kleidung aus himmelblauer Seide und saß auf einem Araberhengst.

Marta Vélez weigerte sich, aus der Kutsche zu steigen, und zog es vor, das Gespräch durch das geöffnete Fenster zu führen, wobei ein Schleier ihr Gesicht bedeckte. Als Julián akzeptiert hatte, dass sie sich nicht zum Verlassen der Kutsche herablassen würde, fragte er atemlos: »Warum? Warum hast du das getan? Wo willst du hin?«

»Ich fahre nach Hause, wo ich hingehöre.«

»Aber was ist geschehen?«

»Ich habe es satt, Julián.«

»Satt?«

»Viele Dinge.«

»Hast du mich satt?«

»Du enttäuschst mich schon wieder. Ein richtiger Mann wäre mir nicht gefolgt. Ein richtiger Mann hätte seine Pflicht erfüllt und die Versammlung besucht, die vor einer Stunde begonnen hat. Nur ein verwöhnter Junge, ein unglückseliger Schnorrer, der seines Titels und seines Erbes nicht würdig ist, kann sich derart blamieren, indem er mir folgt, statt seine Pflicht zu tun.«

Ein ihm durchs Herz getriebenes Schwert hätte ihn nicht schlimmer schmerzen können.

»Du verspottest meine Zuneigung zu dir.«

»Die Zuneigung, von der du sprichst, hat ihre Zeit gehabt und ist an ihr Ende gelangt. Sie war einmal da, und wir haben sie genossen – unklugerweise, wie ich denke. Aber jetzt ist sie verbraucht.«

»Meine nicht.«

»Du musst erwachsen werden, Julián. Trenn dich von deinen langweiligen, ungebildeten, unattraktiven Freunden. Kehr zu deiner Frau zurück und schenk ihr Kinder. Kümmere dich um deinen Besitz. Mach dem König Ehre.«

»Ich kann meiner Frau nicht gegenübertreten, wenn ich dich nicht habe.«

»Dann such dir eine andere. Oder eine, die mich ersetzt. Ich fürchte, es gibt viele von uns.«

»Du hast einen anderen Mann, stimmt's?«

»Julián«, sagte sie und bemühte sich um einen sanften

Tonfall, der ihn nur noch verzweifelter machte. »Lass uns dies auf freundlichere Weise beenden.«

Sie klopfte an die Holzwand, um dem Kutscher das Signal zur Weiterfahrt zu geben.

»Wer ist es?«, fragte er wütend.

»Niemand«, sagte sie. »Und abgesehen davon geht es dich nichts mehr an.«

Als die Kutsche sich entfernte, flammte heftiger Zorn in ihm auf – der Zorn der Verlassenen und Gedemütigten. Dazu ein Schmerz, der ihn zum Dolch greifen ließ. Er warf damit nach dem Heck der Kutsche. Wenigstens wollte er den scharfen Aufprall hören, wenn sich die Klinge in das schwache Holz bohrte. Er hoffte, sie würde es hören und später bei ihrer Ankunft auch sehen. Doch der Dolch verfehlte sein Ziel und verschwand in einer Furche zwischen Schlamm und Gras. Julián stieg auf und gab seinem Pferd grob die Sporen. Er drehte um und machte sich auf den Rückweg nach Sanlúcar, wo er keine einzige Nacht seines Lebens mehr verbringen wollte.

Sobald die Aristokraten den Schauplatz verlassen hatten, stieg der junge Ziegenhirt den Hügel hinunter und trat auf die Straße, die Jahrhunderte zuvor von römischen Legionen angelegt worden war. Er fand den Dolch problemlos und war fasziniert von dessen Qualität. Dann steckte er ihn in seinen Gürtel, als Trophäe und Beweis für die Geschichte, die er am Abend seinem Vater und seinen Brüdern erzählen würde.

Kapitel 6

*In dem Ärger aufwallt und
ein Geheimnis enthüllt wird*

Guada wurde eine neue Dienerin zugewiesen, ein schlicht wirkendes Mädchen, ein wenig füllig, übertrieben unterwürfig, notdürftig gebildet und fürs Leben im Kloster ausersehen. Guada betrachtete sie als ideale Gefährtin, mit der sie in der Kapelle des Herzogs stundenlang gemeinsam um Orientierung beten oder in dessen gut gepflegten Gärten bummeln konnte. Die Gärten wirkten dank der feuchten Herbstluft und der herabgefallenen Quitten, die auf dem moosigen Boden verrotteten, ohne aufgesammelt zu werden, auf romantische Art traurig. Solche Gartenbesuche allerdings fanden nur statt, wenn sie wusste, dass Shiro zusammen mit dem Herzog auf der Jagd in den Hügeln war.

Einige Tage später traf ihre Mutter ein, und sobald sich die Gelegenheit zu einer ungestörten Begegnung bot, erzählte Guada ihr alles, was während des Ausflugs ans Meer und auf dem Rückweg geschehen war. Alles mit Ausnahme des Spaziergangs am ersten Abend mit dem Fremden. Der

Schreck und der Schock im Gesicht Doña Inmaculadas, als sie vom Plan des Herzogs erfuhr, eine verheiratete Bürgerliche aus dem Dorf zu ehelichen, gingen mit einem schwindelerregenden Nervenkitzel einher, der sich in wiederholten Ausrufen von »*Madre mia*«, »*Qué vergüenza*« und »*No me lo puedo creer*« Bahn brach.

Noch am Tag, an dem sie vom Meer zurückkehrten, quartierte der Herzog Rosario in einer großzügigen Suite auf der Finca ein und ließ ihren Mann zu einem Gespräch unter vier Augen rufen. Nach einem obligatorischen Ausbruch mit lauten Protesten akzeptierte Antonio, der so behaart und schmächtig war, wie Rosario ihn beschrieben hatte, die vom Herzog vorgeschlagenen Modalitäten mit gieriger Bereitwilligkeit. Briefe an den Heiligen Stuhl, an Kardinal Bernardo de Rojas y Sandoval und an den König wurden verschickt. Außerdem wurde ein Brief an den Herzog überbracht, verfasst vom Bürgermeister von Sanlúcar, der Zweifel an der Kompetenz der jungen Gesandten zum Ausdruck brachte, die der Herzog geschickt hatte, um sich um die ausländische Delegation aus Japan zu kümmern. Als der Herzog den Brief las und sich daran erinnerte, was Shiro ihm am Tag ihrer ersten Begegnung erzählt hatte, mochte er sich kaum vorstellen, wie kränkend Julián und seine Neffen sich verhalten hatten. Er schickte dem Bürgermeister ein Antwortschreiben, in dem er ihm dankte und ihn zu beruhigen versuchte, außerdem eine Nachricht, die an Hasekura Tsunenaga persönlich übergeben werden sollte und in der er sich entschuldigte, wobei er es wohlweislich vermied, seine wachsende Freundschaft mit dem jungen Samurai zu erwähnen.

Mit der einen oder anderen Entschuldigung hatte Guada es seit ihrer Rückkehr vermieden, zusammen mit dem Herzog, Shiro und Rosario zu speisen, wodurch sie den Herzog auf eine Geduldsprobe stellte. Seine anfängliche Sympathie und Schwäche für das Mädchen waren abgekühlt. Ein Teil von ihm hoffte immer noch, dass sich hinter ihrer Religiosität, Zurückhaltung und Schüchternheit ein leidenschaftliches Wesen verbarg, doch ein anderer Teil fragte sich inzwischen, ob sie vielleicht tatsächlich so beschränkt und langweilig war, wie sie sich oftmals den Anschein gab. Am Abend von Doña Inmaculadas Eintreffen zeigte sie sich erstmals wieder im Speisesaal.

Der Herzog und Rosario saßen an den gegenüberliegenden Enden des Tisches. Guada und ihre Mutter hatten ihre Plätze an der einen Seite, direkt gegenüber von Shiro, der auf der anderen Seite für sich allein saß. Diese Sitzordnung stellte Mutter und Tochter vor eine ernste Herausforderung. Mit beinahe atemlosem Unbehagen vermieden es beide, Rosario direkt anzusehen. Jedes Mal, wenn sie ihr zuhören oder antworten mussten, senkten sie die Blicke auf ihre Teller oder schauten mit gekünsteltem Lächeln an ihr vorbei. Ebenso wenig allerdings wollten sie den jungen Japaner anstarren, der an diesem Abend Weiß mit einer schwarzen Schärpe trug. Doña Inmaculadas Erziehung erlaubte es ihr nicht, den adligen Ausländer zu betrachten, der einen christlichen Soldaten mit solcher Bravour enthauptet hatte. Guada hatte es ihr in jeder blutigen Einzelheit erzählt. Diese wiederum vermied es aus Schamgefühl, ihn anzuschauen. All diese aufgewühlten, von Wertvorstellungen der höheren Ränge Sevillas geprägten Verhaltensmuster führten dazu, dass die beiden übertrieben ausführlich den Herzog musterten, der darauf von Minute zu Minute gereizter reagierte.

»Genug jetzt!«, brüllte er schließlich und hämmerte mit der Hand, in der er noch die Gabel hielt, auf den Tisch.

Alle drei Frauenherzen standen still. Diesmal wandte Rosario den Blick ab. Shiro, dem die wachsende Anspannung im Haus seit dem Vorfall mit dem Soldaten nicht entgangen war, betrachtete alle vier Barbaren mit eifrigem Interesse. Was ihm vor allem auffiel – und was ihn noch lange nach der schrecklichen Tirade des Herzogs beschäftigen würde –, war Guadas Gesicht, das errötete und Angst offenbarte. Die Kombination aus beidem machte sie nur noch schöner.

»Es reicht«, fuhr der Herzog fort. »Wie können sich zwei Frauen derart provinziell gebärden?«

»Entschuldigung?«, erwiderte Doña Inmaculada beleidigt.

»Dafür ist es zu spät«, erklärte er mit beißendem Sarkasmus. »Ich lasse es nicht zu, dass meine Verlobte weiterhin beleidigt wird.«

»Ich versichere dir«, antwortete Inmaculada, die jetzt ihrerseits ärgerlich wurde, »dass wir nichts Derartiges im Sinn haben.«

»Ihr könnt sie nicht einmal ansehen«, sagte er. »Ihr könnt ihren Namen nicht aussprechen. Scheinbar verspürt ihr eine gottgegebene Überlegenheit. Wahrscheinlich habt ihr zu lange in der stickigen Enge von Sevilla gelebt. Schaut euch meine Vorfahren an, die Mutter meines Vaters. Ana de Aragón y Gurrea war ein uneheliches

Kind des Erzbischofs von Saragossa, der selbst ein uneheliches Kind König Ferdinands II. war. Und anscheinend habt ihr auch vergessen, wer eure eigenen Vorfahren sind. Ihr müsst nur wenige Generationen zurückschauen: ein Schafhirte, ein Schmied, ein lebenslang eingekerkerter Dieb, ein Gerber von Tierfellen.«

»Ich weigere mich, mir solchen Unsinn anzuhören«, erklärte Inmaculada. »Und abgesehen davon geht es nicht darum. Zumindest nicht darum allein. Um Himmels willen, das Mädchen ist verheiratet. Das Mädchen ist eine Ehebrecherin und lebt im Stand der Todsünde.«

Auf ihre Worte reagierte der Herzog auf eine Art und Weise, die Shiro überraschte. Statt sich zu noch heftigerer Wut hinreißen zu lassen, wirkte er, als wäre ihm eine Last von der Seele genommen worden. »Ich nehme an, ihr beiden sprecht hin und wieder mit euren Ehemännern«, sagte er in wesentlich ruhigerem Ton.

»Was, bitte, hat das mit dem Thema zu tun?«, fragte Inmaculada.

»Ich nehme an, dass ihr sogar eine gewisse Zuneigung für sie hegt«, fuhr er fort. »Ich habe gehört, dass du, Guada, zu glauben scheinst, du wärest wahnsinnig verliebt in Don Julián.«

Guada wünschte, der Boden würde sich unter ihrem Stuhl auftun und sie verschlucken, sie weg vom Tisch hinabziehen, zur Not in einen düsteren Abgrund, solange bloß diese höllische Mahlzeit ein Ende fand.

»Sicherlich«, fuhr der Herzog fort, »wisst ihr beide, dass Rodrigo – dein Mann, Inma, und dein geliebter Vater, Guada – regelmäßig mit anderen Frauen verkehrt, was ihn, sofern ihm der Papst nicht einen besonderen Dispens erteilt hat, von dem ich noch nichts weiß, zu einem Mann macht, der nach euren Vorstellungen in Todsünde lebt.«

Rosario biss sich auf die Innenseiten ihrer Wangen und gab sich alle Mühe, ein unangebrachtes Grinsen zu unterdrücken. Shiro nahm sich fest vor, diese barbarische Vorstellung der Sünde noch eingehender zu studieren, die seinen Gastgebern so häufig über die Lippen kam. Der Katechismus, den er hatte studieren müssen, war diesem Aspekt eindeutig nicht gerecht geworden. In diesem Moment jedoch holte der Herzog gerade zum Todesstoß aus.

»Aber eine Sache ist euch vielleicht beiden nicht bewusst. Ich weiß seit einer Weile davon, habe mich aber nicht daran gestört, weil es sich um die Art von natürlichem animalischem Verhalten handelt, die unseren Herrn im Himmel vermutlich nicht im Mindesten interessiert. Eure Ehemänner haben beide mit derselben Frau ›gesündigt‹, der unangenehmen, aber zweifellos attraktiven Marta Vélez.«

Doña Inmaculada schoss das Blut in die Wangen, und sie erhob sich vom Tisch. Guada blieb sitzen und begann zu weinen.

»Was für eine schmutzige Facette deiner Person hast du mir da gezeigt«, spuckte Inmaculada dem Herzog entgegen. »Obwohl ich nun besser verstehe, warum du die Gefälligkeiten eines Dorfmädchens suchst, das dir in deiner schnell zunehmenden Senilität schmeichelt.«

Ehe die streitenden Aristokraten weiteres Gift verspritzen konnten, wurden sie durch die weinende Guada unterbrochen.

»Ich weiß von dieser Frau, mein Herr, jedenfalls soweit es Julián betrifft. Aber ich kann Euch versichern, dass sie sich nicht mehr treffen und dass er, seit wir uns das heilige Sakrament der Ehe gespendet haben, von dieser Art Sünde befreit ist.«

Obwohl ein Teil von ihm mitfühlte und sie ihm leidtat, war seine Verachtung für das Ausmaß des Wahns und der Scheinheiligkeit dieser Frauen doch stärker. »Ich kann dir versichern, meine reizende Guada, für die ich die innigste Zuneigung empfand, bis du die Frau, die ich liebe, herabgesetzt hast, eine Frau, die dir nichts getan hat. Dir, deren Zuneigung ich eines Tages wieder zu erlangen hoffe, kann ich versichern, dass dein Julián sich in ebendiesem Augenblick mit seiner Tante, Señora Vélez, vergnügt. Was glaubst du, warum er so schnell von deiner Seite gewichen und so viel länger in Sanlúcar geblieben ist, als nötig gewesen wäre?«

Wütend starrte sie ihn an, wie vom Donner gerührt.

»Das ist eine Lüge!«

Der Herzog deutete mit dem Kinn zu Shiro hinüber.

»Du hast sie zusammen gesehen, nicht wahr?«

»Das habe ich, mein Herr«, erwiderte der Samurai.

Ihr Gesicht verwandelte sich in ein Meer aus Tränen. Sie stand auf und klammerte sich an ihre Mutter, die noch sichtlich unter dem Schock dieser Enthüllungen stand.

»Und was die bedauerliche und fehlerhafte Ehe betrifft, die Rosario eingegangen ist und die mich keinen Deut interessiert, so wird das Problem aus der Welt geschafft«, sagte der Herzog. »Sobald ich die Ehe habe annullieren lassen, und genau das werde ich tun, heiraten wir beide.

Nicht um Gott gefällig zu sein oder die bösen Zungen der Dorfbewohner und der vornehmen Gesellschaft Sevillas zum Schweigen zu bringen – meiner eigenen Standesgenossen, von denen ich von Tag zu Tag mehr Abstand nehme. Sondern als Geschenk an Rosario, damit sie bei meinem Ableben gut versorgt ist.«

Zwar hörten Mutter und Tochter alles, was er sagte, denn der Speisesaal war zwar groß, aber akustisch günstig, da voller glatter Oberflächen, darunter große Bodenplatten aus schwarzem und weißem Marmor aus Carrara. Doch hatten sie beim Ende seines Vortrags bereits die Tür erreicht. Der Herzog entschuldigte sich nun bei Rosario und Shiro, woraufhin alle übereinstimmend festhielten, dass familiäre Beziehungen zu den schwierigsten Themen gehörten, ganz egal, in welchem Teil der Welt man sich befand.

Später am Abend versuchte Shiro, Guada in der Hoffnung zu besuchen, dass er sie aufheitern, sich erklären und sein Bedauern darüber ausdrücken könnte, dass der Herzog etwas weitererzählt hatte, das eigentlich vertraulich bleiben sollte. Im Grunde genommen wollte er sie einfach sehen. Was nicht auf Gegenseitigkeit beruhte. Die neue Dienerin sah sich gezwungen, diesem Fremden Auge in Auge gegenüberzutreten. Sie konnte sich nicht vorstellen, dass er die kastilische Sprache beherrschte, und wiederholte die Weigerung ihrer Herrin gleich mehrfach und mit erhobener Stimme – sie war wohl der Ansicht, dass Lautstärke im Zweifel mehr bewirkte als eine deutliche Aussprache.

Als Shiro sich mit einer Verbeugung zurückzog, wurde

ihm bewusst, wie überdrüssig er der Christen war. Trotz der späten Stunde verließ er die Finca und nahm einen schmalen Pfad hinauf in die Hügel. Die ländliche Stille umhüllte ihn. Der Boden war feucht. Die Luft war kalt und klar und trug den Geruch von Kaminfeuer mit sich. Über ihm leuchteten Sternbilder, die er häufig von den Balkonen der Burg Sendai beobachtet hatte.

Kapitel 7

In dem ein Geschenk überreicht wird

Drei Tage später machten sich der Herzog, Shiro, Doña Inmaculada und Guada mit einem beeindruckenden Gefolge von Wächtern, Köchen und Dienern auf den Weg nach Sevilla. Ohne das geringste Bedauern blieb Rosario zurück. Noch ahnte niemand, dass sie in Baelo Claudia ein Kind empfangen hatte. Da ihre Beziehung nun öffentlich war, fiel es dem Herzog äußerst schwer, ohne sie zu reisen. Gleichzeitig war er begierig, die japanische Delegation zu begrüßen und einen guten Freund zu treffen. Shiro hatte nichts dagegen, sich wieder den anderen Samurai anzuschließen. Vielleicht zog es Inmaculada und ihre Tochter am stärksten zurück in ihr jeweiliges Zuhause, auch wenn dieses Verlangen durch die bevorstehende Konfrontation mit ihren Ehemännern gedämpft wurde.

Inzwischen herrschte wieder ein gewisses Maß an friedlichem Umgang miteinander. Inmaculada und Guada hatten sich gegenseitig getröstet, zusammen gebetet und sich einander angenähert. Der geteilte Schmerz des Betrogenseins schuf eine neue Verbindung zwischen ihnen. Für

Doña Inmaculada war es eine Sache gewesen, von Rodrigos Liebschaften mit anderen Frauen zu wissen. Nun eine bestimmte Frau beim Namen genannt zu hören war etwas ganz anderes, zumal von keiner gewöhnlichen Prostituierten die Rede war, sondern von einer Frau, die ihrer eigenen Gesellschaftsschicht angehörte. Guada war fassungslos und wütend auf sich selbst, weil sie die naive Illusion aufrechterhalten hatte, dass Julián in dem Augenblick, in dem er in ihr Bett durfte, die Reize seiner niederträchtigen Tante vergessen würde. Inmaculada hatte sogar den Takt besessen, auf Rosario zuzugehen und sich für ihr eigenes Verhalten und das ihrer Tochter zu entschuldigen. Sie machte fest verwurzelte und vielleicht rückständige soziale Konventionen dafür verantwortlich.

Allerdings war sie nicht in der Lage, ihre Tochter zu einem entsprechenden Schritt zu bewegen. In all der Zeit, die Guada und Rosario gemeinsam verbracht hatten, war Letzterer nie auch nur die leiseste Andeutung über ihre Beziehung zum Herzog entschlüpft. Für Guada lag es auf der Hand, dass sie als Alibi missbraucht worden war, damit das Mädchen sündigen konnte, ohne Verdacht zu erregen. Und der Betrug reichte noch tiefer. Dass Guada am Strand den Aufmerksamkeiten Shiros ausgesetzt gewesen war, während im Nachbarzelt die Zügellosigkeiten ihren Lauf nahmen, hatte sie zutiefst verstört.

Bis zum Aufbruch nach Sevilla jedoch hatten sich die strapazierten Nerven der meisten Beteiligten deutlich entspannt. Am zweiten Tag der Reise stieg Doña Inmaculada in den Damensattel und gesellte sich zum Herzog, der an der Spitze des Zuges ritt. Shiro nutzte die Situation, band sein Pferd an die Kutsche, in der Guada reiste, und bat darum, ihr Gesellschaft leisten zu dürfen.

»Ich bin Euch eine Erklärung schuldig«, sagte er. »Wegen der unangenehmen Situation, die ich verursacht habe, als ich neulich abends die Behauptung des Herzogs bestätigte.«

»Das ist nicht nötig«, erklärte sie, ohne ihn anzuschauen.

Er saß ihr direkt gegenüber. Es war eng, und die Straße war holprig. Während sie hin und her geschaukelt wurden, sorgte jede Furche und jeder Stein dafür, dass sich ihre Knie berührten. Das Bewusstsein ihrer körperlichen Nähe machte es beiden schwer, sich zu konzentrieren. Guada trug braune Stiefel und ein braunes Seidenkleid mit weißen Ärmelaufschlägen, das ihr blondes Haar und die grünen Augen zur Geltung brachte. Um den Hals trug sie ein einfaches Medaillon, das er bewunderte. Er registrierte, dass der Nagel ihres linken Zeigefingers eingerissen war. Seine eigenen Hände hielt er wegen des überzähligen Fingers in dieser arg überschaubaren Enge nach Möglichkeit schamhaft versteckt. Die Kraft, die seine schlanke Gestalt ausstrahlte, die Einfachheit seines Gewandes, sein direkter und unleugbar anziehender Blick in Verbindung mit der Erinnerung daran, wie er vor einigen Tagen ihre wortlose Bitte erwidert hatte, trugen dazu bei, dass Guadas Herz trotz allem Bemühen um Kontrolle schneller schlug.

»Trotzdem«, sagte er.

Sie griff nach einer am Fenster befestigten ledernen Schlaufe und starrte hinaus auf die Eichen- und

Eukalyptuswälder und die dunkle Erde der frisch gepflügten Felder an den Rändern eines Dorfs namens Espera.

»Die – wie Ihr es nennt – unangenehmste Situation an jenem Abend und bis heute war der Schmerz der Blamage. Meine eigene Schuld.« Bei diesen letzten Worten schaute sie ihm direkt ins Gesicht, ehe sie den Blick wieder abwandte. »Ich hätte zynischer und realistischer sein sollen. Ich habe mich benommen wie ein Kind.«

Ihre Mischung aus Stärke und Zartheit, ihre Gesichtsfarbe und das Bewusstsein ihrer körperlichen Nähe verstörten ihn.

»Ihr seid verliebt«, sagte er.

»Das war ich«, antwortete sie und bemühte sich, nicht wieder zu weinen. Sie richtete den Blick auf ein Paar Bienenfresser, deren Gefieder in einem nahen Baum leuchteten.

Ihre Aussage verblüffte und provozierte ihn, doch er tat so, als wolle er sie relativieren.

»Es ist zu früh, so etwas zu sagen«, stellte er fest.

Sie schaute ihn wieder an. »Was ist los mit den Männern?«

»Ich verstehe die Frage nicht.«

»Ihr liebt die Jagd auf Frauen, das Fieber der Verfolgung, das atemlose Hinterherlaufen.«

Auch wenn er den Blick nicht von ihr wenden konnte, fühlte er sich zu Unrecht angegriffen.

»Nicht alle Männer sind gleich«, sagte er.

Sie starrte ihre Hände an und begann, an dem kaputten Nagel herumzuzupfen. Ohne auf seine Bemerkung einzugehen, fuhr sie fort: »Im Fall meines Vaters finde ich es noch einigermaßen verständlich. Meine Mutter weist ihn ab, und das schon seit langer Zeit. Diese andere Frau stammt aus seiner Schicht, ist jünger als er und – soweit ich gehört habe – in einer schlechten Ehe gefangen. Aber Julián …«

Shiro unternahm nichts, um irgendwelches Verständnis für den Mann zu signalisieren, der ihn damals in Sanlúcar beleidigt hatte. Also schwieg er.

»Ihr müsst uns alle für verrückt halten.« Sie war befangen wegen ihres kaputten Fingernagels und zog das Paar gelbe Handschuhe an, das in ihrem Schoß gelegen hatte. »Ihr seid erst seit kurzer Zeit hier und müsst miterleben, wie wir uns hier in unserer schmutzigen Wäsche suhlen.«

Diesen umgangssprachlichen Ausdruck, den sie gelegentlich im Kreis von Freunden und der Familie gebrauchte, gegenüber einem Mann aus einer derart fernen Kultur zu benutzen, rief ihr plötzlich die ungewollte Doppeldeutigkeit ins Gedächtnis. Wieder spürte sie, wie sie rot anlief, diesmal vor Verlegenheit.

»Schmutzige Wäsche gibt es nicht nur in Eurem Land«, erwiderte er lächelnd.

Sie betete, dass die Redewendung ihm vertraut war oder dass er die Metapher intuitiv verstanden hatte.

»Vermutlich sind solche Dinge so weit verbreitet«, fügte er hinzu, »dass ich – unabhängig davon, ob man es als Sünde betrachtet oder nicht – kaum das Wort ›schmutzig‹ benutzen würde. Scheinbar ist all das einfach ein Teil der menschlichen Natur.«

Diese Aussage ermutigte sie, aber sie war noch nicht wirklich sicher. »Wie meint Ihr das?«, fragte sie.

»Der Herr, dem ich in meiner Heimat diene, ist wie ein König. Sein Blut fließt durch meine Adern, und er hat mir gesagt, dass ich deswegen ein Prinz bin. Doch meine Mutter, seine einzige Schwester, hat mich, nachdem ihr Mann in der Schlacht gefallen war, von einem anderen Mann empfangen, ebenfalls einer Art Prinz, der seinerseits verheiratet war und andere Söhne hatte. Also könnte man mich wohl als Produkt schmutziger Wäsche bezeichnen.«

»Das wusste ich nicht«, sagte sie.

»Auch wenn mich Cousins und Halbgeschwister teilweise grob behandelt haben, wurde doch gut für mich gesorgt. Meine Stellung ist vielleicht nicht ideal, aber keineswegs ungewöhnlich, und die Würde meines Blutes ist allgemein anerkannt. Ich würde sogar so weit gehen zu sagen, dass meine Erziehung und mein Status als Bastard meinem Charakter gutgetan haben. Ich durfte mehr eigene Entscheidungen treffen und kann mein Leben unabhängiger von den strikten Regeln und Verantwortlichkeiten gestalten, die auf meinen ›reineren Verwandten‹ lasten.«

Das Bekenntnis zu seiner Stellung als uneheliches Kind empfand sie weder als anstößig noch befremdlich. Stattdessen steigerte es seine Attraktivität noch, eine Empfindung, die sie sich in diesem Moment ohne Verstellung zugestehen konnte. Und die sie sich trotzdem nicht erklären konnte.

»Dieses Eingeständnis gerade …«, sagte sie. »Ich bin Euch dankbar dafür. Ist Eure Geschichte dem Herzog bekannt?«

»Er kennt sie seit dem Tag, an dem wir uns erstmals begegnet sind.«

Eine Weile lauschten sie schweigend dem Knarren der Räder.

»Ich möchte Euch etwas schenken«, sagte er.

»Das ist nicht nötig.«

»Ihr würdet mir damit eine Freude erweisen. Es ist nur eine Kleinigkeit.«

Aus den Falten seines Gewandes zog er den kleinen Umschlag, den seine Mutter ihm in Sendai gegeben hatte. Er öffnete ihn und schüttelte einige der *Biwa*-Samen in seine Hand, um sie für sich selbst zu behalten. Dann reichte er Guada den Umschlag.

»Dies sind Samen einer Frucht, die ich hier noch nicht entdeckt habe. Meine Mutter hat sie mir mitgegeben. Es wäre mir eine große Freude, wenn Ihr sie säen würdet. Auf Japanisch heißt die Frucht Biwa. Sie wächst bis zur Größe einer Zitrone, sieht aber aus wie ein Pfirsich und schmeckt angenehm. Außerdem hat sie medizinische Eigenschaften und blüht wunderschön.«

Sie nahm den Umschlag. Er genoss es, ihn in ihrer Hand zu sehen.

»Danke«, sagte sie.

Ihre Begegnung wurde von der Rückkehr Doña Inmaculadas gestört. Einem mütterlichen Instinkt folgend, verspürte sie beim Anblick der unbeaufsichtigten jungen Leute das Bedürfnis einzugreifen. Shiro verabschiedete sich von Guada mit einer knappen Verbeugung und machte Platz für ihre Mutter. Schnell band er sein Pferd los, stieg auf und gesellte sich wieder zum Herzog, der auch auf festem Grund und Boden ganz wie der Admiral der Ozeane wirkte.

»Wie geht es der störrischen kleinen Prinzessin?«, fragte der Herzog.

»Gut«, erwiderte Shiro. »Besser.«

»Ihre Mutter hat sich bemüht, mich zu besänftigen, doch solange sich das Mädchen nicht für seine Grobheit entschuldigt, werde ich ihm wenig Beachtung schenken, egal, wie sehr es mich schmerzt.«

»Im Herzen spüre ich ganz sicher, dass sie ihren Fehler erkennen wird«, sagte Shiro.

»Der Ursprung Eurer Sicherheit liegt vermutlich in einem anderen Teil Eurer Anatomie, mein Junge.« Dann wechselte er das Thema. »Nun sagt mir, was aus Euch wird, wenn Ihr Eure Leute in Sevilla wiedertrefft?«

»Ich werde mein Bestes tun, um mich einzugliedern und Hasekura Tsunenaga aus der Ferne im Auge zu behalten. Und um mehr von Eurem Land zu sehen. Wir reisen in Kürze nach Madrid weiter, wo Hasekura Tsunenaga sich mit Eurem König treffen und in seiner Gegenwart schließlich das christliche Sakrament der Taufe empfangen möchte.«

»Ist sein Glaube denn aufrichtiger als Eurer?«

»Ich weiß es nicht, aber ich würde es nicht ausschließen. Er steht dem spanischen Priester nahe, Pater Sotelo. Und es war Hasekura Tsunenaga, der darauf bestand, dass wir Samurai bei der Ankunft in Neuspanien zum christlichen Glauben übertraten.«

»Es liegt mir fern, mich in Eure Verantwortlichkeiten einzumischen, aber ich würde Euch gern in meiner Nähe behalten, zuerst in Sevilla, wo Eure Fähigkeiten als Übersetzer äußerst wichtig für mich wären. Aber auch am Hof in Madrid, wo ich dafür sorgen kann, dass Euer Aufenthalt sich angenehmer und amüsanter gestalten würde. Es wäre mir eine Freude.«

Während nun also der Nachmittag langsam dem Abend Platz machte und die hohen Klippen von Arcos de la Frontera in der Entfernung aufragten – das weiße Dorf, die beinahe entlaubten Bäume, die Felder beiderseits des Weges gepflügt oder in sanftem, tiefem Grün belassen –, ritten die beiden nebeneinander her und gaben ein so sonderbares und ungleiches Paar ab wie das, das Cervantes in seinem noch unvollendeten Werk beschrieb.

KAPITEL 8

In dem die Samurai in Sevilla eintreffen

Shiros Abwesenheit von Sanlúcar de Barrameda war kaum registriert worden. Seine Samurai-Brüder waren zu beschäftigt damit gewesen, sich dem unbekümmerten Rhythmus der besseren andalusischen Gesellschaft anzupassen und gleichzeitig so gut wie möglich ihre Disziplin zu wahren. Als Hasekura Tsunenaga irgendwann bemerkte, dass Date Masamunes unehelicher Spion immer noch fehlte, fühlte er sich erleichtert. Selbst Pater Sotelo, der den jungen Samurai mit unheiligen Regungen der Lust bewunderte, war zu beschäftigt damit, an der Umsetzung seines großen Plans zu arbeiten. Wenn er sich nicht gerade mit Hasekura Tsunenaga besprach oder ihm als Berater zur Seite stand, verfasste er Briefe nach Madrid und Rom, in denen er für die Delegation warb, als wäre es seine eigene. Er flehte um Audienzen und Unterstützung und zog eifrig Strippen, um einen Splitter des Heiligen Kreuzes mit nach Japan nehmen zu können. Dort sollte dieser Splitter dann von einem goldenen Kreuz umschlossen werden, das irgendwann den Hauptaltar der Kathedrale zieren würde, die er zu bauen und der er als Kardinal vorzustehen hoffte. Schließlich machten sie sich, den Städten entlang des Flusses folgend, auf die kurze Reise Richtung Norden nach Sevilla.

Julián war eben erst in Sevilla eingetroffen. Gelangweilt, reizbar und grollend war er auf den Landsitz zurückgekehrt, der ihm und Guada anlässlich ihrer Hochzeit vermacht worden war. Da er am Tag, als Marta Vélez ihn verlassen hatte, nicht zur Stelle gewesen war, um für einen nüchternen und tristen Empfang der Japaner zu plädieren, hatte man sich in Sanlúcar anders entschieden und sich auf ein wesentlich festlicheres, großzügigeres Konzept festgelegt.

Am verabredeten Tag waren die Straßen von Sevillanern aller Schichten gesäumt: Aristokraten und Zigeuner, Kaufleute, Funktionsträger der Krone und Beamte aus dem *Archivo General de Indias,* Mitglieder zahlreicher religiöser Orden, dazu ganze Scharen von Frauen und Kindern. Palmen und Magnolien glänzten in der warmen Oktobersonne. Sonnenschirme in Pastelltönen hoben und senkten sich auf der Trianabrücke, als die exotische Prozession den Guadalquivir zu Pferd in Richtung der Gärten des Alcázar überquerte, wo ein Empfang geplant war. Als Repräsentant des Königs war der Herzog anwesend, um die Gäste offiziell willkommen zu heißen. Er hatte angeordnet, dass Julián und seinen beiden Neffen der Besuch untersagt wurde. Als Shiro sich nach der ungewöhnlichen Architektur erkundigte, von der sie in den Schlossgärten umgeben waren, erhielt er eine Vorlesung über die Mauren und den

Islam. Danach schwirrte ihm der Kopf, und es überfiel ihn die Erkenntnis, dass es auf der Welt noch einen weiteren Glauben gab, mit dessen Regeln und Restriktionen er sich auseinandersetzen musste.

Der Herzog nahm Pater Sotelos unterwürfiges Angebot an, während der einleitenden Zeremonien, der Begrüßungswünsche und des Austausches von Geschenken für ihn zu übersetzen. Doch sobald Hasekura Tsunenaga den Wunsch nach einem ungestörten Gespräch mit dem Herzog zum Ausdruck brachte, ließ der Grande Shiro herbeirufen.

Verwirrt starrte Pater Sotelo den Herzog an. »Shiro, mein Herr?«, sagte der Priester und gab sich um Hasekura Tsunenagas willen alle Mühe, sein Lächeln zu bewahren. »Das würde ich nicht empfehlen.«

Der Herzog, an Kleriker aus guten Familien gewöhnt, mit denen er ein wenig scherzen und sich über gemeinsame Verwandte austauschen konnte, empfand diesen Mann, einen Bürgerlichen, als Nervensäge.

»Und warum nicht?«

»Der Gesandte hat mich als seinen offiziellen Übersetzer erwählt. Habe ich mir irgendeine Nachlässigkeit zuschulden kommen lassen?«

»Nicht dass ich wüsste, Pater. Wie könnte ich es auch beurteilen? Ich möchte einen Kompromiss vorschlagen, nein, ich bestehe auf diesem Kompromiss: Sie werden weiterhin für Seine Exzellenz den Gesandten übersetzen und Shiro für mich.«

Der Priester gab die Worte des Herzogs an Hasekura Tsunenaga weiter, der mit einer kurzen und schroffen japanischen Bemerkung antwortete.

»Seine Exzellenz fragt sich, warum Sie einen so unerfahrenen jungen Mann für eine derart delikate Aufgabe erwählt haben«, übersetzte der Priester.

»Sagen Sie Seiner Exzellenz«, erwiderte der Herzog, »dass ich mich auf sein gutes Urteil verlasse. Ich muss doch annehmen, dass der Samurai, der den ganzen Weg zu meinem Stammsitz geschickt wurde, um die Grüße Seiner Exzellenz zu überbringen, sich seiner besonderen Wertschätzung erfreut.«

KAPITEL 9

In dem Kummer ein Verbrechen anbahnt

Guada fand Julián in der Bibliothek. Er tat, als läse er Dokumente, die mit ihren Besitztümern zu tun hatten. Seinen Diener hatte er angewiesen, ihn sofort zu warnen, sobald seine Frau das Haus beträte. Er wollte männlich und ernsthaft erscheinen, als verantwortungsbewusster Hüter ihres Besitzes und Vermögens. Die knappe Minute, in der er tatsächlich die Dokumente betrachtete, während sie die Marmortreppe hinaufstieg, lähmte sein Hirn mit Langeweile und Verwirrung. Er fand die juristische Sprache der Papiere unzugänglich. Sobald er sicher sein konnte, dass Guada ihn gesehen und sein *tableau vivant* gewürdigt hatte, gab er vor, sie gerade eben bemerkt zu haben, und erhob sich vom Schreibtisch.

»Meine Dame.«

»Mein Mann.«

Es folgten höfliche Küsse, bei denen ihre Lippen die Wangen kaum berührten.

»Ich hoffe, du hattest eine sichere Reise«, sagte er.

»So sicher, wie man es sich wünschen kann. Aber lang und schrecklich ungemütlich.«

»Du musst dich ausruhen. Dann essen wir, wann immer du willst.«

Als Erstes entschied sie sich für ein Bad. Als sie fertig war, noch glänzend von duftenden Ölen, betrachtete sie sich in dem großen Spiegel, der an der geweißten Wand lehnte. Sie stand in der Blüte ihrer Jugend. Sie konnte sich kaum noch erinnern, wann sie sich zuletzt mit solch kritischer Offenheit betrachtet hatte, und war beinahe sprachlos. Sie fühlte Genugtuung und wurde gleichzeitig rot vor Scham.

Inzwischen war es Abend. Kaltes Fleisch mit in Öl gebratenen Eiern wurde serviert, dazu Brot, um es ins Öl zu tunken. Im Gegensatz zu ihr rieb er sein Brot mit Knoblauch ein und trank ein eigens für ihn gebrautes Getränk, das Bier ähnelte; sie nahm mit Brandy vermischtes Wasser. Sobald Speisen und Getränke serviert waren, zogen sich die Diener in eine benachbarte Kammer zurück.

»Du hast gar nichts von deinem Aufenthalt in Sanlúcar erzählt«, bemerkte sie.

»Ich hatte noch keine Gelegenheit dazu. Und eigentlich gibt es auch nicht viel zu berichten«, erwiderte er.

»Ich hatte es so verstanden, dass der Herzog dir eine wichtige Aufgabe anvertraut hatte. Und ich erinnere mich an deine Freude, als du aus Medina-Sidonia abgereist bist. Eine Freude, die mir sehr wehgetan hat.«

»Obwohl ich ein Adliger aus eigenem Recht bin«, sagte er mit einem Gesichtsausdruck, der als verwegenes Grinsen herüberkommen sollte, »ist es eine besondere Ehre, vom Herzog von Medina-Sidonia auserwählt zu werden.

Die Freude, an die du dich erinnerst, hatte ihren Grund ausschließlich darin.«

»Und doch«, bemerkte sie mit langsam anschwellender Stimme, »hast du deine Aufgabe so gut erledigt, dass du von dem Empfang ausgeschlossen wurdest, den der Herzog für die Delegation gibt, um die du dich kümmern solltest.«

Sie konnte zusehen, wie auch ihm die Röte ins Gesicht stieg. »Ich glaube eher«, fuhr sie fort, »dass die Freude über den Abschied mehr mit der Befriedigung zu tun hatte, dass du mich derart dreist belogen hast. Dass du dein feierliches Ehrenwort brechen wolltest, das du mir vor unserer Hochzeit gegeben hast. Dass du dich auf die Perversität gefreut hast, die dir bevorstand, die andauernde Lust auf deine ausgezehrte Tante.«

Der Zorn des Verlassenen, den er nach der Trennung von Marta Vélez hatte schlucken müssen und der allmählich erst nachzulassen begann, wurde auf einen Schlag wieder lebendig und vermischte sich mit neuem Zorn: auf sich selbst, weil er sich hatte erwischen lassen, und auf Guada. Er schob seinen Stuhl zurück, dessen Beine über den Marmorboden schrammten, und stand auf.

»Wie kannst du es wagen, mir so etwas vorzuwerfen?«

»Wie kannst du es wagen, es zu leugnen?«, fragte sie. »Dachtest du wirklich, du kommst mit solch einer abscheulichen Verfehlung durch, wenn du von Männern umgeben bist, deren Auskommen von der Großzügigkeit des Herzogs abhängt?«

»Dein Misstrauen ist ebenso unsinnig wie ungebührlich. Du solltest dich schämen«, sagte er, wobei er mit dem Zeigefinger in der Luft fuchtelte.

»Du leugnest es also?«

»Absolut.«

»Als Mutter und ich neulich abends unser Missfallen darüber zum Ausdruck brachten, dass der Herzog sich zur Hochzeit mit einem bereits verheirateten Dorfmädchen entschlossen hat, revanchierte er sich mit einem Hinweis auf deine Eskapaden und Trinkgelage. Und auf deine Inkompetenz als Diplomat.«

Er stürmte hinüber zu ihrem Platz und schlug sie ins Gesicht.

»Ruhe, Frau! Es reicht.«

Noch nie hatte jemand sie derart geschlagen.

»Ruhe? Frau?« Sie lachte laut, mit Tränen in den Augen und einem blutigen Rinnsal auf der Lippe. »Ich kenne dich mein ganzes Leben schon, Julián. Und du bist immer noch ein Junge. Ein Junge mit einem Problem, das ich naiverweise heilen zu können glaubte, sobald ich dich in mein Bett ließ. Was hat diese Frau, das sowohl mein Vater als auch du so unwiderstehlich findet? Sie kann nicht hübscher sein als ich oder großzügiger in ihren Anstrengungen. Mein Vater hat immerhin die Entschuldigung, mit einer Frau verheiratet zu sein, die ihn nicht mehr in ihr Boudoir lässt. Aber das gilt nicht für dich.«

Er hob die Hand, um erneut zuzuschlagen. Daraufhin riss sie die Arme schützend vors Gesicht und begann zu schluchzen. Verstört angesichts ihrer Fassungslosigkeit schaute er auf sie hinab.

»Erinnerst du dich, was du mir am Abend vor unserer Hochzeit gesagt hast?«, fragte er in sanfterem Ton. »Ich heirate dich aus freien Stücken, dich, so wie du bist. Das hast du gesagt. Ich begehre dein Herz, dein Herz mit all seinen Kompliziertheiten und unbedeutenden Neigungen. Das hast du gesagt. Vertrau mir, hast du gesagt, und du wirst sehen, wovon ich spreche.«

»Du hast dein Versprechen gebrochen«, sagte sie mit abgewandtem Kopf.

Er eilte aus dem Raum, nahm seinen Umhang und sein Schwert und verließ das massive Haus in Richtung der nächsten Taverne. Er hätte ihr gern gesagt, dass seine Sünden mit seiner Tante ein Ende gefunden hatten, wusste aber genau, wie wenig das an der Schurkerei ändern konnte, die bereits ans Licht gekommen war. Der einzige Trost, der ihm in dieser Nacht voll hemmungsloser Trinkerei ein Stück Halt und Ziel geben sollte, war der Gedanke an Rache. Sicherlich steckte dieser verachtungswürdige Seemann dahinter, der schmutzige, einarmige Galgenvogel, der den unzivilisierten Asiaten nach Medina-Sidonia begleitet hatte, der übel riechende Sevillaner, den er sogar bezahlt hatte, damit er den Mund hielt.

Kapitel 10

In dem eine Ehefrau zur Witwe wird

Trotz des verunsichernden Umstands, dass die Geliebte ihres Schwiegersohns und die ihres Mannes ein und dieselbe Frau waren, störte es Doña Inmaculada nicht besonders, dass Rodrigo sich mit einer Adligen traf. – Nicht irgendeiner Adligen, sondern einer, die bei Hofe hoch angesehen war. Über die Jahre hinweg waren ihre Fantasien hinsichtlich der Befriedigung von Rodrigos niederen Bedürfnissen eher um schmutzstarrende Bordelle gekreist, die von ungehobelten und unsauberen Frauen bevölkert waren. Sie war dankbar, dass Rodrigo sich diese Woche in Madrid aufhielt, was ihr Bedenkzeit und die Ruhe zur Entscheidung ließ. Sie wollte noch überlegen, ob es die Sache wert war, ihm ihr neu erworbenes Wissen ins Gesicht zu schleudern.

Einen Moment lang erwog sie die Vorstellung, dass die beiden die Frau vielleicht gemeinsam besuchten. Doch glaubte sie, ihren Mann gut genug zu kennen, um eine solche Möglichkeit auszuschließen. Mindestens seine Eitelkeit stünde dabei im Weg; außerdem war er auf seine Weise zu altmodisch. Die Idee an sich aber ließ sie – ehe sie sie ein für alle Mal aus ihrem Kopf verbannte – laut loskichern.

Der skandalöseste und ärgerlichste Aspekt der schmutzigen Geschichte bestand in ihren Augen darin, dass der Herzog Bescheid wusste. Und dann dieser widerliche, lautstarke Streit, den er vor den Augen von Guada und Rosario vom Zaun gebrochen hatte, den sonderbaren Fremdling nicht zu vergessen. Trotzdem verband sie seither eine neue Art Vertrautheit mit dem Herzog. Das kathartische Mahl hatte eine erschöpfte, aber willkommene Ruhe nach sich gezogen.

Und was Rodrigo anging, hatte ihr der Herzog einen Gefallen erwiesen. Was zuvor ein Auf- und Abwogen von Spekulationen gewesen war, hatte nun einen Namen und ein Gesicht. Und auch wenn sie es nie gegenüber irgendwem zugeben würde, konnte sie sich vorstellen, sich an diese Person zu gewöhnen. Vermutlich war er in diesem Moment bei ihr, und zum ersten Mal gestattete ihr dieser Gedanke, ihre Einsamkeit wirklich zu genießen.

Der einzig verbleibende Stachel des Ganzen war Julián. Soledad Medina hatte sie gewarnt, und Guada schien von der anderen Verbindung des jungen Mannes gewusst zu haben. Ihre Tochter hatte die Situation mit Würde getragen, jedenfalls hatte sie das geglaubt. Guadas einziger Fehler war ein übermäßiger Stolz gewesen, als sie ihm den Schwur, er werde die Sache beenden, tatsächlich abgenommen hatte. Die Schwäche des jungen Mannes für seine Tante – Halbtante, um genau zu sein – und die vernichtenden Berichte über seinen Auftrag in Sanlúcar stellten ihren guten Willen ihm gegenüber auf eine harte

Probe. Doch ein Rest dieses guten Willens blieb. Trotz allem wollte sie ihn gern wie einen Sohn sehen. Ihr eigener Sohn hatte ihnen bisher weit mehr Probleme bereitet. Juliáns Fehler waren zumindest solche, die sie begreifen konnte. Außerdem war er wohlhabend, gut aussehend, und sein Ansehen würde sich im Laufe der Zeit sicherlich verbessern. Und er würde Guada wunderschöne Kinder schenken. Ja, dachte sie, mit der nötigen Geduld und mit Gebeten ließe sich ein Weg finden, auf dem sie weitergehen und diese ernüchternden Tage hinter sich lassen könnten.

Nachdem er Shiro auf dem Gut des Herzogs in Medina-Sidonia zurückgelassen hatte, ritt Diego Molina nach Sevilla und stellte sich an der Tür der Familie Sánchez Ordoñez vor. Es handelte sich um ein bescheidenes Haus im Bezirk Triana. Ihre begehrenswerte Tochter Rocío Sánchez war Diego während der zweieinhalb Jahre, die er auf See verbracht hatte, tatsächlich treu geblieben. Auch wenn sie von ihm in all dieser Zeit nur drei Briefe empfangen hatte und ihr ein wohlhabender Bäcker leidenschaftlich den Hof machte, war ihre Flamme für Diego niemals erloschen.

Das Wiedersehen war ein freudiges. Abgesehen von seiner fehlenden Hand fand Rocío ihn noch anziehender, als sie ihn in Erinnerung hatte. Und trotz ein oder zwei zusätzlichen Kilos, die sie den fruchtlosen Gefälligkeiten des Bäckers verdankte, fand er in ihr die köstliche Antwort auf seine Gebete.

Nach der Auszahlung beim Schatzmeister würde er die doppelte Menge Geld besitzen, die er verdient hätte, wenn er bei seiner Familie geblieben wäre und im Olivengeschäft gearbeitet hätte. Doch aus Rocíos Sicht war Diegos Erklärung, dass seine Wanderlust gesättigt und seine Gier nach Abenteuern gestillt wäre, ungleich bedeutsamer. Er bekräftigte, dass ihm der Handel mit Ernten besonders guter Arquebina-Oliven vollauf genügen würde, solange er wusste, dass sie ihn jeden Abend mit einer Mahlzeit und einer Umarmung erwarten würde.

Die Hochzeit fand binnen einer Woche nach seiner Rückkehr statt. Sie zogen in ein kleines, geweißtes Haus bei den westlich der Stadt gelegenen Olivenhainen. Sie brachten ihr Haus in Ordnung und gingen voller Stolz ihren jeweiligen Aufgaben nach. Das einfache Glück, hausgemachtes Essen ohne Familienanhang zu genießen und die Nächte allein zu verbringen, ließ sie die gelegentlichen Zweifel und die Fremdheit nach ihrer langen Trennung weitgehend vergessen. Er unterhielt sie mit Geschichten von seinen Reisen, und sie versorgte ihn mit dem entgangenen Klatsch aus dreißig Monaten.

Dann eines Tages kehrte er nicht aus den Olivenhainen zurück. Ein Mann, mit dem er zusammenarbeitete, wusste nur, dass ein Adliger und zwei Begleiter in die Felder geritten waren und nach Diego gefragt hatten. Der Mann und Rocío verbrachten den Nachmittag und den Abend damit, die sorgfältig gepflügten Hügel abzusuchen, in deren eisenhaltige Erde die Olivenbäume einst von den Phöniziern und Römern gepflanzt worden waren. Als sich die Dämmerung senkte, alarmierte sie das Bellen von Diegos Dogge. Sie fanden den einarmigen Mann in den letzten

Atemzügen – an einen Baum gebunden und von einem Schwert durchbohrt. Er war kaum in der Lage zu sprechen. Sie schnitten ihn los, und Rocío legte seinen Kopf in ihren Schoß. Sie konnte es nicht ertragen, die Wunde anzuschauen. Nachdem er Rocío gesagt hatte, wie sehr er sie liebte und wie leid es ihm täte, galten seine allerletzten Worte einem anderen Thema. »Sag Shiro, dem Samurai«, bat er und spürte, wie das Leben aus ihm wich, »dass es der Adlige war, der den Brief in Sanlúcar geschrieben hat.«

Sie konnte ihn nicht allein lassen. Der Mann, mit dem sie gekommen war, ging los, um Hilfe zu holen. Sie blieb mit dem Hund und der Leiche ihres Mannes die ganze Nacht an Ort und Stelle. Sie bestand darauf, dass er genau hier beerdigt werden sollte, und als der Priester sich weigerte, spuckte sie ihn an. Nachdem ihr Mann begraben worden war, verharrte sie in völligem Schweigen drei Tage bei dem Baum und dem aufgeschütteten Erdhügel. Alles Flehen seiner und ihrer Familie half nichts. Erst als der Bäcker erschien und sich neben sie setzte, ließ sie sich herab zu sprechen. Sie betrachtete ihn mit einer Wildheit, die er nie zuvor an ihr gesehen hatte. »Wenn du mich zu dem Samurai bringst«, sagte sie – und er hörte ihr gut zu, auch wenn er nicht wusste, was das Wort bedeutete –, »dann werde ich dich heiraten, noch ehe das Jahr abgelaufen ist.«

KAPITEL 11

In dem die Zeit stillsteht

Der Herzog von Medina-Sidonia stattete Soledad Medina einen Besuch ab, ehe er aus Sevilla aufbrach, um die japanische Delegation auf ihrer Reise nach Madrid zu begleiten. Der Herzog war siebenundfünfzig Jahre alt, Doña Soledad sechzig. Seit ihrer letzten Begegnung bei Guadas Erstkommunion waren acht Jahre vergangen.

Zum ersten Mal hatte der Herzog Soledad bei ihrer Hochzeit zu Gesicht bekommen. Damals heiratete sie im Alter von siebzehn Jahren einen ihrer gemeinsamen älteren Cousins – einen beliebten, aber unangenehmen Kerl, der sich schon früh einen Ruf als Schürzenjäger und Rüpel erworben hatte. Nur sein Reichtum und die Macht seiner Persönlichkeit hatten viele dazu bewegt, ihn zu tolerieren. Kurz nachdem der fettleibige, alkoholsüchtige Rohling bei dem Versuch gestorben war, die Tochter seines Wildhüters zu vergewaltigen, begannen der Herzog und Soledad ihre Affäre. Er hatte ihre Schönheit und Eleganz schon immer bewundert, ihre gute Erziehung und Duldsamkeit. Die unglückliche Hand ihrer Eltern bei der Auswahl eines Ehemanns hatte er immer bedauert.

Der Herzog war zu jener Zeit verheiratet, und der Anstand gebot es *de rigeur*, dass er sich hin und wieder eine Geliebte nahm. Doch auf Soledad Medina war er nicht vorbereitet gewesen. Auf ihre Begeisterung, ihre Belesenheit und ihren Esprit. Die Realität seines Ehelebens verblasste im Vergleich dazu. Was als Liebelei begann, wurde zu einer Angelegenheit des Herzens.

Trotz ihres Witwenstands war Soledad einem ständigen Strom von Warnungen ihrer Freunde und Angehörigen ausgesetzt. Doch zum ersten und letzten Mal in ihrem Leben war sie unsterblich verliebt. Der Herzog stand kurz davor, seine Frau zu verlassen. Als Philipp II. darauf bestand, dem Herzog das Kommando über die Armada zu übertragen, vermuteten manche Höflinge dahinter das Bestreben, die Affäre mit Tonnen von Meerwasser abzukühlen, um den Anstand zu wahren. Geplant oder nicht – die Maßnahme erwies sich als Erfolg, denn als der Herzog nach Spanien zurückkehrte, war er grau und besonnen. Nach einem letzten Besuch bei Soledad kehrte er zu seiner Familie zurück.

An diesem Morgen verbrachte Soledad in Vorbereitung auf seinen Besuch eine zusätzliche Stunde mit Ankleiden und Schminken. Der Herzog war von ihrem Versuch gerührt und versicherte ihr mehrfach, wie prächtig und unverändert sie aussähe. Obwohl sein Hinken inzwischen ausgeprägter und sein Haar dünner war, obwohl seine Haut hier und dort ausdörrte, war er in ihren Augen immer noch ein gut aussehender Mann.

»Man hat mir gesagt, du hast die Absicht zu heiraten«,

sagte sie mit einem Lächeln und küsste ihn auf beide Wangen, während ein Diener dem Herzog den Umhang abnahm. Sie versprühte einen Zitrusduft, und er bemerkte die Weichheit ihrer Wangen. Nicht die gespannte Weichheit früherer Jahre, sondern eine zerbrechliche, pudrige.

»Ich sehe, dass die Zungen sich gelöst haben«, bemerkte er.

»Inmaculada ist auch meine Verwandte, und Guada ist die Tochter, die ich mir immer gewünscht habe.«

»Nun, dann weißt du ja alles«, sagte er.

»Noch längst nicht«, erwiderte sie. »Alles, was ich gehört habe, ist ihr Entsetzen, oder ihre als Entsetzen verkleidete Erregung. Was mich wirklich interessiert, ist der Grund für solch eine Entscheidung.«

»Was soll ich sagen?«

Sie spazierten an lachsfarbenen Säulen entlang, unter gewölbten, zitronengelb gestrichenen Decken hindurch und schließlich durch einen abgeschlossenen, rechteckigen Garten, in dessen Zentrum ein einfacher runder Springbrunnen plätscherte. Sie führte ihn in ihren Frühstücksraum neben der Bibliothek, wo weiße Jasminblüten über die eisernen Gitter der offenen Fenster rankten.

»Ich hatte vergessen, was für ein herrliches Haus du besitzt«, sagte er aus voller Überzeugung. »Das hier ist das Sevilla, an das ich mich erinnere.«

»Raus damit, Mann.«

»Sie gibt mir das Gefühl, jung zu sein. Ihre Zuneigung zu mir wirkt echt. Ich möchte sie beschützen.«

»Und abgesehen davon amüsiert es dich, uns dazu zu zwingen, sie als Gleichgestellte zu behandeln.«

»Das auch«, räumte er mit ungezwungenem Lachen ein.

»Nun, du musst sie mir vorstellen. Ich werde für euch beide einen Ball geben, nach dem niemand es mehr wagen wird, auch nur ein böses Wort über sie zu sagen.«

»Du bist eine wirkliche Aristokratin, meine Liebe. Du hättest schon vor langer Zeit nach Paris ziehen sollen, wo man solche Kultiviertheit zu schätzen weiß. An diese engstirnige Umgebung hier bist du völlig verschwendet.«

»Das gilt nicht für alle, Alonso.«

Eine Flasche Manzanilla von einem ihrer Güter und ein Teller mit Krabbentörtchen wurden serviert.

»Guada ist aufgebracht«, fuhr sie fort, um sich eine Last von der Seele zu reden und sich in das warme Gefühl ihrer Gemeinsamkeit fallen zu lassen.

»Aufgebracht gegen mich?«, fragte er.

»Aufgebracht, weil du so aufgebracht ihretwegen bist«, erwiderte sie.

»Sie hat sich benommen wie eine kleine Provinzlerin«, sagte er, wenn auch mit sanfter Stimme.

»Und genau das ist sie auch«, erklärte Soledad. »Aber sie kann nichts dafür. Auf diese Weise lernen Menschen. Ich hatte gehofft, dass der Aufenthalt bei dir ihren Horizont ein bisschen erweitern würde. Aber du warst so barsch zu ihr, dass ich Angst habe, sie könnte sich noch mehr abschotten als zuvor.«

»Vielleicht war ich das – und ich werde mich dafür entschuldigen«, sagte er in dem Bemühen, großmütig zu erscheinen und ihre Hochachtung nicht zu verlieren. »Aber sie hat sich in eine schreckliche Ehe manövriert. Der Junge ist unerträglich, hochmütig, verschlagen, dumm.«

»Daran zweifle ich nicht«, räumte sie ein. »Vielleicht identifiziere ich mich auch deshalb mit ihr.«

»Wir sind prächtig miteinander ausgekommen, außer in der Zeit, als ihr Mann anwesend war. Deshalb habe ich ihn ja so schnell wie möglich nach Sanlúcar geschickt. Sie ist sehr hübsch. Auch in dieser Hinsicht kommt sie ganz nach dir.«

Sie öffnete ihren *abanico,* als wollte sie die Röte vertreiben, die ihren Hals hochstieg, dessen Falten hinter zahlreichen Ketten mit mallorquinischen Perlen verborgen blieben.

»Sie braucht einen Alonso, der kommt und sie rettet«, sagte sie. »Er soll sie forttragen und ihr echte Zuneigung zeigen.«

»Nun ja, einen Verehrer hat sie schon, sogar einen, den ich mit ganzem Herzen gutheißen würde und für dessen Edelmut ich auf ewig dankbar sein werde. Wäre er nicht gewesen, dann säße ich jetzt nicht hier.«

»Erzähl.«

»Und der mit bemerkenswertem Anstand und Takt um sie zu werben versuchte, als sie beide unter meinem Dach wohnten. Doch alles, was es bewirkte, war, dass sie sich noch mehr verkrampfte.«

»Wer ist es?«, schrie sie auf. »Es muss noch einen Haken geben, den du mir verschweigst.«

»Überhaupt nicht. Nur dass er von einem Ort kommt, der, wie ich glaube, am anderen Ende der Welt liegt. Er ist sogar eine Art Prinz und ein Krieger. Ein Ritter, wenn du so willst. Etwas, das man dort Samurai nennt.«

Sie stieß einen Überraschungsschrei aus und lehnte sich

dabei weit zur Seite, eine Geste, die ihm einst vertraut gewesen war und die er später vergessen hatte. Sie wieder zu sehen ließ ihn lächeln.

»Das kannst du nicht ernst meinen«, sagte sie. »Meinst du, er ist eine von diesen Kreaturen in langen Gewändern, die neulich über den Guadalquivir marschiert sind?«

»Ganz genau«, erwiderte er. »Aber dieser ist einzigartig. Und er sieht gut aus. Ich habe ihn furchtbar ins Herz geschlossen. Es war eine äußerst bildende Erfahrung. Außerdem ist er verrückt nach dem Mädchen, man sieht es sofort.«

»Das kannst du nicht ernst meinen. Das ist zu viel. Und trotz allem ist Julián einer von uns – und *sehr* attraktiv.«

»Ist er das?«, bemerkte der Herzog aufrichtig irritiert. »Das ist mir nicht aufgefallen.«

»Sie ist in ihn vernarrt. Die inzestuöse Untreue des Jungen und die Aufmerksamkeit eines dunklen Fremden werden nicht ausreichen, um sie loszueisen.«

»Da bin ich nicht so sicher«, sagte er. »Ich habe fast zwei Wochen mit ihnen verbracht und sie aus der Nähe beobachten können. Egal«, unterbrach er sich und gestikulierte mit der Hand, als wolle er eine Fliege vertreiben. »Genug von den jungen Leuten. Sollen sie es unter sich klären. Sie haben Zeit. Ich wollte dich einfach sehen und mich erkundigen, wie es dir geht, meine Liebe.« Bei diesen Worten nahm er ihre Hand.

Sie betrachtete ihre Hand in seiner und erinnerte sich an die Zeit, als dieselben Hände jung und glatt gewesen waren. Als sie sie einander von Liebe erfüllt gehalten hatten. Ohne sich loszulassen, erhoben sie sich von ihren Plätzen und setzten sich zusammen auf eine einfache Holzbank, ein dunkles, strenges Möbelstück, das mehr für eine Kapelle geeignet erschien, aber von Kissen mit Rohseidebezügen bedeckt war.

»Ich bin so froh, dass du mich besuchen kommst«, sagte sie, und ihre Augen füllten sich mit Tränen. »Du darfst nicht wieder so lange fortbleiben.«

»Das werde ich auch nicht«, versprach er.

»Schon zu wissen, dass du am Leben bist«, erklärte sie. »Dass du noch immer irgendwo in der Nähe bist, ist schon genug.«

Fest drückte sie seine Hand.

»Und ich freue mich für dich. Für deine neue Ehe«, fügte sie hinzu.

KAPITEL 12

*In dem ein Samurai an einem Kanal
entlangschlendert*

Der Herzog und die Delegation machten sich Anfang Januar auf den Weg Richtung Madrid. In Córdoba ruhten sie sich zwei Tage aus, um ihren Weg nach Norden Richtung Bailén fortzusetzen und dann drei Tage bergauf durch die steilen Wälder von Despeñaperros zu klettern, die Andalusien von der Hochebene von La Mancha trennen. In Almagro übernachteten sie in deutschen Herrenhäusern, die von Mitarbeitern der Fugger-Bank gebaut worden waren und diesen gehörten. Als sie an den Feuchtgebieten von Daimiel entlangritten, beobachteten sie Schwärme von Falken und Purpurreihern. In Toledo wurden sie im Alcázar untergebracht. Und in Aranjuez erlaubte man ihnen dank einer vom Herzog erwirkten Sondergenehmigung, im Königlichen Palast zu übernachten, obwohl dieser gerade renoviert wurde und der größte Teil der Fassade eingerüstet war.

Angesichts der guten Beziehungen Shiros zum Herzog von Medina-Sidonia und zu Date Masamune hatte Pater

Sotelo begonnen, den Samurai mit Respekt zu behandeln. Da er den Herzog für einen religiösen Mann hielt, hatte er irrtümlich geschlossen, dass in der Verbindung zwischen Shiro und dem spanischen Granden auch kirchliche Themen eine Rolle spielten. Mit diesem Gedanken im Hinterkopf und ohne Hasekura Tsunenaga verstimmen zu wollen, hatte er sich bemüht, den Jüngling auf der Reise nach Norden so oft wie möglich in Anspruch zu nehmen. Shiro durchschaute ihn, denn Subtilität zählte nicht zu den vorstechenden Eigenschaften des Geistlichen. Nach einer Beratung mit dem Herzog kamen sie jedoch beide zu dem Schluss, dass es nicht schaden konnte, den Priester bei Laune zu halten.

An einem Nachmittag in Aranjuez schlenderten Shiro und der Franziskaner zusammen durch einen der riesigen königlichen Gärten. Sie gingen über einen mit herabgefallenem Laub übersäten Pfad an einem Seitenkanal des Flusses Tagus.

»Erinnerst du dich noch, wann wir uns das erste Mal begegnet sind?«, fragte der Priester.

Etwas im Tonfall des Mannes ärgerte den Samurai, ein falscher Unterton, eine schmierige Koketterie.

»Ja, das tue ich«, erwiderte Shiro auf Japanisch. Er hoffte, sich das Thema auf diese Weise vom Hals halten zu können.

»Du warst noch ein Junge«, fuhr der Priester auf Spanisch fort. »Und wegen deines geringen Alters – und meinetwegen – sprichst du meine Sprache so gut, dass es dir gelungen ist, die Gunst eines äußerst mächtigen Landsmanns von mir zu erwerben.«

»So hatte ich die Dinge noch nicht betrachtet«, entgegnete Shiro und kehrte nun ebenfalls zum Spanischen zurück. »Aber ich kann nicht leugnen, dass es Sinn ergibt.«

»Natürlich geht es für sich genommen nicht darum, dass ich Dankbarkeit von dir verlange, sondern …«

An dieser Stelle geriet der Priester ins Stocken, da ihm bewusst wurde, dass genau dies seine Absicht war. »… sondern dass ich darauf hinweisen wollte, welch unerwartete Wendungen das Leben nehmen kann.«

»So ist es.«

Shiro spürte die innere Unruhe des Mannes und erinnerte sich daran, wie es gewesen war, ihn als Lehrer zu haben. Ihm fiel wieder ein, wie oft der Mönch es vorgezogen hatte, seinen Unterricht im Badehaus der Burg Sendai abzuhalten.

»Ich frage mich, ob du die Gelegenheit hattest«, wechselte der Priester schnell das Thema, »mit Seiner Exzellenz während deines Aufenthalts in Medina-Sidonia gemeinsam die heilige Messe zu besuchen.«

»Ja, die Gelegenheit hatte ich«, log Shiro instinktiv.

»Und wie sah die örtliche Kirche aus? Ich muss zugeben, dass ich nie das Vergnügen hatte, die Stadt seiner Vorfahren zu besuchen.«

»Von außen ist die Kirche ein prächtiges Exemplar, mit einem Glockenturm, der einen herrlichen Ausblick ermöglichen muss, und direkt gegenüber einem Kloster gelegen, das von den Nonnen nie verlassen wird. Aber ihr Inneres kenne ich nicht. Denn der Herzog feierte die Messe zusammen mit seiner Familie und den Gästen in seiner eigenen Kapelle, die gleich an sein Wohnhaus grenzt.«

Shiro gab sich alle Mühe, die übermäßig steife Sprache zu imitieren, die der Priester sich zu eigen gemacht hatte. Selbst aus bescheidenen Verhältnissen stammend, schien er zu glauben, dass sie ihn als gebildeten und geschmackvollen Mann auswies.

»Nun stell dir das vor«, sagte Sotelo. »Natürlich hätte ich es mir denken können. Ich frage bloß, weil ich die Hoffnung hege, in Sendai meine eigene Kirche zu bauen, eine ziemlich große sogar.«

Diese Vorstellung missfiel Shiro gewaltig, doch er ließ sich nichts anmerken.

»Und ich hoffe«, fuhr der Priester fort, »dass es mir, sobald wir Rom erreicht und unsere Audienz beim Heiligen Vater haben, gelingen wird, ihn von dieser Idee zu überzeugen.«

Shiro sagte nichts.

»Ich habe gehört, der Papst ist ein guter Freund des Herzogs von Medina-Sidonia.«

Verblüfft über die Taktlosigkeit des Geistlichen sagte Shiro nur: »Ich verstehe. Ich werde tun, was ich kann.«

Als er dies hörte, blieb der Priester mit einer dramatischen Geste stehen und pflanzte sich direkt vor Shiro auf, als wolle er ihm den Weg versperren. Er nahm die Hände des Samurai.

»Ich wusste, dass ich auf dich zählen kann«, sagte er mit eifrig aufgerissenen Augen. »Und ich für meinen Teil werde alles daransetzen, den Riss zwischen dir und Hasekura Tsunenaga zu kitten.«

»Vielen Dank für das Angebot«, erwiderte Shiro. »Allerdings bin ich nicht sehr optimistisch. Wäre ich Hasekura

Tsunenaga, dann würde auch ich mich über die Anwesenheit einer Person ärgern, wie ich es bin – so viel jünger und, von seinem Standpunkt aus, von niedrigerer Geburt. Aber ich wüsste es – falls Ihr das für angemessen haltet – zu schätzen, wenn Ihr ihm in meinem Namen versichert, dass wir beide dasselbe Ziel verfolgen, nämlich einen Erfolg der Mission. Und dass die barbarischen Könige, denen wir begegnen, die Namen von Tokugawa Ieyasu und Date Masamune respektieren werden.«

»Es wird mir ein großes Vergnügen sein«, erwiderte der Priester. Dann fügte er hinzu: »Vermisst du Japan?«

»Das tue ich«, antwortete Shiro.

»Du wirkst in meinem Land schon derart zu Hause, dass mich deine Worte beinahe überraschen.«

»Ich bin offen für neue Erfahrungen, Pater Sotelo, aber täuscht Euch nicht, ich folge dem Pfad des Samurai.«

Der Priester brauchte dann eine Menge Worte, um sich zu verabschieden. Als es endlich so weit war, bat er Shiro um Vergebung und erklärte, dass er zu einer Besprechung mit Hasekura Tsunenaga müsse. Sie hätten die letzten Einzelheiten der Taufe des Gesandten durchzusprechen, die bald in Anwesenheit des spanischen Königs stattfinden sollte. Shiro registrierte die Verzückung, mit der der Priester die Titel aller Beteiligten aussprach. Anschließend sah er zu, wie Don Sotelo endlich, watschelnd wie eine Ente, den Rückweg antrat. Die fleckige braune Soutane des Mannes hatte eine Wäsche nötig, und seine Sandalen mit den schmutzigen Zehen darin raschelten im gefallenen Laub. Schließlich hatte Shiro wieder seinen Frieden. Er fragte sich, ob sein Herr Date Masamune von den Machenschaften des Mönches und dessen Plan für eine Kirche in Sendai wusste. Hoffentlich und wahrscheinlich nicht. Hoffentlich und wahrscheinlich war der Herr nur dazu bereit, Verträge über Handelsbeziehungen mit den Barbaren abzuschließen.

Irgendetwas an der Lage des Pfades, auf dem er sich befand, und dem daneben fließenden Kanal erinnerte ihn an den privaten Garten von Date Masamune. Er musste an seine Begegnung mit Yokiko denken und fragte sich, wie es ihr ging. Ob er sie jemals wiedersehen würde. Nicht weit entfernt lag eine kleine, mit Bäumen bestandene Insel, die über eine schmale Holzbrücke zu erreichen war. Auf der Insel, neben einer Gruppe von Kastanienbäumen, stand ein einfaches Ziegelgebäude mit zwei Fenstern und einem schrägen, mit Schieferplatten gedeckten Dach. Niemand war zu sehen. In seiner Fantasie verwandelte Shiro die elegante kleine Hütte, in der die königlichen Gärtner vermutlich ihre Werkzeuge aufbewahrten, in eine spanische Version des Bungalows, in dem Yokiko ihn nach seinem Bad erwartet hatte. Er stellte sich vor, wie er aus dem Kanal stieg, nackt und erfrischt. Wie er die Hütte betrat, wo ihn ein Kaminfeuer und Guada erwarteten. Wie sie ihn abtrocknete, so wie Yokiko es getan hatte.

Kurz vor der Brücke blieb er zögernd stehen. Dann beschloss er, sie nicht zu überqueren und auf diese Weise seinen Traum zu zerstören. Stattdessen stützte er die Arme auf die Brüstungsmauer, schaute hinüber und lauschte den Bewegungen des Wassers und der Brise, die die toten Blätter um ihn herum aufwirbelte.

Gerade als am folgenden Nachmittag die Sonne unterzugehen begann, kamen die Pferde zum Halten. Sie befanden sich auf einer feuchten Straße, die von hellbraunen Ebenen voll wogender Weizenfelder gesäumt wurde. Vor ihnen erhob sich in einiger Entfernung das Land über die Ebene und ging in niedrige Hügel über, die mit für den Winter zurückgeschnittenen Bäumen bewachsen waren. Auf der höchsten Stelle der Hügel befand sich eine gewaltige Burg. Dort begann die Stadt.

Der Herzog gestikulierte und sprach zu Shiro und Hasekura Tsunenaga, die neben ihm ritten: »Das ist Madrid. Und dort, auf der Anhöhe, liegt der Alcázar, der Königspalast.«

Eine Woche später hielten Diego Molinas Witwe, Rocío Sánchez, und ihr Bäcker an derselben Stelle, um dieselbe Aussicht zu genießen.

TEIL DREI

KAPITEL 1

*In dem wir einem König begegnen und
eine Nachricht abgefangen wird*

30. Januar 1615, Madrid

Tagelang hatte es in der Sierra Guadarrama gleich nördlich von Madrid geregnet, jetzt schneite es. Das Wasser strömte durch die Abflussgräben an der Calle del Arenal vom Königlichen Palast über die Plaza del Sol und stürzte dann das steile Gefälle der Calle de Segovia hinab zum Fluss Manzanares. Dabei spülte es Schmutz und Abwässer mit, wodurch die Hauptstadt, und sei es für noch so kurze Zeit, im Glanz der Sauberkeit erstrahlte.

Es war der Tag, an dem Hasekura Tsunenaga und seinen Samurai die erste Audienz beim König von Spanien gewährt werden sollte. Der Monarch war siebenunddreißig Jahre alt, Witwer und wurde Philipp III. genannt, von manchen auch Philipp der Fromme. Bei dieser speziellen Gelegenheit wurde er, während alle Anwesenden sich vor ihm niederbeugten, von einem Herold mit vollem Titel angekündigt: »Seine Majestät Philipp der Dritte, von Gottes Gnaden, König von Kastilien, León, Aragón und beiden Sizilien, von Jerusalem und Portugal, von Navarra, Granada, Toledo, Valencia und Galizien, von den Mallorcas, von Sevilla, Córdoba, Korsika und Murcia, von Guinea und der Algarve, von Gibraltar und den Kanarischen Inseln, vom westlichen und östlichen Indien, von den Inseln der Terra Firma und des Ozeans, Erzherzog von Österreich, Herzog von Burgund und Mailand, Graf von Habsburg, Barcelona, der Biskaya und Herr von Molina.«

Der Saal, in dem die Audienz stattfand, war riesig. Der Thron stand erhöht. Hohe Buntglasfenster mit religiösen Motiven warfen Lichtreflexionen in allen Farben des Regenbogens auf die kalten Bodenplatten. Ansonsten spendeten nur Kerzen in eisernen Wandleuchtern weiteres Licht.

Der König war hellhäutig, nicht besonders groß und trug einen orangefarbenen Schnurrbart. In der linken Hand hielt er ein Paar Handschuhe. Seine Rechte ruhte auf dem Griff eines blank polierten Schwertes. Shiro zählte unter den Anwesenden ebenso viele Priester wie Soldaten. Und keine einzige Frau. Eine dichte Weihrauchwolke hing in der Luft und zog sich an den hohen, gewölbten Wänden nach oben, als gelte es, die Gerüche so vieler schlecht gewaschener Männer zu ersticken.

Shiro betrachtete den König, einen der beiden mächtigen Männer, denen ihre weite Reise über die Ozeane letztlich gegolten hatte. Er fragte sich, wie vielen der anderen Samurai, einschließlich Hasekura Tsunenaga, bewusst war, dass der Mann niemals ein Schwert gegen jemanden erhoben hatte. Die Macht und der Reichtum

Philipps III., das beinahe unvorstellbare Ausmaß seines Besitzes, waren nicht zu bestreiten. Doch ein Krieger war er nicht. Selbst der mürrische Ehrenmann an seiner Seite, der erste Herzog von Lerma, von dem Shiros eigener Herzog ihm erzählt hatte, ein Mann, der gefürchtet war und vor dem die meisten im Land buckelten, war kein Krieger. Shiro erschien die Vorstellung, dass Männer, die nicht von der Schlacht gezeichnet waren, andere in solche Schlachten schicken durften, völlig ungewohnt. Er fand sie unmännlich. Sämtliche Shōgune der Tokugawa-Dynastie hatten sich ihre Vormachtstellung dadurch gesichert, dass sie Männer in vorderster Linie in die Schlacht geführt hatten. Sein eigener Herr, Date Masamune, hatte ein Auge, einen Schwager und zahllose Mitstreiter im Kampf Mann gegen Mann verloren.

Vor dem Hintergrund der Tatsache, dass auch seine eigene Inselnation auf eine lange Geschichte zurückblicken konnte, fiel es dem jungen Samurai schwer, diesen nichtkämpfenden König in Einklang mit dem Alter seines Reiches zu bringen. Es hieß, dass in China, nach tausend Jahre währenden Kämpfen, die Kaiser von Kindesbeinen an zu einem Leben erzogen wurden, wie es der König vor ihm wahrscheinlich führte; umgeben von Wächtern, die bereit waren, ihr Blut für ihn zu lassen; von missgünstigen, schlecht bezahlten Ratgebern, die ihm aufreibende Verwaltungstätigkeiten abnahmen; und von Ärzten, die ihre Vormittage damit zubrachten, den Stuhlgang ihres Herrschers zu begutachten. Nach allem, was er in den Gesprächen mit dem Herzog erfahren hatte, waren die frühen Führer Roms Kämpfer gewesen,

Soldaten und Generäle. Doch im Laufe der Zeit wurde das Reich dann immer größer und fetter vor Wohlstand. Alles wurde komplizierter durch die Last, so viele verschiedene Länder und Völker unter Kontrolle zu halten. Am Ende wurde die Führung des Reiches auch hier erblich, und die römischen Kaiser schwangen keine Schwerter mehr.

Hasekura Tsunenaga überreichte dem christlichen König den handschriftlichen Brief von Date Masamune, den sie mitgebracht hatten. Er überlieferte die aufrichtigsten Grüße und guten Wünsche. Dann bat er um ein Handelsabkommen und ermutigte weitere christliche Missionare, nach Sendai zu kommen.

Der Herold hielt den aus einer geöffneten Schriftrolle bestehenden Brief, während Pater Sotelo ihn an der Seite Hasekura Tsunenagas übersetzte. Beim Zuhören bemerkte der König, dass der Herzog von Medina-Sidonia und ein junger Samurai mit angenehmen Gesichtszügen nahe genug standen, um ebenfalls in die Schriftrolle schauen zu können. Nachdem diese eingerollt, wieder verschnürt und dem König überreicht worden war – wobei es der Herzog von Lerma war, der sie entgegennahm –, erklärte der König, dass er die Anliegen mit Freude überdenken werde. Dann wandte er sich über Pater Sotelo direkt an Hasekura Tsunenaga.

»Ist es wahr, dass all Eure Männer bei der Landung in Neuspanien getauft wurden?«

»Ja, Eure Majestät.«

Der König blickte in die Runde seiner Höflinge und

begann zu klatschen, bis alle anderen Christen im Saal in dieses Klatschen einfielen.

»Und ist es wahr, dass Ihr selbst hier bei uns in Madrid getauft werden wollt?«

»Ja, Eure Majestät.«

Diese Antwort zog weiteres Klatschen nach sich. Dann ergriff der Herzog von Lerma das Wort, der erst den König und dann Hasekura Tsunenaga anschaute.

»Die Zeremonie wird am 17. Februar im Monasterio de las Descalzas Reales stattfinden. Mein Bruder, der Erzbischof von Toledo, wird den Ritus durchführen. Ich werde Euer Taufpate und der König Euer Zeuge sein.«

Der nun losbrechende Applaus war donnernd. Währenddessen lächelte der König den Herzog von Medina-Sidonia nickend an und starrte dann wieder auf Shiro.

Anschließend wurden alle in einen angrenzenden Saal geladen, wo ein Empfang zu Ehren der Fremden stattfand. Dieser Raum war noch größer als der erste, außerdem heller. Überall hingen Gemälde, und eine ununterbrochene Reihe klarer Fenster erlaubte einen Blick über die feuchten Gärten und den schmalen Fluss weit unter ihnen. Der älteste Sohn und Erbe des Herzogs von Medina-Sidonia, Juan Mañuel, war mit seiner Frau Juana de Sandoval gekommen, einer Tochter des Herzogs von Lerma. Ebenfalls anwesend waren Guadas Vater Don Rodrigo und Marta Vélez. Shiro registrierte, dass in diesem Raum eine ganz andere Seite des Königs zum Vorschein kam. Nun, da er seine Pflichten hinter sich gebracht hatte, schien der Monarch nicht an einer weiteren Unterhaltung mit Hasekura Tsunenaga und dem salbungsvollen Franziskaner interessiert, sondern wollte offenbar lieber mit seinen Bekannten plaudern.

Der Herzog von Medina-Sidonia trat zusammen mit seinem Sohn, seiner Schwiegertochter und Shiro an den König und den Herzog von Lerma heran. Noch bevor der Admiral der Ozeane seine formelle Begrüßung loswerden konnte, ergriff der König das Wort.

»Wie ich höre, darf ich gratulieren, Alonso.«

»Eure Majestät?«

»Ich habe Euren Brief erhalten. Die bevorstehende Hochzeit, oder habt Ihr es Euch anders überlegt?«

»Nein, das habe ich nicht. Und vielen Dank, Sire.«

»Sie muss wohl etwas ganz Besonderes sein.«

»Das ist sie, Eure Majestät. Aber die Frage der Annullierung ist noch nicht geklärt.«

»Kleinkram«, bemerkte der König. »Das bekommen wir schon hin. Doch warum wollt Ihr sie überhaupt heiraten, Mann? Hier habt Ihr schon Euren Erben. Ihr und ich haben unsere Pflicht gegenüber Gott und dem Vaterland getan. Nach dem Tod der Königin habe ich nie mehr an eine neue Heirat gedacht. Es scheint mir, mit Gottes Segen, dass wir nun das Vergnügen der Abwechslung verdienen, oder nicht?«

Der Herzog von Lerma, der allgemein für noch frommer als sein Monarch gehalten wurde, stellte mit einem finsteren Blick seine Ablehnung zur Schau, obwohl er im Geheimen die Sichtweise des Königs aus vollem Herzen teilte. Nebenbei sollte der Blick Solidarität mit seiner Tochter und ihren mutmaßlichen Gedanken zum Ausdruck bringen.

»Die Abwechslung, von der Ihr sprecht, habe ich kennengelernt, Eure Majestät«, sagte der Herzog von Medina-Sidonia. »Und ich habe sie satt. Scheinbar bin ich im Grunde doch ein Romantiker.«

»Schön gesagt, Alonso«, erklärte der König. »Falls Ihr mich nicht zu Eurer Zeremonie einladet, werdet Ihr mich sehr verstimmen.«

»Es wird mir eine Ehre sein.«

»Es ist ein Vorbild für uns alle«, sagte der König, »einen Mann in Eurem Alter zu sehen, der noch immer so ... wie soll ich es sagen ... auf sein Vergnügen bedacht ist. Juan Mañuel, was haltet Ihr von der Verlobung Eures Vaters?«

»Ich werde mich freuen, in dieser Phase seines Lebens jemanden an seiner Seite zu wissen«, erwiderte der Sohn. »Ich weiß, dass auch meine Mutter es ihm gewünscht hätte.«

»Eine noble Einstellung«, stellte der König fest. »Seid Ihr der jungen Frau schon begegnet?«

»Nein, Eure Majestät. Noch nicht.«

»Er versteckt sie vor Euch. Klugerweise wahrscheinlich.«

Dann wandte er sich an Juana de Sandoval. »Passt auf ihn auf, Doña Juana. Wenn er irgendwann nach seinem Vater kommt, werdet Ihr ihn anketten müssen.«

Der Herzog von Lerma spürte einen plötzlichen Stich und ein Jucken seines Schnurrbarts. Er hatte Angst, dass seine Tochter, die er nicht gut kannte, ins Stottern geraten oder allzu ernsthaft antworten könnte. Doch er hätte sich keine Sorgen machen müssen.

»Sollte es so weit kommen, Eure Majestät«, erwiderte

sie, »dann lege ich die Kette an einer Stelle an, wo es besonders wehtut.«

Sie wusste, wie sehr der König solche Bemerkungen genoss.

»Autsch!«, rief der Monarch.

»Alonso«, sagte er dann. »Wer ist dieser junge Mann aus der japanischen Delegation an Eurer Seite?«

»Dies ist Shiro-san, Eure Majestät, ein Prinz und Blutsverwandter von Date Masamune, dem Verfasser des Briefes, der Euch heute Morgen vorgelesen wurde.«

Shiro verbeugte sich, und der König wirkte zufrieden.

»Außerdem spricht er unsere Sprache fließend«, fuhr der Herzog fort. »Er hat sie als Junge von dem Franziskanerpater gelernt.«

»Höchst beeindruckend. Wie gefällt Ihnen Spanien, junger Mann?«

»Ich bin hingerissen, Eure Majestät, und heute ganz besonders. Natürlich wegen der Ehre Eurer Gesellschaft, aber auch wegen dieser außerordentlichen Gemälde. Sie sind anders als alles, was ich bisher gesehen habe.«

»Aber sicher gehen auch in Eurem Land die Maler ihrer Kunst nach.«

»Das tun sie, Eure Majestät, aber in einem ganz anderen Stil und mit einer ganz anderen Technik. Mir ist noch nie eine solche Treue zur Natur begegnet, eine solche Tiefe der Farbe. Ich staune.«

»Ihr seid also ein Ästhet, wie ich sehe.«

»Außerdem ist er ein Teufel mit dem Schwert«, bemerkte der Herzog. »Letzten Monat hat er mir das Leben damit gerettet.«

»Tatsächlich?«, sagte der König. »Eine wirklich ungewöhnliche Kombination. Sagt mir, Shiro-san, was hat Euch bewogen, zu unserem Glauben zu konvertieren und ein Katholik zu werden?«

»Ich glaube, was mich am stärksten angesprochen hat, war die christliche Vorstellung der Vergebung.«

»Ah, ja«, erwiderte der Monarch. »Eine ausgezeichnete Antwort. Und eine Sache, die mir leichter zu predigen als umzusetzen erscheint.«

Wieder verbeugte sich Shiro.

»Ich hoffe, wir werden Euch noch häufiger sehen«, beendete der König die Unterhaltung.

Shiro war gezwungen, seinen ersten Eindruck von dem Monarchen zu revidieren. Die Leichtigkeit, mit der dieser König seine Macht ausübte, war bemerkenswert; sein entspanntes Auftreten, sein breites Interessenspektrum und seine Gabe, sich auszudrücken. Nie hatte Date Masamune auf solche Weise mit Shiro gesprochen. Date Masamune war körperlich steif. Selbst wenn er sich entspannte, wie an jenem Tag im Bad oder anschließend beim Tee, saß, stand und kniete er irgendwie gerade und rechtwinklig. Vielleicht war das die japanische Art. Vielleicht war es eine Folge der vielen Schlachten, an denen er teilgenommen hatte. Aber vielleicht war sein Herr in Gegenwart anderer ja ebenfalls entspannter und nur bei ihm so steif, weil er sich für ihn schämte.

Drei Menschen nahmen mit besonderer Aufmerksamkeit zur Kenntnis, wie angeregt Shiro sich mit dem spanischen

König unterhielt. Hasekura Tsunenaga, Pater Sotelo und Marta Vélez. Letztere, ganz in Schwarz gekleidet, näherte sich dem jungen Samurai, sobald sich eine günstige Gelegenheit bot.

»Erinnert Ihr Euch an mich?«, fragte sie.

Shiro verbeugte sich.

»Natürlich erinnere ich mich, meine Dame.«

Sie deutete mit dem geschlossenen Fächer auf ihn. »Ich wusste von dem Moment an, als wir uns zuerst begegneten, dass Ihr anders seid als der Rest und dass eine große Zukunft auf Euch wartet.«

Diese Frau, dachte Shiro, bedeutet Ärger, sie ist eine *Yoku-shi-gaki*. Sie hatte die Ausstrahlung einer schmeichelnden Verführerin, die unweigerlich jede Angelegenheit oder Beziehung, auf die man sich mit ihr einließ, in etwas Schmerzliches und Problematisches verwandeln würde.

»Ich bin genau wie meine Samurai-Brüder«, sagte er. »Und meine Zukunft, jedermanns Zukunft, ist völlig unvorhersehbar.«

Sie tat sein jugendliches Philosophieren mit einem Wink ab.

»Erinnert Ihr Euch an unser erstes Gespräch?«, fragte sie.

»Es ging um Bäder und das Baden«, erwiderte er.

»Genau.« Nun fühlte sie sich geschmeichelt. »Und nun seid Ihr hier in Madrid. Mein Angebot steht. Heute Abend bin ich in Gesellschaft, aber wenn Ihr morgen nach Sonnenuntergang bei mir vorbeischaut, steht mein Bad Euch ganz allein zur Verfügung.«

Er verneigte sich zögernd. Ärger oder nicht, dachte er, ein Bad war ein Bad.

»Und wie kann ich Euch finden?«

»Es ist das Haus Nummer sechs auf der Carrer de San Jerónimo. Zwanzig Minuten zu Fuß von hier.«

Weil er sich unwohl fühlte, verließ Don Rodrigo den Empfang vorzeitig in Begleitung von Marta Vélez. Shiro beobachtete die beiden, wobei er sich mehr für die Physiognomie des Mannes interessierte als für die der Frau. Es faszinierte ihn, den Mann zu betrachten, der Guada gezeugt hatte. Er suchte nach äußeren Übereinstimmungen, konnte aber kaum welche entdecken. Rotgesichtig und fett nach zu vielen Jahren exzessiven Essens und Trinkens, erinnerte bei ihm wenig an die Schönheit seiner Tochter. Die Hautfarbe vielleicht, und die Körperhaltung. Trotz seiner Verdauungsstörungen bewegte sich der Adlige mit einer gewissen Eleganz.

Draußen angelangt, stellte sich das Paar zum Schutz vor dem leichten Nieselregen unter, während es auf Marta Vélez' Kutsche wartete. Auf der anderen Straßenseite bemerkte Marta eine gewöhnlich aussehende junge Frau in Begleitung eines düster blickenden Mannes in ärmlicher Kleidung. Sie stritten gerade mit einer der Wachen. Marta Vélez hätte schwören können, dass das Mädchen das Wort »Shiro« aussprach. Sie entschuldigte sich für einen Moment bei Don Rodrigo und ging hinüber, um ihre Neugier zu befriedigen. Der Wächter machte ihr Platz, und es gelang Marta Vélez, die anfangs zurückhaltende Rocío

Sánchez davon zu überzeugen, dass es ihr ein Vergnügen wäre, dafür zu sorgen, dass Shiro die Nachricht der jungen Frau gleich morgen erhielte.

Als draußen der Regen nachließ, drangen im Saal, in dem der Empfang seinen Lauf nahm, breite, bernsteinfarbene Sonnenstrahlen durch die Fenster, was die meisten Gäste zu dankbaren Bemerkungen veranlasste. Die anwesenden *Infantas* und ihr Gefolge traten hinaus in einen geschützten Garten, um frische Luft zu schnappen. Der Herzog von Lerma gab sich alle Mühe, die Veranstaltung langsam ausklingen zu lassen, denn er hatte nicht nur weitere Amtsgeschäfte zu erledigen, sondern auch eine romantische Verabredung mit einer Lehrerin seiner Kinder, der Tochter eines Rabbis aus Toledo. Das Rendezvous sollte in seinem kostspieligen Madrider Wohnsitz stattfinden, der Quinta del Prior, in der berühmten *camerín* mit ihren zahlreichen Gemälden. Er hatte sich ein Jahr zuvor in die junge Frau verliebt und eine Ausnahmegenehmigung für sie erwirkt, die es ihr erlaubte, ohne Verfolgung in seinen Diensten zu arbeiten.

Für die anwesenden Spanier hatte sich der Reiz der japanischen Delegation inzwischen abgenutzt. Die Auswahl an Konfekt, Schinken und Sherry hatte viele müde gemacht, und die meisten freuten sich auf eine Siesta zu Hause. Der König spürte die Aufbruchstimmung und ging von Gruppe zu Gruppe, um sich zu verabschieden. Als er zu Shiro und dem Herzog von Medina-Sidonia trat, bat er sie, ihn am folgenden Tag zum Pardo-Palast zu begleiten, der versteckt in den königlichen Jagdgründen gleich nördlich der Stadt lag. Als der König den Saal verließ, versprach ihm der Herzog von Lerma, dafür zu sorgen, dass die Japaner und ihr franziskanischer Übersetzer angemessen verabschiedet würden und dass man sich für den Rest des Abends um sie kümmerte.

Hasekura Tsunenaga sah, wie der König von Spanien Shiro zum Abschied auf den Rücken klopfte. Er musste sich über den Erfolg des jungen Mannes wundern. Er selbst war ebenfalls müde nach all der Zeit in einem derart fremden Land, müde davon, wie eine Mumie neben dem übel riechenden Priester stehen zu müssen, anstatt direkt mit ihren Gastgebern sprechen zu können. Er hätte sich gern zurückgezogen, hingelegt und – ganz für sich allein – seine Gedanken geordnet. Er schaute hinaus auf die farbenfroh gekleideten Frauen im Garten und fragte sich, ob sein Vater daheim in Sendai schon geköpft worden war. In welch merkwürdiges Theaterspiel hatte ihn Date Masamune doch gezwungen.

Zu Hause angekommen, brachte Marta Vélez Don Rodrigo ins Bett und war heilfroh, dass sie ihn gleich in einen Schlaf sinken sah, der bis zum nächsten Morgen andauern würde. Sich selbst überlassen, öffnete sie sogleich die Nachricht, die das Mädchen ihr übergeben hatte:

Werter Shiro – ich bete, dass diese Worte Euch zu Augen kommen, denn ich glaube, Ihr wart ein zuverlässiger Freund meines Mannes, Diego Molina, der mit Euch um die Welt segelte und der abscheulich ermordet wurde in der Olivenplantage, wo er so unermüdlich arbeitete. Ich fand ihn an einen Baum gefesselt und mit einem Schwert durchstoßen. Er lag in den letzten Zügen, und seine letzten Worte waren, dass ich Euch sagen soll, es war der Adlige, der »Schurke«, dem Ihr in Sanlúcar de Barrameda begegnet seid. Diego war mir ein guter Mann, ein anständiger Mann. Ich habe viele Jahre auf ihn gewartet, bis er von seinen Reisen zurückkehrte, nur damit er dann nach einem einzigen glücklichen Monat überfallen wurde. Ich werde mich davon nie erholen, und das will ich auch nicht. Ich, die ich niemanden mit Macht oder Adel kenne, bitte Euch, ihm die Ehre der Rache zu erweisen. Möge Gott Euch segnen und beschützen. Rocío Sánchez de Molina.

Julián, dachte Marta, was hast du getan? Und was soll ich nun tun? Doch sie kannte die Antwort bereits. Unter dem Strich hatte der Ausländer unreines Blut und gehörte nicht zu ihnen. Sicher stellte er eine reizvolle Abwechslung dar und vielleicht eine Delikatesse, die sie am nächsten Abend genießen würde. Doch diese Nachricht würde sie ihm unter keinen Umständen weitergeben. Stattdessen bezahlte sie einen Gefolgsmann Don Rodrigos, der ihn auf der Reise begleitete und zu dem sie immer großzügig gewesen war, damit er die Nachricht an sich nahm und Don Julián eigenhändig überreichte.

Kapitel 2

*In dem Shiro einen mächtigen Freund
gewinnt und ein Angriff vorhergesagt wird*

Der Herzog von Lerma holte Shiro und den Herzog von Medina-Sidonia in der Morgendämmerung ab. Mit einer Eskorte von vierzig Männern galoppierten sie in die Wälder nördlich von Madrid. Da er – trotz der Vernarrtheit des Königs – zu dem Schluss gelangt war, dass der junge Japaner weit unter ihnen stand, verbrachte der Herzog von Lerma den Ritt an der Seite seines Adelsgenossen. Sie tauschten sich über Familienangelegenheiten, höfische Intrigen und die Frage aus, wann der Herzog von Medina-Sidonia mit der Annullierung durch den Vatikan rechnen konnte.

Shiro störte sich nicht daran, vom Gespräch ausgeschlossen zu werden. Er bewunderte die Landschaft. Inzwischen war es hell, und vor ihnen ragte ein Halbkreis von Hügeln auf, deren schneebedeckte flache Gipfel im Sonnenlicht glitzerten. Als sie den königlichen Besitz erreichten, tauchten ringsum Rotwildherden und Wildschweine auf. Der in den Wäldern verborgene Palast war außen in einem Pinkton gestrichen, der einen angenehmen

Kontrast zum Grün der Umgebung bildete. Der Samurai war begeistert.

Sie erreichten den Palast, als sich der König gerade zu Pferde auf einem Pfad aus östlicher Richtung näherte. Er rief ihnen eine herzliche Begrüßung entgegen. In der Eingangshalle wurde eine Mahlzeit serviert. Shiro aß sehr wenig und trank nur Wasser.

»Da Ihr eine solche Begeisterung für die Malerei zum Ausdruck gebracht habt, junger Mann, möchte ich Euch etwas wirklich Besonderes zeigen«, sagte der König am Ende der Mahlzeit und erhob sich.

Mit einem leichten Schulterklopfen gab der Herzog von Medina-Sidonia Shiro seine Anerkennung für den positiven Eindruck zu verstehen, den er hinterlassen hatte.

»Vor einigen Jahren ist hier ein Feuer durchgefegt«, fuhr der König fort. »Doch das Gemälde, das ich Euch zeigen möchte, blieb verschont, was ich damals schon für ein gutes Omen hielt.«

Sie schritten durch breite Gänge, an deren Wänden zahlreiche Porträts und Stillleben von Anthonis Mor, seinem Schüler Alonso Sánchez Coello und dessen Anhänger Juan Pantoja de la Cruz hingen. Dann bog der König in einen fensterlosen, mit rotem Samt ausgekleideten Raum und eilte geradewegs an Correggios *Entführung des Ganymed* vorbei. Shiro, der mit dem Monarchen und dem humpelnden Granden Schritt halten musste, glaubte seinen Augen nicht zu trauen: Das Gemälde zeigte die Gestalt eines nackten Jungen, der in einen Umhang von der Farbe verblasster Granatäpfel gehüllt war. Das Kind wurde von einem riesigen Raubvogel vom Boden hoch in den mediterranen blauen Himmel gehoben. Eine Pappel in herbstlicher Färbung stand auf der linken Bildseite, und ein erschreckter, bellender Hund direkt darunter schaute dem Jungen hinterher.

Kurz darauf erreichten sie das Ziel des Königs, einen Raum mit hoher Decke in einer entfernten Ecke des Palasts. Von hier blickte man Richtung Norden und Westen in die offene Landschaft. Die Möbel waren einfach, und zwischen zwei maßvoll proportionierten Fenstern hing ein großes Gemälde von etwa vier Metern Breite und zwei Metern Höhe.

»Das hier«, sagte der König, »ist mein Lieblingsbild.«

Das düstere Gemälde zeigte eine Waldlichtung zu einer unbestimmten Tageszeit – in der Abenddämmerung vielleicht oder am frühen Morgen. Ein Mann, der sich von links nach rechts bewegte, blies auf einer aus dem Horn eines Tieres gefertigten Fanfare; er stand offenbar im Dienste einer Jagdgesellschaft, die sich hinter ihm außerhalb des Bildes befand. Ein anderer Mann, jünger und athletisch gebaut, hielt zwei Hunde an Leinen und rief der unsichtbaren Jagdgesellschaft etwas zu, während er auf einen Bock an einem Fluss deutete. Dieser Bock war ganz rechts im Hintergrund des Bildes zu erkennen. Er wurde von Hunden verfolgt, die ein weiterer Mann von der Leine gelassen hatte. Obwohl der zweite junge Mann gut aussehend, glatt rasiert und gut gebaut war, schien er nicht zu bemerken, dass eine junge Frau, die neben ihm auf dem Boden saß – seine Schwester oder Angebetete vielleicht –, von einem bärtigen, nackten Satyr angesprochen wurde, der ihr wahrscheinlich einen Antrag machte. Der mit dem Rücken zum Betrachter stehende Satyr trug einen einfachen Lorbeerkranz auf dem Kopf. Und obwohl der Satyr ihr zugewandt stand, schaute er sie nicht direkt an, sondern blickte nach oben genau ins Zentrum des Gemäldes, das vom schlanken Stamm eines Baumes eingenommen wurde. Auf einem der oberen Äste erkannte man die nackte, kindliche Gestalt des Eros. Der pummelige kleine Gott zielte mit seinem Bogen auf zwei weitere Gestalten, die letztlich die ganze Bildkomposition beherrschten. Eine nackte, teilweise von einem Tuch bedeckte Frau – jung, blond, ein wenig korpulent nach dem Geschmack der Zeit und offenbar schlafend. Daneben ein weiterer Satyr mit einem durchtriebeneren und gierigeren Gesichtsausdruck als der erste. Dieser Satyr zog das Tuch von der jungen Frau. Doch betrachtete er nicht ihr reizvolles Fleisch, sondern den Bogen, der von oben her auf ihn gerichtet war. Es schien, als interessierten sich die Satyrn vor allem für die Gestalt im Baum zwischen ihnen, die den Fortgang der Ereignisse bestimmen würde. Und als könnte die Jagdgesellschaft der Normalsterblichen mit ihren Hunden sie nicht sehen.

»Was seht Ihr darin, Shiro-san?«, fragte der König.

Shiro, dem bewusst war, dass er auf eine Art Probe gestellt wurde, ließ sich Zeit und antwortete vorsichtig.

»Die Jagd«, erwiderte er. »Verschiedene Arten von Jagd.«

»Sehr gut«, sagte der König. »Macht weiter.«

»Die drei Männer mit den Hunden jagen das Wild. Die beiden anderen, die von der Hüfte abwärts wie Tiere aussehen, haben es auf die Frauen abgesehen.«

»Sie sind Satyrn, vergnügungssüchtige, sexuell motivierte Jäger, die als Begleiter der griechischen Götter Pan und Dionysos gelten. Und was seht Ihr in dem kleinen Kerl oben im Baum?«

»Ein Säugling mit Pfeil und Bogen. Ich muss gestehen, dass mir dazu nichts einfällt. Offenbar zielt er direkt auf den Satyr neben der nackten Frau, doch der Satyr scheint sich nicht darum zu kümmern.«

»Was wisst Ihr über die Griechen?«, fragte der König.

»Sehr wenig, Eure Majestät. Ehrlich gesagt habe ich gerade erst angefangen, etwas über die Römer zu lernen, dank der Geduld des Herzogs.«

»Die Griechen gingen den Römern um mehrere Jahrhunderte voraus«, erklärte der König. »Alles, was an den Römern wertvoll war, geht auf die Griechen zurück. Sie hatten viele Götter, die manchmal menschliche Gestalt annahmen, um sich mit Menschen zu paaren, auf die sie Lust empfanden. Oder auch, um sie zu ärgern, um ihnen zu helfen, um sie zu quälen.«

»Vermutlich haben die Griechen auf diese Weise ihre Nöte erklärt, Eure Majestät«, sagte Shiro. »Wie Euer Jesus, der ein Gott war, aber für eine Zeit lang Mensch wurde. In allen Gesellschaften, die ich kenne, wird solche Art von Rückhalt gesucht.«

Der Monarch musterte Shiro mit einigem Erstaunen. »Ihr haltet diesen jungen Mann besser so weit wie möglich von meinen Inquisitoren fern, Alonso.«

»Allerdings, Eure Majestät«, erwiderte der Herzog grinsend.

»Aber wie auch immer«, sagte der König und wandte sich wieder dem Samurai zu.

»In diesem speziellen Fall ist Zeus dieser Satyr hier.« Er deutete auf die Figur in der Mitte der Komposition. »Der König der Götter, von den Römern Jupiter genannt. Er steht kurz davor, sich an dieser reizenden Jungfrau namens Antiope zu vergreifen, einer schönen Prinzessin und Tochter von König Nykteus. Als der König später erfuhr, dass seine Tochter schwanger war, floh sie vor seinem Zorn und brachte alle möglichen Dinge in Bewegung.«

»Und wurde das Kind geboren?«, fragte Shiro und betrachtete die schlafende Antiope.

»Zwillinge wurden geboren, Amphion und Zethos.«

»Uneheliche geborene Prinzen«, sagte der Herzog und deutete mit dem Kopf auf den Samurai.

»Die Anwesenheit von Eros«, fuhr der König fort, »den die Römer Amor nannten und von dem unser Wort für Liebe abstammt, hat symbolische Gründe. Jeder, der von einem Pfeil aus seinem Köcher getroffen wird, verfällt der Leidenschaft. Anstatt den eigentlichen Moment der Inbesitznahme zu zeigen, was Tizian – so hieß der Maler – als vulgär oder sündhaft betrachtet hätte, nutzt er die Figur des Eros, um uns zu zeigen, was als Nächstes geschehen wird. Der Künstler hat dieses Bild für meinen Vater gemalt, und er brauchte zweiunddreißig Jahre, um es zu seiner eigenen Zufriedenheit zu vollenden.«

»Aha«, sagte Shiro. »Ich verstehe. Und seht Euch nur diesen Köcher mit Pfeilen an. Ich würde viel dafür geben, nur einen von ihnen zu besitzen. Aber vermutlich hat die Anwesenheit der Jäger, ihrer Hunde und des Wilds auch eine symbolische Bedeutung.«

»Ich vermute, sie bilden eine Art Kontrast«, sagte der König. »Obwohl es in beiden Fällen um schutzlose Kreaturen geht – hier das Wild, dort die Jungfrau –, denen ein gewaltsamer Angriff bevorsteht.«

Kapitel 3

In dem eine Geliebte ihre Meinung ändert

Marta Vélez schickte ihre Dienstboten fort und bereitete das Bad selbst vor. Sie blieb daneben stehen, während Shiro sich auszog und in das heiße Wasser stieg. Obwohl er es aus seiner Heimat gewöhnt war, sich nackt in Gegenwart des anderen Geschlechts zu zeigen, erregte ihn beim Ausziehen etwas an der Intimität dieses Abends, an dem luxuriösen und fremden Ambiente, den Bodenfliesen und der Einrichtung. Die Schönheit seines Körpers und die Unmöglichkeit, sein Begehren zu verbergen, veranlassten die Spanierin, sich ebenfalls auszuziehen und zu ihm in die Wanne zu steigen.

Im Morgengrauen des nächsten Tages erwachten sie vom Läuten der Kirchenglocken, die die Gläubigen zur Laudes riefen. Die unerwartete Zärtlichkeit seiner Aufmerksamkeiten in der Nacht und die Freuden, die er ihr bereitet hatte, sorgten für einen kleinen Riss in Marta Vélez' spröder Fassade. Als das Tageslicht langsam unter den dicken Vorhängen hindurchkroch, bedauerte sie, wie sie mit der Nachricht an Shiro verfahren war. Deshalb wappnete sie sich innerlich gegen seinen Zorn und beichtete ihm ihre Begegnung mit Rocío Sánchez. Sie erzählte ihm vom Inhalt der Nachricht und was sie damit gemacht hatte. Er hörte schweigend zu und schwieg auch danach. Schließlich flehte sie ihn an, doch etwas zu sagen.

»Ich danke Euch, dass Ihr es mir gesagt habt«, entgegnete er. »Ich muss jetzt gehen.«

Sie sah zu, wie er sich im dämmrigen Licht des Zimmers ankleidete. Als er nach seinem Schwert und dem Messer griff, fürchtete sie für einen Moment um ihr Leben. Doch er verbeugte sich nur und war im nächsten Moment verschwunden.

Die wenigen *madrileños,* die um diese Tageszeit schon auf der Straße waren, starrten ihn an und zeigten mit dem Finger auf ihn. Die Luft war klar und kalt. Die Wachen am Monasterio de San Francisco, wo die Samurai einquartiert waren, ließen ihn durch. Zur Mittagszeit war er schon auf dem Rückweg Richtung Süden. Vorgeblich, um den Herzog von Medina-Sidonia zu begleiten, der nach Sevilla und anschließend auf seinen Familiensitz zurückkehrte. Der Herzog von Lerma verabschiedete sie persönlich und überreichte Shiro zwei Bücher und ein Geschenk des Königs. Bei den Büchern handelte es sich um eine Abschrift der *Doctrina Cristiana* des Jesuiten Roberto Bellarmino und um Fray Luis de Granadas *Libro de la oración.* Das Geschenk des Königs war eine mühevoll über Nacht angefertigte exakte Nachbildung des roten Lederköchers, den Shiro auf Tizians Gemälde so bewundert hatte. Dieser Köcher war randvoll mit königlichen Pfeilen.

An ihrem dritten Reisetag ritten sie, gleich nördlich hinter Merida und auf ausdrückliches Beharren des Herzogs hin, mehrere Stunden lang durch einen heftigen Regenguss. Noch am Abend wurde der Grande krank. Shiro und einem Arzt im Ort gelang es, das Fieber zu senken und ihn wieder auf die Beine zu bringen. Angesichts seines geschwächten Zustands aber entschloss sich der Herzog, sich im gemäßigteren Klima des Palastes in seiner Geburtsstadt Sanlúcar zu erholen. Ein Brief mit der Bitte, ihn dort zu treffen, wurde an Rosario geschickt. Trotz seiner Ungeduld verharrte Shiro an der Seite des Herzogs und ritt mit ihm durch Sevilla hindurch, bis sie schließlich an einem klaren und milden Winterabend in Sanlúcar de Barrameda eintrafen.

Die Suite, die Shiro zugewiesen wurde, eine der schönsten im ganzen Palast, war dieselbe, die Julián und Marta Vélez bewohnt hatten, als er ihnen das erste Mal begegnet war. Da er sich entschlossen hatte, dem Herzog seine wahren Motive für die Rückkehr in den Süden zu verschweigen, hatte er keine andere Wahl, als die Suite dankbar anzunehmen, auch wenn er während der drei Nächte, die er hier verbrachte, auf dem Boden schlief. Sobald Rosario mit zahlreichen zusätzlichen Dienstboten aus Medina-Sidonia eintraf, verabschiedete sich Shiro von ihnen. Der Herzog bedankte sich für seine Unterstützung und Gesellschaft und wünschte ihm, dass die Zeremonie zur Taufe Hasekura Tsunenagas nicht allzu langweilig würde. Schließlich nahm er Shiro das Versprechen ab, sie im Frühjahr wieder zu besuchen, ehe die Delegation nach Rom aufbrach.

Shiro verbeugte sich vor beiden. Er unterdrückte eine Aufwallung von Gefühlen, deren Heftigkeit ihn selbst überraschte und die seine Gastgeber zwar bemerkten, aber nicht kommentierten. Der junge Samurai war relativ sicher, die beiden niemals wiederzusehen. Wenn er den Tod Diego Molinas erst gerächt hätte, würde er ein Gejagter sein. Und unter gar keinen Umständen würde er zulassen, dass man ihn lebend in Gefangenschaft nahm.

KAPITEL 4

In dem die Pforten der Hölle geöffnet werden

Ein einziges Mal nur hatte Shiro Glück, als er an diesem Abend in das prächtige Haus eindrang, das Julián und Guada gehörte. Als er nämlich von zwei Männern gleichzeitig ergriffen wurde, was es ihm unmöglich machte, sein Schwert zu ziehen. Wäre er dazu gekommen, sie anzugreifen, dann hätte es keinen Zweifel über den Ausgang der Auseinandersetzung geben können: Zwei weitere Männer, die gerade mit geladenen Musketen in den Eingangshof stürmten, hätten geschossen und ihn getötet. Stattdessen packten ihn die beiden ersten Wachen an den Armen, während die anderen ihre Läufe direkt auf sein Herz richteten. Auf dem Balkon über ihnen tauchte erst Julián auf, Sekunden später auch Guada. Ehe er die steinernen Stufen hinabstieg, forderte er sie auf, in ihr Zimmer zurückzukehren, doch sie weigerte sich.

Unten angekommen, trat Julián geradewegs auf Shiro zu.
»Ich habe dich erwartet.«
»Ihr habt meinen Freund ermordet«, sagte der Samurai. »Wie ein Feigling habt Ihr ihn ermordet. Ihr hattet nicht

einmal den Anstand, ihn herauszufordern und ihm eine Waffe zu geben.«

Julián wandte sich an seine Männer. »Der Affe kann sprechen.«

Die Männer lachten nervös.

»Ich bin ein Edelmann, Bastard«, fuhr Julián mit wachsender Wut auf. »Dein ›Freund‹ war ein einfacher Seemann oder etwas in der Art. Warum um alles in der Welt sollte ich ihn zum Kampf fordern? Das wäre eine Beleidigung für meine Familie.«

»Lass ihn in Ruhe!«, rief Guada vom Balkon.

Ihr Ehemann drehte sich um und brüllte: »Geh weg!«

Er griff nach Shiros Bogen und dem roten Lederköcher und warf sie auf den Boden. Dann nahm er Shiros Schwert und sein Tanto in die Hand und betrachtete sie bewundernd. »Ein feines Stück Handarbeit. Zu gut für einen von deiner Sorte. Vielleicht hast du sie gestohlen. Wahrscheinlich sind sie richtig scharf.«

Er nahm das Tanto und stieß es drei Zentimeter tief in Shiros rechte Schulter. Blut floss. Shiro zuckte zusammen, zeigte aber keine weitere Reaktion. Daraufhin drehte Julián das Tanto, sodass die Blutung stärker wurde. Schweiß bedeckte Shiros Stirn. Julián zog das Messer heraus.

»Zäher als dein Freund, das muss man dir lassen. Er hat gebrüllt wie ein Schwein.«

Guada schrie, als sie sah, wie ihr Mann auf den Samurai einstach, und versuchte ihn erneut zurückzuhalten: »Du darfst ihn nicht töten. Das werde ich dir nie verzeihen. Ich werde dich verraten, und der Herzog lässt dich nicht davonkommen.«

Julián drehte sich um und schaute mit blankem Hass zu ihr hinauf.

»Willst du mir nicht gehorchen, Frau? Geh zurück auf dein Zimmer.«

»Das werde ich nicht«, schrie sie.

Er wandte sich wieder an seine Männer.

»Legt ihn auf den Boden. Und ihr beide brecht seine Hände mit den Kolben eurer Musketen.«

Die Männer taten, wie ihnen befohlen wurde, und diesmal schrie Shiro gequält auf, gleichermaßen erschüttert durch die Schmerzen und die Erniedrigung. Guada begann zu schreien und die Treppe herunterzustürmen. Julián wandte sich an einen der Musketenträger.

»Halt sie fest! Lass sie nicht hier herunter!«

Dann ging er neben Shiro, dessen Hände bereits anschwollen, in die Knie.

»So viel zum Thema Krieger«, sagte Julián. »Nur eine Sache noch.«

Mit dem Tanto, das er immer noch hielt, spreizte er Shiros sechsten Finger ab und drückte die Klinge fest darauf. Der Schmerz, der zuvor bereits durch Shiros Körper strömte, war so stark, dass er nun kaum etwas spürte.

»Ich werde dein Leben verschonen«, sagte Julián. »Aber eine Missgeburt lasse ich in meinem Haus nicht zu.«

Er stand auf und wandte sich an die drei verbliebenen Wachen.

»Werft ihn auf die Straße und verschließt alle Eingänge.«

Als sie den Samurai über die pinkfarbenen und weißen Fliesen zerrten, blieben blutige Schlieren zurück. Sie hoben ihn über die hölzerne Türschwelle und warfen ihn auf die mit Mist übersäten Pflastersteine vor der Villa. Schließlich schlossen und verriegelten sie sämtliche Türen.

Julián ließ das Tanto fallen und warf den abgetrennten Finger weg. Nervös, verängstigt, aufgekratzt und erzürnt drängte er den Wächter und Guada die Treppe hinauf. Dann befahl er allen vier Wachen und den Dienstboten, sie allein zu lassen. Er schob Guada in einen Wohnraum und schlug die Tür zu. Dort begann er, sie zu schlagen und ihr die Kleider vom Leib zu reißen. Ihre Schreie und Fäuste ignorierte er ebenso wie ihre wiederholten »Mörder!«-Rufe. Und schließlich vergewaltigte er sie.

Als er fertig war und von ihr hinunterrollte, hörte sie auf, sich zu wehren. Heftig keuchend schaute sie in die andere Richtung. Egal wie oft er brüllte, sie solle ihn anschauen, sie gehorchte nicht. Schließlich ließ er sie nackt und verletzt auf dem Teppich liegen. Die Reue, die er nachher fühlte, und das Zittern, das durch seinen ganzen Körper drang, waren trotz allem vermischt mit einer animalischen Befriedigung.

Von diesem Moment an würde Guada nie wieder mit ihm schlafen oder sich auch nur allein im selben Raum mit ihm aufhalten. Nach einem Monat aber entdeckte sie, dass sie schwanger war.

KAPITEL 5

In dem der Guadalquivir ins Meer fließt

Er schleppte sich einen Kilometer weit, fand einen Stall und versteckte sich dort bis in die Nacht hinein neben einem Maultier. Die Schmerzen ließen ihn das Bewusstsein verlieren, und als er wieder zu sich kam, zitterte er am ganzen Körper. Er wartete, bis draußen alles ruhig war, und zwang sich dann mühevoll zum Aufstehen. Die entstellten Hände am Körper hinabhängend, schaffte er es bis zur Brücke, die den Guadalquivir überspannte und den die japanische Delegation vor einem Monat so triumphal überquert hatte. Ringsum war kein Mensch zu sehen. Da er nicht in der Lage war, Seppuku zu begehen, trat er in die Mitte der Brücke und warf sich über die Brüstung.

Er hoffte zu ertrinken. Doch egal, wie tief er tauchte oder wie viel Wasser er zu schlucken versuchte, kämpfte sein Körper sich immer wieder nach oben. So trug die Strömung ihn zunächst in westlicher Richtung davon, dann nach Süden. Bei Sonnenaufgang taumelte er in der Nähe des Dorfs Coria del Río ans schlammige Ufer.

Eine junge Frau entdeckte ihn und alarmierte ihren Vater, einen Störfischer, der seinerseits den örtlichen Priester rief. Der Priester war ein älterer Mann, der sich für einen *curandero* hielt und sich mit heilenden Kräften gesegnet glaubte. Als er jedoch den Samurai erblickte, erklärte er ihn zu einem Flussteufel, der gekommen sei, um das Dorf mit der Sünde zu infizieren. Als Shiro die Worte »Soy Católico« herausbrachte, erregte dies den Geistlichen nur umso heftiger. Er trippelte zurück in seine Kirche und riet dem Fischer, »die Bestie« wieder in den Fluss zu werfen.

Daraufhin schickte der Fischer seine Tochter los, um *El Camborio* zu holen, einen scharfsinnigen Zigeuner, der sich bestens mit den heilenden Eigenschaften der Pflanzen und Kräuter auskannte. Dieser erblickte in Shiro eine verwandte Seele, einen Ausgestoßenen wie ihn selbst. Und nicht zuletzt erkannte er in ihm einen Mann von Rang und Namen, von dem möglicherweise eine hübsche Belohnung zu erwarten war.

El Camborio rauchte eine kleine Pfeife, die er mit der Unterseite nach oben hielt. Er war der Mann, zu dem sämtliche Dorfbewohner ihre Ziegen oder Schafe brachten, wenn sie geschlachtet werden mussten. An seinem rechten Handgelenk baumelte ein schmaler, ausschließlich dekorativer Gehstock, und so verschlissen sein Mantel und die Hose auch sein mochten, waren seine Hemden doch stets sauber. Auch sein breitkrempiger Hut deutete auf eine gewisse Eitelkeit hin. Er roch nach Knoblauch und Thymian und lebte mit seiner Familie in den Hügeln, deren Hänge er oft am frühen Morgen auf der Suche nach Zweigen und Blüten durchstreifte. Nun säuberte und vernähte er die Wunde an Shiros Schulter und richtete die Knochen seiner Hände.

Der Fischer hieß Francisco und nahm den Samurai zu sich und seiner Familie, wo er sich erholen sollte. Sie richteten eine Ecke ihres kleinen Hauses für ihn ein, das nah am Fluss lag und aus geweißten Lehmziegeln und Stroh gebaut war. Viele Tage lang kam El Camborio, um Shiros Hände mit Manzanilla, Olivenöl und Kaviar einzureiben. Er bestand darauf, dass Letzterer entscheidend für den Heilungsprozess sei. Die meisten Dorfbewohner vermuteten darin eher eine Entschuldigung, den kostbaren Rogen zu kosten, den die Fischer mühsam gewonnen hatten.

Nach den täglichen Behandlungen flammten die Schmerzen in Shiros Händen zunächst umso heftiger wieder auf, doch nach einer Weile ging es ihm tatsächlich besser. Sieben seiner zehn verbliebenen Finger wurden taub. Er fragte den Zigeuner, ob er je wieder in der Lage sein würde, ein Schwert zu führen, doch der Mann schüttelte den Kopf.

»Du wirst froh sein, wenn du dich eines Tages wieder selbst beim Urinieren halten kannst. Oder wenn du diese kleinen Stäbchen zum Essen benutzen kannst.«

Als er sich gut genug fühlte, bezog Shiro eine eigene Hütte direkt am Flussufer. Viele Dorfbewohner brachten ihm, was er zum Essen und Trinken benötigte. Einige hatten von der Delegation gehört, die von weither nach Spanien gekommen und vor einigen Monaten auf dem Weg nach Sevilla ganz in der Nähe vorbeigezogen war.

Sie konnten es kaum fassen, dass der Fremde Spanisch sprach, und spürten Gewissensbisse, als sie die Erklärung für seinen bedauernswerten Zustand hörten – wobei Shiro sämtliche Namen seiner Freunde und Gegner ausließ.

Zwei Monate verstrichen. Die Taufzeremonie für Hasekura Tsunenaga war längt vorüber. Shiro fragte sich, wie man sich seine Abwesenheit erklären mochte. Eines Tages entdeckte er, dass er in der Lage war, eine Tasse zu halten und daraus zu trinken; dass er ohne Hilfe sein Gewand schnüren konnte. Auch wenn sie noch unbeweglich waren, pochte es nun in mehreren seiner verkrüppelten Finger, ein unbehagliches Gefühl, das kam und ging. Am Abend des Frühjahrsäquinoktiums kam Francisco, um mit ihm zu reden.

»Meine Tochter Piedad hat Gefallen an dir gefunden. Wenn es wahr ist, dass du die Sakramente empfangen hast, würde ich sie gern glücklich machen und ihr die Nachricht überbringen, dass du sie heiraten möchtest. Wir wissen, dass du über keine Mittel verfügst und dass du nicht mehr wie ein normaler Mann arbeiten kannst. Aber du könntest dich nützlich machen, wärst hier in Sicherheit und könntest uns Enkel schenken.«

Von dem Moment an, als sie ihn gefunden hatte, durchnässt und eher wie ein halb totes Reptil als wie ein Mann aussehend, hatte Piedad ihn bewundert und ihn zum Mittelpunkt ihrer Fantasien gemacht. Während der ersten Wochen seiner Genesung hatte sie ihn gefüttert. Nach seinem Umzug in die eigene Hütte hatten sie gemeinsame Spaziergänge auf den Uferwegen unternommen. Sie hatte begonnen, sich spätabends zu ihm unter seine Decke zu legen.

»Du erweist mir zu viel Ehre«, erwiderte Shiro. »Ich fürchte, ich bin nicht der Richtige, um ihr Ehemann zu werden. Die Güte, die sie mir erwiesen hat, die du und die anderen mir geschenkt habt, werde ich bis zum Ende meiner Tage niemals vergessen. Aber mein eigenes Volk, der Fürst, dem ich diene, meine eigene Mutter, sie warten auf meine Rückkehr. Und in meinem Herzen lebt noch immer der Wunsch nach Rache für das, was mir angetan wurde. Die Regeln, denen ich folge, verlangen, dass ich diese Rache vollziehe.«

Francisco betrachtete die geplättete Erde vor der Hütte, die vier dort pickenden Hühner, das Schilf und den Fluss. Das Frühjahr war bereits vorangeschritten, und die nachmittägliche Brise erzeugte ein Rauschen in den üppig mit Laub und Blüten bewachsenen Bäumen.

»Du tätest gut daran zu bleiben, junger Mann. Das Schicksal hat dich zu uns geführt. Das Schicksal hat dafür gesorgt, dass Piedad dich entdeckt hat. Du hast Glück, noch am Leben zu sein. Ich bitte dich dringend, deine Pläne zu überdenken und das Bedürfnis nach Rache aufzugeben. Halte dich stattdessen an diesen friedvollen Ort, das einfache, gute Leben hier, und gestatte es meiner liebestrunkenen Tochter, deine Frau zu werden.«

Die Störfischer bauten kleine Flöße, mit denen sie unter Wasser eine Reihe von Netzen verbanden, in denen sich die Fische mit der wohlschmeckenden Fracht ihrer Eier verfingen. Shiro nahm eines der Flöße, das zur Reparatur beiseitegelegt worden war, und verließ noch in derselben Nacht das Dorf. Er schob sich in die Mitte des Flusses und benutzte einen ins Wasser gefallenen Ast, den er kaum festhalten konnte, als Steuer.

Bei Morgengrauen hatte er den Weiler La Señuela erreicht, wo er das Floß versteckte und etwas von dem Brot aß, das er in ein Tuch gewickelt hatte. Während der hellen Stunden schlief er oder schaute auf seine armseligen Hände und führte all die Übungen aus, die El Camborio ihm gezeigt hatte. Beim Aufgang der Venus, des Abendsterns, schob er sich wieder auf den Fluss und traf in der Morgendämmerung des nächsten Tages in Sanlúcar de Barrameda ein.

Das Wasser war hier nicht mehr frisch, sondern wegen der Nähe zum Meer bereits salzig. Es roch nach der Reinheit des Ozeans und war hier kälter und tiefer, obwohl er warme Luft atmete. Dort, wo er an Land ging, war das Ufer sandig, nicht mehr schlammig, und als er sich bei Sonnenaufgang dem Ort näherte, erreichte er den Kai, an dem ihr Schiff einst festgemacht und an dem er seine erste Nacht in Spanien verbracht hatte. Das Schiff war nicht mehr hier und der Kai verwaist. Am Himmel, der inzwischen heller geworden war und ein zartes Blau angenommen hatte, war der Mond noch als langsam verblassende Kugel zu erkennen.

Kapitel 6

*In dem eine Mutter verloren und
eine andere gefunden wird*

Noch in der Nacht der Attacken auf Shiro und sie selbst floh Guada durch den Dienstboteneingang aus ihrem Haus und lief allein durch die Straßen bis zur Villa ihrer Eltern. Beide waren zu Hause und entsetzten sich über die Blutergüsse in ihrem Gesicht und die gewalttätige Geschichte, die sie erzählte. Rodrigo versprach – nicht ganz überzeugend offenbar, denn keine der beiden Frauen schenkte ihm Beachtung –, er werde Julián »eine Abreibung verpassen, die er niemals vergessen werde«.

Doch schon am nächsten Morgen hatte sich die Stimmung spürbar gemäßigt. Rodrigo hatte früh das Haus verlassen, um eines der Landgüter der Familie zu besuchen, und Doña Inmaculada besuchte Guada, während diese in ihrem Schlafzimmer frühstückte.

»Wie lange möchtest du hierbleiben?«, fragte die Mutter.

»Solange wie nötig«, erklärte Guada. »Bis wir Julián dazu bekommen haben, mein Haus zu verlassen.«

»Es ist sein Haus.«

»Aber ihr habt es mir geschenkt.«

»Wir haben es euch beiden geschenkt, und natürlich ist es auf seinen Namen eingetragen. Es war Teil deiner Mitgift und ein kleiner Ausgleich für die Ländereien, die uns vonseiten seiner Familie zugefallen sind.«

»Was willst du mir eigentlich sagen, Mutter?«

»Dass du ihm vielleicht ein wenig Zeit geben solltest, sich zu beruhigen und zu entschuldigen.«

Die blutunterlaufenen Augen des Mädchens füllten sich mit Tränen.

»Er hat mich verprügelt und vergewaltigt. Offenbar hat er kaltblütig einen Mann ermordet und einen anderen vor meinen Augen brutal verletzt. Was redest du da?«

Guada begann zu weinen. Inmaculada saß auf dem Bett ihrer Tochter, machte aber keine Anstalten, sie zu beruhigen.

»Erinnerst du dich an unser Gespräch in Carmona, vor eurer Hochzeit?«, fragte Doña Inmaculada.

»Was ist damit?«

»Du fragtest mich, ob dein Vater jemals behutsam mit mir umgegangen wäre. Und ich erklärte dir, wie es dazu kam, dass wir das Bett nicht mehr teilen.«

Inmaculada schwieg einen Moment. Sie nahm eine Falte von Guadas Bettdecke zwischen Ringfinger und Zeigefinger und erinnerte sich, woher die Decke stammte: aus der Mitgift ihrer eigenen Mutter.

»Es gab eine Zeit, in der mein Leben mit deinem Vater manchmal dem ähnelte, was du gestern durchgemacht hast. Männer sind Bestien, meine Liebe. Schau nur, was mit unserem Erlöser geschehen ist. Studiere die Stationen des Kreuzwegs. Und doch wurden dein Bruder und du geboren, und ihr wuchst heran. Dein Vater und ich leben noch immer unter demselben Dach. Wir haben im Laufe der Zeit gelernt, höflich miteinander umzugehen, uns sogar gegenseitig zu schätzen.«

Guada wischte sich mit einem großen Taschentuch aus Leinen die Tränen weg.

»Mein Vater und Julián teilen sich dieselbe Hure.«

»Und was sagt dir das?«, fragte Inmaculada.

Guada schaute weg. Sie fühlte sich verraten und allein, eine Fremde in ihrem eigenen Zuhause. Als sie Doña Inmaculadas Blick erwiderte, schwor sie sich, das in ihrer Macht Stehende zu tun, um nicht alles zu erdulden und so zu enden wie ihre Mutter. Doch sie sagte nur: »Also gut, Mutter.«

»Also gut was?«

»Ich werde über das nachdenken, was du gesagt hast.«

Nach dem Frühstück und ihrer Morgentoilette, nach einer Inspektion ihres Gesichts im Spiegel, bei der sie innerlich noch einmal alles durchlebte, was sie am Abend zuvor durchgemacht hatte, schickte sie eine Nachricht an ihre Tante Soledad, die auf der Stelle antwortete. Am frühen Nachmittag zog Guada erneut um.

»Deine Mutter ist eine Dulderin«, sagte Doña Soledad. »Ich nicht.«

Sie saßen zusammen in demselben lichtdurchfluteten Zimmer, in dem Soledad den Herzog empfangen hatte.

»Ich habe damals dem Sturm getrotzt«, fügte sie hinzu. »Wenn auch nicht lange.«

»Was kann ich tun?«, fragte Guada.

»Sehr wenig«, erwiderte ihre Tante. »Das soll heißen, dass es ein paar fundamentale Dinge gibt, die du nicht ändern kannst. Als Frauen verfügen wir über beschränkte Möglichkeiten. Das Haus gehört ihm. Du kannst ihn nicht hinauswerfen, obwohl ihm Sevilla vielleicht irgendwann zu langweilig wird und er aus freien Stücken geht. Ich blieb damals in meinem Haus und verriegelte meine Zimmer vor meinem Ehemann. Er blieb in seinem eigenen Teil des Hauses und spielte den betrunkenen Idioten, bis er daran zugrunde ging.«

»Ich kann nicht dorthin zurück«, sagte Guada. »Ich kann nicht allein mit ihm sein, egal wo und egal wann. Und ich will ihn nie, nie wiedersehen.«

»Dann bleibst du bei mir«, sagte Soledad und nahm die Hand ihrer Nichte. »Solange du willst. Und wenn ich sterbe, soll dieses Haus dir gehören. Julián wird weder hier Zutritt erhalten noch auf irgendeinem anderen meiner Grundstücke. Und auch die werden irgendwann allein dir gehören.«

Wieder begann Guada zu weinen, diesmal aus Dankbarkeit. Sie schlang die Arme um ihre Tante, die das Mädchen festhielt und ihr einen Kuss auf den Kopf gab.

»Ich hoffe, du kannst mir meine Worte verzeihen«, fuhr Soledad fort. Sie sprach sanft, aber mit einem zornigen Unterton. »Doch ich bin der Meinung, dass deine Eltern habgierig sind, was mir wegen ihres unglaublichen Reichtums vollkommen sinnlos erscheint. Ich fürchte, dass die

Besitztümer, die dank deiner Hochzeit zusätzlich in ihren Büchern stehen, ihnen ebenso viel bedeuten wie dein Glück. Das begreife ich nicht. Scheinbar wünscht Inmaculada dir ein Leben, wie sie selbst es geführt hat.«

»Das werde ich nicht mitmachen.«

Soledad betrachtete sie durchdringend. Auch in ihre Augen traten nun Tränen.

»Nein, das wirst du nicht. Das sehe ich. Und trotz all ihrer Gier und ihres Besitzes ist meine Familie doch letztlich die weitaus bessere. Die Mächtigen wissen so etwas zu schätzen.«

»Was auch immer das für mich bedeutet«, sagte Guada.

»Es bedeutet, dass – je mehr Zeit vergeht und die Geschichte die Runde macht – Juliáns Stern mehr und mehr verblassen wird. Und wenn du dir einen Liebhaber nimmst, wird der König es gutheißen.«

»Einen Liebhaber.«

»Alonso hat mir verraten, dass du einen Verehrer hast. Auch wenn ich fürchte, dass er nicht infrage kommt.«

»Ein Verehrer?«

»Ein junger Mann aus Japan. Einer, der Spanisch spricht und dem Herzog nach dessen eigenen Worten das Leben gerettet hat.«

Guada senkte den Kopf und lächelte bei dem Gedanken, dass der Herzog so etwas gegenüber ihrer Tante geäußert hatte. Dann verwandelte sich das Lächeln gleich wieder in einen gequälten Blick.

»Was ist los, Guada?«

»Der Mann, von dem du sprichst, ist derjenige, den Julián so furchtbar zugerichtet hat. Sie verletzten ihn mit dem Schwert, brachen seine Hände und warfen ihn auf die Straße.«

»Nein.«

»Doch.«

»Vielleicht war Julián auch eifersüchtig.«

»Nein. Julián weiß nichts. Nicht, dass es etwas zu wissen gäbe. Shiro – so heißt der Ausländer – kam, um einen Freund zu rächen, den Julián angeblich ermordet hat.«

Soledad hielt ihre Nichte weiter fest, hörte allem zu, was sie zu sagen hatte, und bedankte sich im Stillen für ihr fortgeschrittenes Alter. Sie erinnerte sich nur zu gut, wie schmerzvoll die Jugend sein konnte.

KAPITEL 7

*In dem Hasekura Tsunenaga
tief durchatmet*

Als Hasekura Rokuemon Tsunenaga war er 1571 in der Provinz Sendai geboren worden. Doch nun tauften ihn die Barbaren auf den Namen Don Francisco Felipe Faxicura, wobei der Nachname als bestmögliche Annäherung an seinen tatsächlichen Namen betrachtet wurde. Seit dem Tag der Zeremonie besuchte er jeden Morgen die Messe und betete nachmittags zusammen mit Pater Sotelo und sechs weiteren Samurai, die sich den Übertritt zum christlichen Glauben zur Herzensangelegenheit gemacht hatten.

Am selben Tag, an dem Shiro auf dem Floß nach Sanlúcar zurückkehrte, stand Hasekura in seinem Zimmer im Monasterio de San Francisco und starrte durch ein schmales Fenster hinaus auf die fruchtbaren grünen Ebenen, die sich Richtung Westen erstreckten. Wieder einmal verspürte er Überdruss und Heimweh. Die christliche Bilderwelt, der er in den letzten Tagen ausgesetzt gewesen war, hatte ihn zermürbt; die Auspeitschungen und Häutungen, das blutende, an ein Kreuz genagelte Opfer. Auch die Vielzahl von Beschränkungen, die sein neuer Glaube forderte, verwirrte ihn. Und egal wie entschlossen er mit fest zusammengekniffenen Augen die Gebete sprach, schienen sie am Ende doch nichts zu bewirken.

Was mache ich so weit fort von zu Hause? Im tiefsten Inneren spürte er, dass es Zeit zum Aufbruch war, um den Rest der Reise hinter sich zu bringen. Wieder auf See zu sein – auch wenn das eine Reise nach Rom bedeuten und ihn noch weiter vom Land seiner Vorfahren entfernen würde –, ließe ihn zumindest dem Abschluss seiner Mission näher kommen; dem Tag, an dem sie die Segel Richtung Sendai setzten.

In diesem Land ging alles so langsam. Die verschiedenen Ebenen der Bürokratie, die Suche und Ausstattung eines Schiffes, die hin und her geschickten Briefe und Genehmigungen. Außerdem fragte er sich, was aus Shiro geworden war. Hatte sich der Junge unter die Einheimischen gemischt? Oder war er vielleicht in Schwierigkeiten geraten, krank geworden oder noch Schlimmeres? Und wenn ja, wie würde Date Masamune reagieren? Würde der mächtige Daimyo ihn persönlich zur Verantwortung ziehen? Er entschloss sich zu einem Versuch, den jungen Samurai zu suchen, oder zumindest den Anschein zu erwecken.

Anstatt sich mit den anderen eine weitere übel riechende Mahlzeit einzuverleiben – eine Mahlzeit, der weitere Gebete vorangeschickt würden –, entschloss er sich zu einem Spaziergang. Er wollte den dunklen, muffigen Palast hinter sich lassen und die klare Luft einatmen, die von den nahe gelegenen Bergen herübergetragen wurde. Der Frühling war erwacht und veränderte nun die Landschaft, indem er die Stadt und die umliegenden Ebenen mit frischem Grün und Blüten überzog. Er suchte seine Ausrüstung zusammen, stieg hinunter in die Eingangshalle, erklärte den Priestern und Wachen seine Absichten und trat schnell hinaus in die engen Gassen, ehe jemand ihn grüßen und sich an ihn hängen konnte.

Nach einer halben Stunde zügigen Ausschreitens hatte er die Kirche San Jerónimo El Real hinter sich gelassen und betrat einen ruhigen, baumbestandenen Park. Hier wimmelte es von Bettlern, gingen Paare mit Anstandsdamen spazieren, ließen sich Familien im Gras nieder, um gemeinsam zu essen. Er kam an einen Wasserlauf, der sich durch ein Tal zog. Die erfrischte und belebte Erde roch nach Kiefern und Rosmarin, in der Luft hing der köstliche Duft von Flieder und Geißblatt. Obwohl man ihn anstarrte und mit den Fingern auf ihn zeigte, grüßten ihn die Passanten stets mit Respekt. Seine düstere Stimmung hob sich, und er musste zugeben, dass diese Spanier trotz ihrer bedrückenden Religion auch lobenswerte Eigenschaften besaßen – einen stolzen Gang, ein bereitwilliges Lächeln und eine Höflichkeit, wie er selbst sie pflegte und bei anderen schätzte.

Er stillte seinen Durst am Wasser, fand ein sonniges Stückchen Gras und legte sich dort auf den Rücken. Über sich sah er einen strahlend blauen Himmel und die oberen Äste von drei Mittelmeerkiefern. Er schloss die Augen, spürte die Sonne auf seinen Lidern, die durch das helle

Licht von innen rötlich schimmerten. Tief atmete er die frische Luft ein und lauschte auf das Plätschern des Wassers und weiter entfernt spielende Kinder. Sein Vater und sein älterer Bruder waren inzwischen sicher tot, seine Mutter in Ungnade gefallen, bitter und untröstlich. Vielleicht hatte es auch Vorteile, am anderen Ende der Welt in der Sonne zu liegen.

KAPITEL 8

In dem der Admiral der Welt Adieu sagt

Rosario befand sich noch im ersten Drittel ihrer Schwangerschaft, die sich langsam auch äußerlich bemerkbar machte. »Er wurde an dem Abend krank, als die Annullierung aus Rom eintraf. Nachdem wir gefeiert hatten, gingen wir zu Bett. Er hatte zu viel getrunken. Plötzlich schwand das Blut aus seinem Gesicht, und er fing an zu stöhnen und sich zu übergeben. Irgendwann beruhigte er sich und schlief ein. Ich wusch ihn ab, putzte den Boden und ließ ihn in Ruhe. Am Morgen fand ich ihn in Tränen aufgelöst. Die linke Hälfte seines Körpers war gelähmt, das halbe Gesicht hing schlaff herunter. Er konnte nicht sprechen. Die Ärzte kamen und schröpften ihn und bereiteten alle möglichen Kräuter und Tränke zu. Aber nichts half. Nach ungefähr einer Woche ging es ihm dann besser, und er bestand darauf, dass wir sofort heirateten, weil er einen Rückfall fürchtete. Der Priester kam zusammen mit dem Bürgermeister, der unser Trauzeuge war, ins Schlafzimmer. Ein paar Tage lang schien es ihm noch besser zu gehen. Aber dann hatte er einen neuen Anfall.«

»Darf ich ihn sehen?«, fragte Shiro.

»Natürlich«, sagte sie. »Er wird sich so freuen, dass Ihr wieder hier seid.«

»Könnte ich vielleicht ein paar Kleidungsstücke ausborgen?«

»Sicher.«

»Weiß sein Sohn Bescheid? Weiß der König Bescheid?«

»Juan Manuel war letzte Woche hier und reiste verzweifelt wieder ab. Was den König angeht, habe ich keine Ahnung.«

»War er freundlich zu Euch?«

»Wer?«

»Juan Manuel.«

»Er war höflich. Allerdings wirkte er irritiert, als er sah, dass ich das Kind seines Vaters in mir trage.«

»Wie konnte er seinen Vater in dieser Situation allein lassen?«

Das Schlafzimmer des Herzogs in Sanlúcar gestattete einen beeindruckenden Blick über den Strand und die wirbelnden Strömungen des Deltas. Dort, wo Fluss und Meer aufeinandertrafen, war das Wasser an diesem Morgen grün. Eine Sandbank zeigte sich, und überall auf der Wasseroberfläche funkelte die Sonne bis weit hinein in die Flussauen. In einer Ecke des Zimmers stand eine Rüstung gleich neben dem Modell einer spanischen Galeone. Das Bett war hoch und überdacht und hatte an allen Seiten schwere, burgunderrote Samtvorhänge.

Shiro trat hinter Rosario ins Zimmer. Der Samurai hatte die Reste seines zerschlissenen Gewandes gegen

Christenkleidung getauscht. Er hielt die Hände hinter dem Rücken versteckt. Der Herzog war wach. Als er den Samurai erkannte, stieß er ein zufriedenes Grunzen aus. Shiro lächelte und versuchte, sich seine Bestürzung nicht anmerken zu lassen, denn sein Freund wirkte deutlich gealtert und sehr zerbrechlich. Der Herzog gab Rosario ein Zeichen, ihm Feder und Papier zu reichen. Er schrieb etwas auf und reichte es Shiro: »Wo sind Eure Kleider?«

Der Samurai lächelte und sagte: »Ich hatte ein Abenteuer, bei dem sie verloren gingen.«

Der Herzog gab sich Mühe, das Lächeln zu erwidern. Mit seinem unbeschädigten Auge musterte er den jungen Mann sorgfältig und registrierte, dass dieser nur mit Mühe die Fassung behielt. Dann streckte er die rechte Hand aus und zwang Shiro so, ihm seine eigene zu reichen. Er hoffte, der Herzog würde die Verletzungen nicht bemerken, doch diese Hoffnung blieb vergeblich. Der Grande musterte die entstellten Finger, die – auch wenn ein gewisses Maß an Beweglichkeit zurückgekehrt war – immer noch vernarbt waren und einen schwer erträglichen Anblick boten. Mit einer Geste bedeutete er Shiro, ihm auch die andere Hand zu zeigen. Rosario ließ die beiden allein.

Später würde sich Shiro eine ganze Weile mit der Befürchtung quälen, dass der auf seine Erzählung folgende Zorn den letzten Anfall des Edelmanns ausgelöst haben könnte. Am selben Abend gingen er und Rosario nach dem Essen ins Schlafzimmer des Granden, der noch lebte, aber nicht mehr ansprechbar war. Drei Tage später war er tot.

Während seiner letzten fünf Lebensjahre hatte sich der Herzog oft gefragt, wie es sein würde; wie der Tod sich bemerkbar machen würde. Nun kam er mitten in der Nacht und weckte ihn auf. Es fühlte sich an, als hätte etwas in seinem Inneren nachgegeben, sich geöffnet und gelöst, sodass sein Leben aus ihm hinausströmte. Es tat nicht weh. Doch als ihm die Bedeutung der Situation klar wurde, die absolute Endgültigkeit, flatterte sein empfindliches Herz vor Angst. Zuerst wollte er sich festhalten, wollte den Blick nicht vom Mond vor seinem Fenster lassen – so als könne er nach einem Ast oder einer über das Flussufer ragenden Wurzel greifen. Doch sein Blick verdunkelte sich, und der Ast brach. Die Wurzel erwies sich als zu glatt. Er war zu verängstigt zum Beten. Als seine Lebensgeister erloschen und die Welt sich um seinen Todeskampf nicht zu scheren schien, versuchte er, sich an Erinnerungen festzuhalten, in der Hoffnung, eine davon könne ihm Frieden schenken. Stattdessen aber kamen die Erinnerungen in ihrem eigenen Rhythmus und stiegen von Gott weiß woher aus den Tiefen seines Geistes empor.

Die Hand seiner Mutter, die ihn bei einem Strandspaziergang an einem sonnigen Morgen festhielt. Der Klang ihrer Stimme. Die Pferde, die von seinem Schiff in die Irische See getrieben wurden, doch diesmal war er selbst mit ihnen im Wasser, und das Schiff fuhr weiter. Ein Tag als junger Bursche, an dem er sich in der Sierra Morena verirrt hatte, unter einem Baum eingeschlafen war und schließlich in der Morgendämmerung zum Gezwitscher der Vögel auf der feuchten Erde erwachte, wie neugeboren.

KAPITEL 9

*In dem ein Verdugo Striemen hinterlässt und
Guada einen Brief schreibt*

Shiro fühlte sich nicht in der Lage, einigen der zur Beerdigung Geladenen gegenüberzutreten. Vor allem hatte er Angst, dass Julián unter ihnen sein könnte. Er entschied sich zur Abreise. Rosario bot ihm die Finca in Medina-Sidonia an, und er nahm dankbar an.

In seiner letzten Nacht in Sanlúcar hörte er aus Rosarios Zimmer die Geräusche einer Geißelung. Er schob sich an einer Dienerin vorbei, die das Zimmer ihrer Herrin bewachte, klopfte und trat ein. Rosario war von der Hüfte aufwärts nackt und peitschte sich mit einer Korsettstange, einem *verdugo*, die sie aus ihrem Reifrock gelöst hatte. Ihr Rücken war kreuz und quer mit Striemen übersät. Tränen strömten über ihre Wangen und Brüste. Er bat sie aufzuhören, doch sie ignorierte ihn, bis er sich ihr näherte und so gut wie möglich ihr Handgelenk festhielt. Sie starrte auf seine Hand und begann erneut zu schluchzen. Er reichte ihr einen Umhang, um sich zu bedecken, und hielt sie so lange fest, bis das Schluchzen abebbte und sie einschlief. Am nächsten Morgen war er fort.

Guada, Doña Inmaculada und Soledad Medina besuchten das Begräbnis. Auf Guadas hartnäckiges Beharren hin blieb Julián fern. Am Ende der Zeremonie berichtete Rosario Guada, dass Shiro erst vor wenigen Tagen hier gewesen war. Allein trat Guada hinaus auf die Terrasse, von der man die Flussmündung überblickte. Sie setzte sich auf eine steinerne Bank und schrieb an den Samurai. Doña Soledad, die hinauf ins Schlafzimmer des Herzogs gegangen war, beobachtete ihre Nichte vom Fenster aus. Sie nahm die Jugend des Mädchens wahr und den sauberen Strand hinter ihr, der unverändert dalag, auch wenn der Herzog nicht mehr hier war. Er hatte sie mit in das Bett hier oben genommen, das Bett, in dem er gestorben war. Zusammen hatten sie dort gelegen, jung und glücklich – für eine Weile wenigstens. Nichts hätte ihren Gedanken damals ferner liegen können als ein Tag wie der heutige.

KAPITEL 10

In dem Worte gewechselt werden

Shiro,

Rosario hat mir von Eurem Zustand und Eurem Verbleib berichtet. Und den Grund genannt, warum Ihr zurück nach Sevilla gekommen seid. Ihre verfrühte Witwenschaft schmerzt meine Mutter und mich.

Mir fehlen die Worte, um den Schock und den Schmerz, die Wut und die Verzweiflung darüber zu beschreiben, was Euch angetan wurde. Doch ich bin glücklich zu erfahren, dass Ihr überlebt und einige Fortschritte gemacht habt.

Solltet Ihr Euch entschließen, diesen Brief in Stücke zu reißen, so verstünde ich es. Doch wenn Euer Herz Euch gestattet, mir zu antworten, dann schickt die Nachricht unter allen Umständen an die Adresse meiner Tante in Sevilla, Doña Soledad Pérez Medina de la Cerda, in deren Haus ich jetzt wohne. Seit jenem schrecklichen Abend habe ich jede Begegnung mit meinem Ehemann abgelehnt, und das wird auch in Zukunft so bleiben.

Euer in Christus, Guada

Doña Guada,

dies ist der erste Brief, den ich je schreibe, gleich in welcher Sprache. Da meine Hände noch besser verheilen müssen, hat ein Herr in Diensten des verstorbenen Herzogs freundlicherweise angeboten, mir die Niederschrift abzunehmen.

Ich weiß, dass Don Alonso gerührt gewesen wäre, hätte er gewusst, dass Ihr und Eure Mutter die Reise nach Sanlúcar zu seiner Bestattung auf Euch genommen habt. Es tut mir leid, dass ich nicht dort war. Bitte geht davon aus, dass mein Hass gegen den Mann, den Ihr geheiratet habt, ihm allein gilt. Noch mitten in den Geschehnissen jener Nacht habe ich Eure Protestschreie gehört. Ich hadere nicht mit Euch und wünsche Euch alles Glück. Ich muss gestehen, dass mich die Nachricht Eurer Trennung erleichtert.

Ich bin noch nicht bereit, Euch gegenüberzutreten. Oder irgendjemand anderem. Wäre ich mit weniger schwerwiegenden Verletzungen davongekommen, so hätte ich mein Leben beendet, wie es sich in der Kriegerklasse, zu der ich gehöre, geziemt. Selbst jetzt noch denke ich manchmal darüber nach. Aber es gibt etwas, das mich antreibt, am Leben zu bleiben und das zu beenden, was die Ehre in jener Nacht von mir verlangt hat.

Shiro,

ich schreibe Euch nun aus Sevilla, dankbar für Eure liebenswürdigen Worte, die ich wahrscheinlich nicht verdiene. Auch wenn ich gegen das, was Euch in jener Nacht angetan wurde, protestierte und dafür später teuer bezahlen musste, geschah es doch in meinem Haus. Und auch wenn ich nicht Julián bin, entschloss ich mich doch, ihn zu heiraten. Das bedeutet, dass ich mir selbst nicht trauen kann – und niemand anderem, nicht mehr. Ich habe das Gefühl, nie wieder etwas mit wirklicher Sicherheit wissen zu können.

Euer in Christus, Guada

Guada,

mein Onkel, der stets liebevoll mit mir umging, folterte einen christlichen Missionar zu Tode. Tiere im Wald lecken und säugen ihre Jungen und töten anschließend grausam ihre Beute. Ihr seid dankbar und freundlich zu mir, habt mich aber vor Euren Augen einen Mann enthaupten sehen. Wer kann solche Dinge erklären? In Eurem Brief erwähnt Ihr einen Preis, den Ihr für mein Unglück zahlen musstet. Falls es nicht zu schmerzhaft ist, bitte ich Euch, mir zu sagen, was dieser Preis war.

Shiro,

hättet Ihr nicht Euren Seemannsfreund kennengelernt, so wäre Julián nicht gekommen, um ihn zu ermorden. Und hätte er ihn nicht ermordet, so wärt Ihr nicht auf der Suche nach Rache zurückgekehrt. Eure Hände funktionierten noch wie vorher, und ich wäre nicht mit Gewalt angegriffen und auf dem Boden liegengelassen worden – verwundet und angefüllt mit Juliáns Samen, der in meinem Leib Wurzeln geschlagen hat. So ist das Schicksal. Ich schäme mich so.

Euer in Christus, Guada

Guada,

bitte entschuldigt diese vielleicht unleserliche Krakelei. Doch angesichts des Inhalts Eures letzten Briefes habe ich das Gefühl, selbst und ohne Mittelsmann antworten zu müssen.

Wo beginnt die Kette des Schicksals? Mit meiner eigenen Empfängnis und meiner Geburt? Mit Eurer? Mit Pater Sotelo, der Diego Molina und mich zusammengebracht hat? Mit Juliáns Entschluss, Diego in einem feigen Akt irrtümlicher Rache zu ermorden? Mit Eurer Heirat? Mit meiner nachlässigen Selbstverteidigung an jenem Abend? All diese Faktoren und noch viele mehr führten mich zu Eurem Haus. Doch Juliáns Brutalität Euch gegenüber war kein Schicksal. Es ist nichts geschehen, das ihn zu so etwas zwang. Es war allein seine Entscheidung. Und trotzdem schaue ich meine Hände an und denke an das Kind, das in Euch heranwächst und verfluche »das Schicksal« dafür, dass es mich in Euer Leben geführt hat.

Doch ich muss auch zugeben, dass die Begegnung mit Euch mich verändert hat. Unter all den Samurai, die dem Herzog das Geschenk von Hasekura Tsunenaga hätten überbringen können, wurde ich ausgewählt, weil ich Eure Sprache spreche. Und dann wart Ihr in dieser Finca in Medina-Sidonia, wo ich nun wieder sitze. Auch das muss Schicksal sein.

Ich reise auf demselben Weg hierher, rastete am selben Fluss, erreichte das Haus auf dem Hügel zur selben Stunde. Und doch hat sich in so kurzer Zeit so vieles verändert. Der Herzog ist tot und begraben, meine Hände sind zerstört, meine Waffen wurden mir genommen. Und Ihr, die Ihr mir damals so nahe wart, seid weit weg und verwundet.

Shiro,

vergebt mir meine Launenhaftigkeit. Ich hatte nicht die Absicht, Euch die Schuld für das zu geben, was mir zugestoßen ist. Ich kann nur mir allein die Schuld geben. Ich wusste von Juliáns Verbindung zu Marta Vélez, bevor wir heirateten. Ich beging die Sünde des Stolzes, als ich glaubte, er würde sein Versprechen halten, sobald unsere Verbindung gesegnet wäre. Ich wurde von meiner Familie gewarnt und entschied mich, diese Warnungen zu ignorieren. Zu der Angelegenheit gibt es nichts mehr zu sagen, also lasst uns bitte nicht mehr darauf zurückkommen.

Was die Frage betrifft, wie man das Schicksal versteht, kann ich mich nur auf meinen Glauben verlassen. Das Dasein auf der Erde ist eine Prüfung, ob die Seele das ewige Leben im Himmel verdient hat. Oder die ewige Verdammnis. Und seit Adam von Eva den Apfel vom verbotenen Baum der Erkenntnis annahm, besitzen wir den freien Willen. Andererseits ist Gott allwissend und kennt deshalb die Richtung, die jeder von uns einschlagen wird. Aus dieser Perspektive betrachtet, ist unser Leben tatsächlich vorherbestimmt. So oder so – Ihr seid nicht verantwortlich.

Ihr schreibt, dass Euch die Begegnung mit mir verändert hat. Ich kann nur beten, dass es eine Veränderung zum Besseren war. Allerdings ist mir nicht bewusst, Euch in irgendeiner Weise beeinflusst zu haben.

Guada,

an dem Tag, als ich den Herzog kennenlernte, wollte ich ihn unbedingt beeindrucken. Ich schlug die Waffe eines Wächters in zwei Teile und schaute der Klinge dann nach, wie sie durch die Luft flog. Als die scharfe Spitze zu Boden fiel, sah ich Euch zusammen mit Rosario aus der Kapelle treten. Ihr wart weiß gekleidet, und Euer goldenes Haar war mit Bändern aus hellgrüner Seide zu einem Zopf gebunden. Ihr trugt Handschuhe und Euer Gebet-

buch. Nie zuvor hatte ich so etwas Schönes gesehen. Ich hatte Angst, dass die Klinge Euch verletzen könnte. Und als wir an jenem Abend am Meer durch die antiken Straßen von Baelo Claudia spazierten, hatte ich furchtbare Angst, etwas Dummes und Unverzeihliches zu sagen. Ich stellte mir vor, wie Ihr in einem Kimono aussähet, wie ihn die reichen jungen Frauen von Edo tragen, und bei dem Gedanken wurde mir schwindlig.

Haben diese Gefühle mich verändert? In Euren Augen mögen sie belanglos erscheinen. Vor vielen Jahren sagte mir Pater Sotelo, als er mir Unterricht im christlichen Katechismus gab, dass wir »Geschöpfe der Gewohnheit« seien. Und an dieser Stelle muss ich ihm recht geben. Als ich hier eintraf, tauschte ich den einen Herren gegen einen anderen, Date Masamune gegen den Herzog. Ich stellte mich in seine Dienste, spürte sogar eine ähnlich starke Treue und Hingabe. Scheinbar ist dies meine Natur. Doch als Ihr auftauchtet, fühlte ich mich plötzlich innerlich ganz weit geöffnet. Und gleichzeitig wurde meine Disziplin auf eine Weise aus den Angeln gehoben, die ich schwer beschreiben kann. Ich kann nur sagen, dass mir die Begegnung mit Euch Wege aufgezeigt hat, die ich mir vorher nicht einmal hätte vorstellen können.

Shiro,

Ihr schmeichelt mir. Wie versklavt Ihr Euch auch an die Gewohnheit, an Gefolgstreue und Euren Dienst gefühlt haben mögt, so seid Ihr doch wenigstens ein Mann. Euer

Horizont reicht weiter als alles, worauf ich als Frau, selbst als privilegierte Frau, jemals hoffen darf. Niemand in meiner Familie wird sich – jetzt, da der Herzog nicht mehr ist – für die Annullierung meiner unglückseligen Ehe einsetzen, vor allem jetzt nicht, wo ich das Kind des Unmenschen in mir trage.

Meine Tante ermutigt mich, mir einen Liebhaber zu nehmen und in die Fußstapfen unserer glorreichen Marta Vélez zu treten. Sie versichert mir, dass mein Reichtum und meine soziale Stellung mich vor Verunglimpfungen schützen werden. Aber ich bin noch jung. In einem Wimpernschlag von einer jungfräulich errötenden Braut zur abgebrühten Geliebten? So habe ich mir mein Leben nicht vorgestellt. Und trotzdem bleibt mir, anders als Euch, keine große Wahl.

Also nutzt Eure innere Offenheit gut. Ich danke Gott für den kleinen Teil, den meine Anwesenheit vielleicht dazu beigetragen hat. Und ich bete zu Maria um Führung in meinen Nöten. Wäre mein Bruder nicht bereits hinter Klostermauern eingeschlossen, so würde ich in Windeseile in ein Nonnenkloster eintreten. Doch damit würde ich meinen Eltern und meiner Tante sicherlich das Herz brechen.

Guada,

meine Mutter nahm sich einen Liebhaber und genoss die Zeit mit ihm. Ich bin das Resultat. Ihr müsst Euer Glück im Auge behalten. Und ich flehe Euch an, damit aufzuhö-

ren, Euer ungeborenes Kind nur als Nachkommen eines Unmenschen zu sehen. Juliáns Unmenschlichkeit ist für alle offensichtlich. Aber Euer Kind ist unschuldig und verdient einen unbelasteten Start ins Leben.

Gestern traf Rosario zusammen mit den Bediensteten des Herzogs aus Sanlúcar ein. Sie will ihr Kind, das in zwei Monaten erwartet wird, hier in der Nähe ihrer Mutter bekommen. Außerdem hat sie Nachrichten aus Madrid mitgebracht. Nach einem Gedenkgottesdienst, der im Alcázar für den Herzog gehalten wurde, erkundigte sich der König freundlich nach mir. Hasekura Tsunenaga erklärte, nichts von meinem Aufenthaltsort zu wissen. Also schickte der König Rosario einen Brief, und sie löste das Rätsel. Ich bin erleichtert, dass sie weder meinen körperlichen Zustand noch die Umstände erwähnt hat, die zu diesem Zustand geführt haben.

Die Delegation bricht in weniger als einem Monat nach Rom auf, und ich frage mich, ob ich mich anschließen soll. In letzter Zeit habe ich meine Rolle als Augen und Ohren meines Fürsten in Sendai vernachlässigt. Doch ich biete immer noch einen erbärmlichen Anblick, besitze meine Waffen und meine Kleidung nicht mehr und kann kaum ein Schwert halten. Ich fürchte, ich mache den anderen Kriegern Schande. Heute Morgen habe ich in der Kapelle meditiert. Dann ging ich hinauf in die Hügel, wohin der Herzog und ich oft zusammen ritten. Ich frage mich, ob Ihr und ich uns je wiedersehen werden.

KAPITEL 11

*In dem Shiro sich einmal mehr auf den Weg
macht und Frieden geschlossen wird*

An manchen Abenden massierte Rosario Shiros Hände mit Olivenöl und Kamille. Bei einer dieser Gelegenheiten, als sie seine Hände in ihren hielt, küssten sie sich. Sie spazierten gemeinsam durch die Gärten. Sie erzählten ihre eigenen Geschichten und tauschten Erinnerungen an den Herzog aus. Sie aßen gemeinsam und unterhielten sich über Guada und Julián und Marta Vélez und Guadas Eltern und Soledad Medina, die Frau, die früher einmal die große Liebe im Leben des Herzogs gewesen war. Sie sprachen über die Babys, die bald geboren würden. Shiros Gefühle für Guada waren ihnen beiden bewusst. »Ich will kein Herz an mich reißen, von dem ich weiß, dass es bereits vergeben ist«, erklärte Rosario. »Aber im Augenblick sind du und ich allein.«

In den Nächten fanden sie beieinander Trost, bis eines Nachmittags vier königliche Reiter und vier berittene Samurai aus Madrid eintrafen. Die königlichen Boten überbrachten Shiro einen Brief ihres Herren, und die Samurai überreichten ihm eine kurze Papierrolle mit einer

Nachricht von Hasekura Tsunenaga. Beide Sendschreiben enthielten im Wesentlichen denselben Inhalt: Sie überbrachten gute Wünsche und ermunterten ihn, zusammen mit den Reitern Medina-Sidonia zu verlassen und nach Almería zu reisen, von wo sie zunächst nach Barcelona und dann mit einem anderen Schiff weiter nach Rom segeln würden.

Er ließ Rosario einen Brief für Guada zurück, den sie nach Sevilla schicken sollte, und sie schliefen ein letztes Mal zusammen im Bett des Herzogs. Im Morgengrauen des nächsten Tages küsste er Rosarios angeschwollenen Bauch, zog sich an und ritt zusammen mit seiner Eskorte los. Einmal mehr fiel es ihm schwer, ein Haus zu verlassen, in dem er gelebt und an das er sich mit all seinen Zimmern, Gärten und selbst den Hügeln gewöhnt hatte. Er saß auf einem Pferd, das Rosario ihm überlassen hatte, beugte sich in seinem Sattel weit vor und gab sich Mühe, nicht zurückzuschauen.

Als Gäste von Pedro Espinosa verbrachten die neun Männer eine Nacht in Antequera, dann eine in Granada bei der Familie Pisa de Osorio. Dort wurde Shiro bei einer Besichtigung der Alhambra bewusst, wie viel Großartiges die maurische Epoche in Spanien hinterlassen hatte.

Von dort aus ritten sie in südlicher Richtung nach Lanjarón und folgten dem Verlauf des Flusses Guadalfeo, bis dieser sich in der Nähe des Hafens von Motril ins Meer ergoss. Nach zwei Tagesreisen am Strand entlang Richtung Osten erreichten sie Almería.

Shiro war von der Reise fasziniert. Von den Kiefernwäldern, die sie im flacheren Teil der Alpujarras durchquerten, von den sanft geschwungenen Hügeln, auf denen – so weit das Auge reichte – Olivenbäume wuchsen, von den süßlich duftenden Feigenbäumen an den Flussufern, von den Küstenebenen voller Zuckerrohr. Und schließlich, als sie ihr Ziel erreichten, von den kargen flachen Hügeln im Hinterland, die allmählich in eine Wüste übergingen.

Sie segelten nordwärts an der spanischen Ostküste entlang. Die anderen Samurai, von denen neun aus Sendai stammten und ihn aus Kindertagen kannten, sprachen ihm ihr Mitgefühl aus. Als ihn die königlichen Wachen nach dem Ursprung seiner Verletzungen fragten, behauptete er, von einem Pferd gefallen und mit den Händen unter die Räder einer vorbeifahrenden Kutsche geraten zu sein.

Nach dem Festmachen in Barcelona bestieg die Gruppe direkt das Schiff, das sie nach Italien bringen sollte. Zwei Stunden nach dem Lichten des Ankers suchte Pater Sotelo seine Gesellschaft. Der Priester hatte während des ausgedehnten Aufenthalts in Madrid an Gewicht zugelegt, wirkte satter und zufriedener. Shiro fragte sich, ob der Geistliche immer noch den nötigen Eifer spürte, um nach Japan zurückzukehren.
»Ich habe Gott gedankt, als ich hörte, dass du noch hier bei uns auf Erden weilst«, sagte der Priester und umklammerte ein großes Holzkreuz, das an seinem Hals baumelte.
»Pater«, erwiderte Shiro mit einer Verbeugung.

»Ist es wahr, dass du einen Brief vom König erhalten hast?«

»Ja.«

»Wie ich schon in Aranjuez sagte, du wirst uns sehr helfen können, Shiro-san.«

Der Samurai entschied sich, den Mund zu halten und sich ein weiteres Mal zu verbeugen. In diesem Augenblick sah er Hasekura Tsunenaga auf dem Heckkastell. Sie nickten sich zu.

»Ihr müsst mich entschuldigen, Pater. Ich muss mit dem Botschafter sprechen.«

»*Vaya con dios*«, sagte der Mönch und machte das Kreuzzeichen vor Shiros Gesicht.

Shiro stieg die Stufen hinauf und verbeugte sich vor Hasekura Tsunenaga und dem christlichen Kapitän am Steuerrad. Hasekura nahm ihn beiseite und führte ihn zur Balustrade ganz am Heck des Schiffes. Am Himmel hingen tiefe Wolken, und das Meer war grau und trübe. Einen Moment lang standen beide schweigend nebeneinander und schauten über das schaumige Kielwasser hinweg Richtung Westen.

»Ich muss mich bei Euch entschuldigen, Shiro-san«, sagte Hasekura.

»Und ich mich bei Euch«, erwiderte Shiro. »Weil ich einfach verschwunden bin.«

Hasekura winkte ab.

»Ihr hattet recht«, sagte er. »Von Anfang an, als Ihr bei mir über die Vermischung zwischen uns und den Barbaren klagtet. Ich fürchte, wir haben einen groben Fehler begangen. Natürlich werde ich weiterhin alles tun, um die Mission erfolgreich zu gestalten. Aber ich habe diese Menschen langsam satt und vermisse meine Heimat.«

Shiro war bewusst, dass der Mann vertraulich mit ihm sprach. Er spürte, dass keine falschen Absichten hinter den Worten lauerten.

»Vielleicht lag ich damals richtig, Hasekura-san, aber schaut Euch an, was ich seitdem getan habe. Kein anderer hat so viel Umgang mit den Christen gehabt wie ich.«

»Das ist wahr, Shiro-san. Und schaut, was es Euch eingebracht hat. Von dem Augenblick an, als Ihr die Hand dieses Seemanns geschüttelt habt, waren Eure Hände der Zerstörung geweiht.«

»Das mag sein, Hasekura-san, und doch bereue ich es nicht. Er war ein guter Mann. Viele der Barbaren, mit denen ich mich angefreundet habe, sind gute Männer.«

»Das will ich nicht bestreiten. Ich sage nur, dass wir anders sind als sie. Ich jedenfalls bin anders. Der Abstand ist zu groß. Die Kluft zwischen unseren und ihren Überzeugungen zu gewaltig.«

»Ich bin überrascht, dass Ihr so etwas sagt, Hasekura-san.«

»Ich habe lange und gründlich darüber nachgedacht. Und ich glaube, dass Ihr es über kurz oder lang auch so sehen werdet. Ich habe Euch nicht angemessen behandelt, Shiro-san. Ich wünschte, wir könnten Freunde werden. Ihr habt Talente, über die ich nicht verfüge. Und natürlich tragt Ihr das Blut von Date Masamune und Katakura Kojuro in Euch. Allerdings habt Ihr noch die Impulsivität der Jugend. Lasst uns versuchen zusammenzuarbeiten. Ich habe genug von diesem Priester, wage es aber nicht, ihn zu entlassen. Ich vertraue ihm nicht mehr. Er ist berauscht von der Macht und von den Kontakten, die wir ihm in diesem Teil der Welt ermöglicht haben. Ich wünsche mir, dass Ihr bei den Gesprächen mit diesem Papst anwesend seid und die Übersetzungen klar und sauber haltet.«

Shiro verbeugte sich.

»Es wird mir eine Ehre sein.«

»Ich gebe Euch eines meiner Schwerter«, fuhr Hasekura fort. »Und ich sorge dafür, dass Ihr angemessene Kleidung erhaltet.«

Shiro schaute hinaus aufs Wasser, schmerzhaft an seine Schande erinnert.

»Ich kann ein Schwert kaum greifen, Hasekura-san.«

»Aber Ihr werdet es wieder können.«

KAPITEL 12

*In dem Ärger daheim zu weitreichenden
Konsequenzen führt*

Der japanische Shōgun Tokugawa Ieyasu war für seinen Scharfsinn bekannt – auf dem Schlachtfeld und auch sonst. Er pflegte ein starkes Interesse an der Welt außerhalb des Königreiches. Ausländische Besucher hatte er lange toleriert, weil ihre Gegenwart einen intellektuellen Ansporn bot.

Als Erstes wurde er auf die Portugiesen und Spanier aufmerksam, deren Missionierungsversuche er aus purer Neugier zugelassen hatte. Zunächst amüsierte es ihn zu sehen, welch geringe Fortschritte die Katholiken machten. Das änderte sich erst, als 1579 ein Jesuit namens Alessandro Valignano in Japan eintraf. Dieser begriff, dass sie nur dann Erfolg haben konnten, wenn sie japanische Sitten aufgriffen – die Kleidung, den Verzicht auf Fleisch, das Baden und die Benutzung von Essstäbchen statt den Fingern. Tokugawa Ieyasu staunte, welche Früchte die kleine, oberflächliche List trug, und dass sich plötzlich Tausende seiner Untertanen bekehren ließen.

Nicht minder fasziniert reagierte er, als eine dem Tode

nahe, unterernährte Gruppe englischer Händler im Jahr 1600 mit einem holländischen Schiff an seine Küste gespült wurde und die Jesuiten – ihren christlichen Werten zum Trotz – lautstark auf dem Tod dieser halb ertrunkenen Menschen bestanden.

Er gewährte dem sprachgewandtesten der Engländer, einem gewissen William Adams, eine Audienz. Auf diese Weise fand er heraus, dass – im Gegensatz zu allem, was ihm die Jesuiten jahrelang erzählt hatten – die europäischen Nationen in verschiedene christliche Konfessionen aufgeteilt waren, die sich häufig gegenseitig an die Kehle gingen. Am meisten beeindruckte ihn, dass William Adams, ein Mann von außergewöhnlichem Charme, weitreichende Kenntnisse in der Navigationskunst besaß, die sowohl praktisch als auch taktisch von Nutzen sein konnten. Die Globen, Karten und Kompasse des Mannes, seine astronomischen, auf der Geometrie fußenden Erklärungen fesselten ihn mehr als das ständige Jesuitengerede über unbefleckte Empfängnis.

Als Folge von Adams' Erfolg beim Shōgun sahen die Katholiken ihren Einfluss schwinden. Fortan gebärdeten sie sich als noch lästigeres Ärgernis und trieben ihre Forderungen auf die Spitze – eine desaströse Taktik, die den Shōgun nur weiter vor den Kopf stieß. Während sie auf ihrer einzig wahren Lehre beharrten, schien Adams die japanische Lebensweise zu begreifen und zu schätzen. Er wollte keine Religion verkaufen. Seine einzigen Interessen galten dem Handel und der Wissenschaft. Die katholische Position geriet noch weiter ins Wanken, als im Jahr 1611 ein spanischer Admiral bei Hofe erschien, ein gewisser

Sebastián Vizcaíno. Der Mann verweigerte die Verbeugung vor dem Shōgun und seinem Sohn. Als Begründung führte er an, dass sein eigener Herrscher, Philipp III., ein Reich führte, das hundertmal größer war als Japan.

Nach und nach entwickelte William Adams sich für den Shōgun und später für dessen Sohn zum vertrauten Berater – er wurde sogar in den Rang eines Samurai erhoben. Er heiratete eine japanische Frau, bekam mit ihr Kinder und gab sein Wissen über Konstruktion an japanische Schiffsbauer weiter, um ihre Fahrzeuge seetüchtiger zu machen. Er unterrichtete auch Shiro und brachte ihm Englisch bei. Und als der Shōgun Sebastián Vizcaíno loswerden wollte, überwachte Adams den Bau der Date Maru, die den Konquistador in seine Heimat brachte – zusammen mit Hasekura Tsunenaga und der Delegation, die Date Masamune auf Wunsch des Shōguns zusammengestellt hatte.

Am selben Tag, an dem sich Hasekura Tsunenaga in Spanien taufen ließ, erfuhr der Shōgun von einem ungeheuerlichen Verrat an seinem Hof. Ein lokaler Fürst, der zum Katholizismus konvertiert war, strebte die Ausweitung seines Machtbereichs an. Dazu appellierte er heimlich an einen der Berater des Shōguns, der ebenfalls katholisch geworden war. Als der Shōgun von der Affäre Wind bekam und begriff, dass die religiöse Verbindung zwischen den beiden Männern deren traditionelle Loyalitäten in den Hintergrund gedrängt hatte, verlor er jegliche Geduld mit dieser Konfession. Der Berater wurde in Stücke gehackt und der aufsässige Fürst ins Exil getrieben.

Zu dieser Zeit lebten etwa dreihunderttausend Katholiken im Reich, die von hundertsechzehn Missionaren angeleitet wurden. Dem Shōgun wurde berichtet, dass viele der Missionare ihren Gläubigen einschärften, mehr auf ihre Priester als auf die Repräsentanten des Shōguns zu hören. Daraufhin erließ er ein Edikt ganz ähnlich dem, mit welchem Philipp III. 1609 die Mauren aus Spanien vertrieben hatte. Alle Katholiken wurden aufgefordert, Japan zu verlassen. Diejenigen, die im Land bleiben wollten, wurden vor die Wahl gestellt, sich einer der buddhistischen Sekten anzuschließen oder sich hinrichten zu lassen.

Ungefähr zu der Zeit, als Hasekura Tsunenaga und die Delegation sich auf die Weiterfahrt von Spanien nach Rom vorbereiteten, versammelten sich die Katholiken, die dem Edikt hatten trotzen und ihren Glauben behalten wollten, in der Burg von Osaka unter dem Schutz des mächtigsten Rivalen des Shōguns. Die Burg wurde gemeinhin für uneinnehmbar gehalten. Es folgte eine fürchterliche Schlacht, in der auch Date Masamune an der Seite des Shōguns wieder in den aktiven Kampf eingriff. Als die Schlacht vorbei war, blieben über hunderttausend Leichen zurück, und die Burg fiel den Flammen zum Opfer.

Der Shōgun behielt die Oberhand. Seine Macht war nun absolut, und daran würde sich auch in den nächsten Generationen nichts ändern. Er und Date Masamune feierten mit blutbespritzten Rüstungen ihren Sieg. Das Edikt gegen die Katholiken galt nun endgültig und unwiderruflich.

KAPITEL 13

*In dem die Samurai St. Tropez erreichen,
Rosario sich auf ihre Mutter verlässt, Guada einen
Albtraum hat und der König sich ärgert*

Das Mittelmeer wurde immer düsterer und sah schließlich aus wie dunkelgrauer Brei. Die Wolken senkten sich immer tiefer, und am dunklen Himmel begann es zu donnern. Während der Nacht wurden die Wellen höher, und der Wind nahm zu, bis sie sich tags darauf in einem ausgewachsenen Sturm befanden. Die Männer, die an Deck benötigt wurden, mussten an den Masten festgebunden werden. Und viele von denen, die unten eingepfercht waren, litten erbärmlich unter Angst und Übelkeit. Unerwartete Strömungen brachten das Schiff nordwärts vom Kurs ab und trieben es Richtung Frankreich.

Als am Abend die Intensität des Sturms nachließ, fand das Schiff in ruhigere Gewässer, sodass vor der Küste von St. Tropez drei Anker geworfen werden konnten. Über Nacht fiel heftiger Regen, doch am Morgen war die Luft frisch und klar. Die warme Sonne kehrte zurück, und das Wasser wurde wieder blau und durchsichtig. Die Delegation ging an Land, um die Vorräte aufzufüllen.

Sie blieb drei Tage und wurde von der örtlichen Bevölkerung bestaunt.

»Sie berühren das Essen niemals mit den Fingern, sondern benutzen stattdessen zwei kleine Stäbe, die sie mit drei Fingern festhalten. ... Sie schnäuzen sich in seidigweiches Papier von der Größe einer Hand, das sie stets nur ein einziges Mal benutzen und dann auf den Boden werfen. Und sie reagierten entzückt, als unsere Leute sich um sie herum auf den Boden stürzten, um diese Papiere aufzuheben. ... Ihre Schwerter schneiden so gut, dass sie ein weiches Papier durchtrennen, wenn man es nur auf die Klinge legt und darauf bläst.« (Relations de Mme. De St. Tropez – Oktober 1916, Bibliothèque Inguimbertine, Carpentras)

Shiro allerdings blieb an Bord und verbrachte die Zeit mit Schwimmen, Kraftübungen und hartnäckigen Versuchen, die Finger um den Griff seines neuen Schwertes zu schließen.

Nach Shiros Abreise bat Rosario ihre Mutter, zu ihr in die Finca zu ziehen. Im Jahr zuvor war ihr Vater an einem gebrochenen Rückgrat gestorben, nachdem er bei der Verfolgung einer Ziege in den Bergen abgerutscht war. Ihre beiden Brüder versuchten, ihr Glück in Cadíz zu machen, und beide Schwestern hatten Männer aus Arcos de la Frontera geheiratet. Rosarios ehemaliger Gatte Antonio war wieder verheiratet – mit einem Mädchen aus dem Dorf, das Rosario nie gemocht hatte und das noch nicht schwanger geworden war.

Ihre Mutter Carmen war seit zwanzig Jahren nicht mehr im Haus des Herzogs gewesen. Ihre damalige Schwangerschaft – mit Rosario – hatte den Herzog dazu bewogen, die Liaison zu beenden. In dieser Zeit hatte er lange Phasen weit fort vom Haus seiner Vorfahren verbracht.

»Als er nach dem Desaster mit der Armada zurückkam, fand er zum ersten Mal Gefallen an mir. Unsere gemeinsame Zeit dauerte sieben Jahre. Ich habe das Haus viel größer in Erinnerung, aber das ist wahrscheinlich normal.«

Gemeinsam gingen sie durch die ganze Villa, von Flügel zu Flügel, von Salon zu Salon, durch die sorgfältig geharkten Gärten und in die Kapelle. In der Küche legten sie eine Pause ein. Mehrere der dort Beschäftigten kannten Mutter und Tochter aus dem Dorf.

Ihr Abendessen nahmen sie vor einem kleinen Kaminfeuer in dem Speisezimmer ein, in dem der Herzog seinem Zorn auf Doña Inmaculada und Guada Luft gemacht hatte. Dann zogen sie sich ins Schlafzimmer zurück, wo sie sich nebeneinander auf das massive, hohe Bett legten. Im Abstand von Jahrzehnten hatten beide genau hier Stunden der Intimität mit dem Herzog erlebt. Keine von beiden sprach es an, auch wenn es beiden durch den Kopf ging. Sie lagen eine Weile schweigend dort, bis Rosario zu lachen begann. Carmen lächelte und sagte: »*Vaya por dios*«. Dann lachte sie ebenfalls.

Als Rosario eingeschlafen war, stand Carmen auf und trat ans Fenster. Das Dorf unten lag im Dunkeln, nur der Kirchturm zeichnete sich im Mondlicht ab. In den Hügeln weiter oben hörte sie das Geheul eines läufigen Luchses.

Ein Schauer überlief sie. Sie war der einzige Mensch, der mit Sicherheit wusste, dass Rosario die Tochter des Herzogs war. Sie schloss die Augen und betete zu Maria, dass Gott ihr Schweigen nicht verfluchen und sie mit einem geschädigten Kind strafen würde.

Im einhundertzwanzig Kilometer entfernten Sevilla lag auch Guada wach. Ihr Bauch war inzwischen so stark gewachsen, dass sie mehrmals in der Nacht aufstehen musste. Das Zimmer, das sie in Soledads Villa bewohnte, war ausgesprochen großzügig. Ihre Tante hatte es mit Bedacht gewählt, weil sie einerseits hoffte, ihre Nichte würde hierbleiben. Andererseits wollte sie Guada immer wieder ins Gedächtnis rufen, dass sie einem makellosen Stammbaum angehörte.

Shiros letzter Brief hatte Guada tief bewegt und ließ sie ihre wahren Gefühle ihm gegenüber deutlich spüren. Und obwohl sie froh für ihn war – froh, dass er sich seinen Gefährten wieder angeschlossen hatte; froh, dass er die düstere Finca in Medina-Sidonia und deren attraktive Herrin verlassen hatte –, konnte sie den Schmerz nicht leugnen. Denn der Abstand zwischen ihnen war nun wieder gewaltig. Die weiteste Reise, auf die sie je gegangen war, hatte sie nach Madrid geführt, und das war viele Jahre her. Die kürzlichen Ausflüge nach Medina-Sidonia und Sanlúcar de Barrameda waren einschneidende Ereignisse in ihrem jungen Leben gewesen. Die meisten Leute, die sie kannte, einschließlich Julián, ihrer Mutter und ihrer Tante, waren kaum je auf Reisen gegangen. Shiro dagegen war von der anderen Seite der Erde gekommen und befand sich im Augenblick auf der Reise nach Italien, um dem Heiligen Vater zu begegnen. Danach würde er noch einmal nach Madrid zurückkehren, ehe er schließlich die Rückreise nach Japan anträte.

In seinem letzten Brief hatte er geschrieben: »Auch wenn ich mich innerlich gegen diese Vorstellung auflehne, weiß ich gut, dass wir uns mit einer gewissen Wahrscheinlichkeit niemals wiedersehen werden. Wo, Guada, ist Euer Gespür für das Schicksal, wenn ich es am dringendsten brauche? Oder ist es das, was das Schicksal für uns bereithält? Dass wir uns begegnen, von einer Möglichkeit träumen – zumindest, was mich betrifft – und dann für immer auseinandergehen?«

Sie hielt seine Frage für berechtigt und hoffte nur, dass seine Definition des Schicksals die Oberhand behalten würde. Denn dabei kam es letztendlich auf den Willen des Einzelnen an. Dass sie irgendeine Art von Zukunft zusammen haben würden, war natürlich unmöglich, undenkbar. Doch sie wollte ihn wiedersehen, und wenn sie sich damit nur beweisen konnte, dass er keine Erfindung ihrer geschundenen Seele war.

Sie zögerte, sich wieder schlafen zu legen. Es beruhigte sie zu wissen, dass sich ihre Tante gleich am Ende des Flurs aufhielt und die Diener in ihren Zimmern. Dass sie sicher war. Sie war aus einem widerlichen Traum erwacht, in dem Julián sich ihr wieder mit Gewalt aufgedrängt hatte. Sie konnte sein Gesicht nicht erkennen, spürte aber sein Gewicht und sein Drängen. Und auch wenn sie sich wehrte, um ihn abzuschütteln, fühlten sich ihre Glieder doch schwer und teilnahmslos an, beinahe so, wie Shiro das Gefühl in seinen versehrten Fingern geschildert hatte. Sie war nur in der Lage gewesen, den Kopf so weit zu heben, dass sie ihre Mutter auf dem Stuhl neben dem Bett sitzen sah, fröhlich und den Widerling anfeuernd. Guada hatte zu schreien begonnen, bis Julián sie schliesslich anschaute, als wollte er ihr befehlen zu schweigen. Doch nun erkannte sie, dass sein Gesicht sich verändert hatte. Es trug nun die Züge ihres Vaters Rodrigo, und sie erwachte wimmernd und schweissgebadet aus ihrem Albtraum. Noch während sie nach dem Nachttopf griff, begann sie zu beten und den Teufel zu verfluchen, der auf so grausame Weise mit ihr gespielt hatte. In diesem Moment erinnerte sie sich, dass das Kissen im Traum, auf dem ihr Kopf hin und her geschüttelt worden war, mit den ineinander verwobenen Initialen M und V bestickt gewesen war. Alles, was ihr dazu einfiel, war Maria Vergine. Oder Marta Vélez.

Sie hatte es nicht eilig, wieder einzuschlafen. Vielmehr war sie zufrieden, einfach am Fenster zu sitzen, den nächtlichen Jasminduft zu geniessen und auf das erste Licht des Morgens zu warten.

Philipp III. ordnete eine Woche der Jagd für junge Adlige auf dem Gelände des Pardo-Palastes an. Die Idee stammte vom Herzog von Lerma, der es für sich und den König als sinnvoll erachtete, die aufstrebenden jungen Männer kennenzulernen. Schliesslich würden diese bald an die Stelle von Vätern treten, die zu alt oder zu gebrechlich sein würden, um weiterhin zu reisen und ihren Beitrag zum höfischen Leben zu leisten.

Bereits nach zwei Tagen war der König gelangweilt und wurde ungeduldig. Er beschwerte sich beim Herzog, dass dieser für die Angelegenheit drei Tage zu viel angesetzt hätte. Der Herzog schob die Verantwortung einem Untergebenen zu und versprach dem Monarchen, dass so etwas nicht wieder vorkommen würde. Am Ende der dritten lärmenden Mahlzeit an langen Tischen, die man in der Landschaft aufgebaut hatte, verabschiedete sich der König frühzeitig. Wenig überzeugend bat er alle Anwesenden um Entschuldigung und erklärte, sich dringend um eilige Staatsangelegenheiten kümmern zu müssen. Alle erhoben und verbeugten sich und tranken auf seine Gesundheit.

Der Herzog von Lerma stand neben dem König, als dieser auf sein Ross stieg. Von einem Dutzend Soldaten zu Pferde geschützt und mit Pagen, Priestern und Sekretären im Gefolge, machte sich der Herrscher über das größte Reich der Erde erleichtert auf den Rückweg zu seinem Palast. Doch gerade als sie das Gelände verlassen wollten, sprang ihm etwas ins Auge. Er zügelte sein Pferd und hob den Arm, damit auch alle anderen anhielten. Der Herzog tauchte neben ihm auf und sagte: »Sire?«

Am Rand der Lichtung, die sie für ihre Mahlzeit ausgesucht hatten, standen die Pferde der jungen Adligen an Pfähle und Äste gebunden. Im Gras lagen Sättel und Jagdausrüstung, bewacht von treuen Dienern, die ihre Herren teilweise aus entlegenen Regionen des Landes hierher begleitet hatten. An einem der Sättel war ein roter, lederner, mit Pfeilen bestückter Köcher befestigt.

»Da«, sagte der König und streckte die Hand aus. »Der rote Köcher – bringt ihn zu mir.«

Befehle wurden gerufen, und nach wenigen Sekunden stand ein Soldat neben dem königlichen Hengst und hielt den Köcher mit beiden Händen hoch, damit der Monarch ihn inspizieren konnte. Der König beugte sich vor und schaute genau hin. Es konnte unmöglich zwei identische Exemplare geben, schon gar nicht in Spanien. Außerdem trugen die Pfeile die Markierung seines obersten Bogenschützen, den er von seinem Vater Philip II. übernommen hatte.

Der König wandte sich an den Herzog von Lerma. »Findet den Mann, dem dieser Sattel gehört, und bringt ihn auf der Stelle zu mir.«

TEIL VIER

KAPITEL 1

In dem der Papst sich listig verhält

Camillo Borghese empfing sie im Kartensaal. Er saß auf einem erhöhten Thron und wurde von Kardinälen und sechzig Angehörigen der Schweizer Garde in voller Uniform flankiert. Das ganze Ambiente samt den riesigen plastischen Fresken von Ignazio Danti war darauf ausgerichtet, ein Bild von spiritueller Größe und territorialer Vorherrschaft zu vermitteln. Pater Sotelo befand sich in einem Zustand höchster Erregung und kam aus dem Strahlen nicht mehr heraus, als wollte er seinen asiatischen Gästen sagen: »*Hier* komme ich her. *Das* ist es, was mein Gott und ich repräsentieren.«

Ausschnitt aus dem von Pater Luis Sotelo verfassten Bericht *De ecclesiae Iaponicae statu relatio:*

Als wir mit der Hilfe Gottes im Jahr unseres Herrn 1615 dort eintrafen, wurden wir nicht nur von Seiner Heiligkeit, dem ehrwürdigen Papst, zusammen mit dem Heiligen Kollegium der Kardinäle und einer Reihe Bischöfe und Adliger – und sogar mit freudiger Anteilnahme der römischen Bevölkerung – empfangen. Wir und drei andere (die von den japanischen Christen eigens bestimmt worden waren, um über ihre Lage nach ihrer Bekehrung zu berichten) fanden Gehör, durften uns ausruhen und wurden dann, wie wir gehofft hatten, so schnell wie möglich wieder losgeschickt.

So beeindruckt Hasekura Tsunenaga und Shiro auch waren, fanden sie den riesigen Saal im Geheimen doch auch prahlerisch und übertrieben bombastisch. Sie zogen die luxuriöse Strenge vor, die im Spanien Philipps III. gepflegt wurde. Durch die barocke päpstliche Darbietung ließen sie sich nicht einschüchtern, denn sie hatten die Thronsäle in Edo und in Kyoto zum Vergleich. Räume, die ihre Pracht aus einer exquisiten Bauweise und einem Minimum an Mobiliar bezogen. Trotzdem verneigten sie sich wiederholt und demonstrierten so überzeugend wie möglich Ehrfurcht und Bescheidenheit. Sie hofften, auf diese Weise der Realisierung von Date Masamunes Wünschen am besten dienen zu können.

Übersetzung des auf Lateinisch verfassten Briefes von Date Masamune an den Papst:

Ich, Date Masamune, König von Sendai im Reich Japan, küsse die Heiligen Füße des Großartigen, Universellen, Heiligsten Fürsten der ganzen Welt, Papst Paul, in tiefer Unterwerfung und Ehrerbietung. Demütig erkläre ich: Der franziskanische Pater Luis Sotelo kam in unser Land, um den Glauben an Gott zu verbreiten. Bei dieser

Gelegenheit erfuhr ich viel über seinen Glauben und entdeckte meine Sehnsucht, ein Christ zu werden. Nur aufgrund einiger nebensächlicher Fragen ist diese Sehnsucht noch nicht Wirklichkeit geworden. Um meine Untertanen zur christlichen Taufe zu bewegen, möchte ich Euch ermutigen, Missionare der Franziskanischen Kirche zu schicken. Ich garantiere Euch, dass Ihr eine Kirche bauen könnt und Eure Missionare Schutz genießen. Außerdem wünsche ich mir, dass Ihr auch einen Bischof benennt und zu uns schickt. Deswegen habe ich einen meiner Samurai, Hasekura Tsunenaga, als meinen Repräsentanten und Begleiter von Luis Sotelo über die Meere nach Rom geschickt, um Euch ein Zeichen meines Gehorsams zu überbringen und Eure Füße zu küssen. Da unser Reich und Neuspanien benachbarte Länder sind, bitte ich des Weiteren um Eure Vermittlung, damit wir Fragen des Handels mit dem König von Spanien besprechen und Missionare über die Meere geschickt werden können.

Der Papst wirkte aufgeschlossen und ehrlich neugierig. Er willigte ein, zusätzliche Missionare nach Japan zu schicken, und billigte Sotelos Idee zum Bau einer Kirche. Was allerdings das Thema des Handels betraf, überließ er die Entscheidung Philipp III.

»Wenn Ihr nach Madrid zurückkehrt, sagt dem König, dass Ihr meinen Segen habt und dass ich seine Entscheidungen in allen nicht-spirituellen Fragen billige.«

Es war ein Anfang, das jedenfalls redeten sie sich in diesem Moment ein. Der Maler Claude Deruet nahm ein Porträt Hasekura Tsunenagas in Angriff, der außerdem zum Ehrenbürger von Rom ernannt wurde. Gequält nahm Shiro zur Kenntnis, dass Date Masamune die Pläne Pater Sotelos zum Bau einer Kirche in Sendai gutgeheißen hatte. Er hoffte nur, dass es sich um eine List handelte. Die Sprache, in der der Brief abgefasst war, klang überhaupt nicht nach seinem Herrn, und daran hielt Shiro sich fest.

Beim anschließenden Empfang nahm sich Kardinal Roberto Bellarmino auf einen Hinweis Pater Sotelos hin die Zeit, sich mit Shiro zu unterhalten. Der erzählte ihm, dass der König von Spanien ihm ein Exemplar von Bellarminos »Doctrina Cristiana« geschenkt hatte. Zutiefst geschmeichelt zeigte der Kardinal nach einem ausgedehnten Austausch von Höflichkeiten Interesse an den lädierten Händen des jungen Mannes.

»Ich habe einen Bekannten, der Euch möglicherweise hilfreich sein könnte – einen Astronomen mit künstlerischer Neigung. Er hat viele Freunde unter den besten Ärzten und Chirurgen Roms. Wenn Ihr es wünscht, sorge ich dafür, dass Ihr ihm vorgestellt werdet, allerdings nur unter einer Bedingung.«

»Mein Herr?«, fragte Shiro.

»Dass Ihr ihm nicht gestattet, Eure Seele mit seinen lästerlichen Tiraden zu verwirren. Er behauptet nämlich, dass die Erde nicht im Zentrum des Universums liegt.«

Kapitel 2

In dem zwei Hunde Kastanien fressen

Ein Bote des Herzogs von Lerma tauchte in Don Rodrigos Haus in Sevilla auf und bestellte ihn nach Madrid zu einer Audienz beim König. Rodrigo konnte seine Aufregung kaum verbergen, da er vermutete, mit einer besonderen Mission betraut zu werden. Intuitiv dachte Doña Inmaculada an eine andere Möglichkeit.

»Die Audienz könnte etwas mit Guada zu tun haben«, sagte sie.

»Guada?«, fragte er ungläubig. »Er weiß wahrscheinlich gerade mal, dass sie überhaupt existiert.«

»Sie hat drei Jahre am Hof gelebt und war dort sehr beliebt.«

»Aber was um alles in der Welt könnte das hiermit zu tun haben? Unserer Tochter wegen schickt man wohl kaum einen Reiter auf die viertägige Reise nach Sevilla, um einen Granden zu einem Treffen mit dem König zu bestellen.«

»Vielleicht hast du recht«, erklärte sie mit aufgesetztem Lächeln. Es erschien ihr sinnlos, das Thema zu vertiefen.

»Natürlich habe ich recht«, sagte er.

»Wir werden es bald wissen«, erwiderte sie.

Er erreichte die Hauptstadt in der Abenddämmerung eines Novembertags und ging sofort zur Villa von Marta Vélez, wo er freundlich empfangen wurde. Da sie nicht darüber nachdenken wollte, was die königliche Vorladung mit ihr selbst zu tun haben könnte, unterstützte sie Rodrigo lieber in seinen Fantasien über die Pläne des Königs. Ein Botschafteramt war die wahrscheinlichste Erklärung, und zwar auf einem wichtigen Posten, in Frankreich vielleicht oder in den Niederlanden.

Auf seinem Weg zum Alcázar am nächsten Morgen rechnete Don Rodrigo insgeheim schon den Etat und die möglichen Zuweisungen zur Finanzierung seines Haushalts durch. Außerdem überlegte er, welchen besonders geschätzten Bediensteten er die Aufgabe anvertrauen konnte, sich während seiner Zeit im Ausland um seine Besitztümer zu kümmern. Der Herzog von Lerma begrüßte ihn mit Wärme, gab aber vor, nichts über den Zweck der Unterredung zu wissen. Eine Antwort, die Rodrigos Neugier nur noch weiter anfachte. Schließlich war allgemein bekannt, dass der Herzog von Lerma buchstäblich alles über den Monarchen wusste.

Rodrigo wurde in die Bibliothek geführt. Sie enthielt Hunderte Bände, die von einem Gremium von *sabios,* weisen Männern, für den König zusammengestellt worden waren. Sie sollten ihm Hilfestellung bei der Navigation des Staatsschiffes bieten. Philipp hatte allerdings darauf bestanden, dass die Bibliothek auch solche Werke beherbergte, die vom Heiligen Offizium der Inquisition verboten worden waren. In einem davon, *Leben des Benvenuto Cellini*, las er gerade, als Rodrigo eintrat. Zwei große Hunde erhoben sich vom Boden und näherten sich dem Granden, der sich vor dem König verbeugte.

»Eure Majestät.«

»Don Rodrigo. Ich bin so froh, dass Ihr kommen konntet. Kümmert Euch nicht um die Hunde. Sie fressen lieber Kastanien als Fleisch, und ich habe hier eine ganze Schüssel voll.« Er deutete auf ein wertvolles Keramikgefäß neben dem geöffneten Manuskript.

»Kastanien, Sire...«

»Es sind *Canes de Palleiro* aus Galizien. Wo sie herkommen, gibt es überall Kastanien.«

»Diese Provinz ist mir unbekannt, fürchte ich«, sagte Rodrigo grinsend.

»Ihr alter Snob«, erwiderte der König. »Und dass Ihr Euch fürchtet, glaube ich nicht. Männer wie Ihr denken beim Stichwort Galizien sicher an einen düsteren Wald voller Westgoten – kein einziger Olivenbaum und kein Jasmin über Hunderte von Kilometern.«

»Diesen Ruf hat es in der Tat, Sire.«

Der König warf zwei glänzende Kastanien hoch, die von den Hunden noch in der Luft geschnappt wurden. Rodrigo gefiel der bizarre Kontrast: Die groben Tiere, die am ehesten in ein Gehege irgendwo im verregneten Norden gepasst hätten, trugen nämlich seidene Halsbänder mit dem Wappen der Habsburger.

»Gelegentlich scheint auch dort oben die Sonne«, sagte der König. »Und wenn man mit ein wenig Nebel zurechtkommt, hat die Jagd dort weit mehr zu bieten als hier bei uns.«

»Wie Ihr wisst, Sire, war die Jagd nie meine starke Seite. Ich bevorzuge die relative Bequemlichkeit meines Landguts.«

»Ich weiß. Ich weiß«, bemerkte der König mit einer Gereiztheit, die Rodrigo nicht entging. »Euer Grad von *Zivilisiertheit* ist höchst beeindruckend.«

»Überhaupt nicht, Sire. Ich meinte nur…«

»Wie auch immer«, unterbrach der König Rodrigos besorgte Entschuldigungen. »Kommen wir zu dem Thema, das mich dazu bewogen hat, Euch nach Madrid zu bitten, wofür ich mich natürlich entschuldigen muss. Aber ich befinde mich in einer potenziell heiklen Situation.«

»Die Reise ist unbedeutend, mein Herr«, sagte Don Rodrigo in der Hoffnung, die Stimmung zu retten. »Ich bin hier, um Euch zu dienen.«

Etwas am Tonfall und an der Körpersprache des Herrschers sagte Rodrigo nun langsam doch, dass ein Botschafterposten nicht auf der Tagesordnung stand.

»Wie denkt Ihr über Euren Schwiegersohn Julián? Wie steht Ihr zu ihm? Und setzt Euch hin, Mann.«

Die Hunde hatten es sich wieder neben dem Stuhl des Königs bequem gemacht. Einer sah aus, als wäre er bereits eingeschlafen, während der andere sich mit einer Hinterpfote energisch am Hals kratzte. Rodrigo nahm gegenüber dem König auf einem etwas niedrigeren Stuhl Platz. Auf dem Tisch zwischen ihnen befanden sich die aufgeschlagene Handschrift von Cellini und die maurische Schüssel mit Kastanien. Rodrigos genereller Mangel an Sensibilität und Fantasie ließ ihn auch jetzt nicht im Mindesten ahnen, weshalb der König sich für Julián interessieren könnte. Krampfhaft suchte er nach einer korrekten Antwort.

»Ich muss gestehen, Sire, auch wenn es mich durchaus beschämt, dass ich den Jungen nicht besonders gut kenne. Meine Frau hat mir oft vorgeworfen, ein distanzierter Vater zu sein.«

»Der ›Junge‹, wie Ihr ihn nennt, ist in meinen Augen ein erwachsener Mann. Sicher müsst Ihr doch irgendeine Vorstellung von seiner Ehrenhaftigkeit haben, und damit beziehe ich mich nicht auf seine Abstammung.«

»Ich verstehe, mein König. Nun, ich würde sagen, dass er gelegentlich durchaus dazu neigt, gewisse launische Anwandlungen zu offenbaren.«

»Launisch.«

»Groll, Zorn, gemischt mit einer anmaßenden Prahlerei.«

Obwohl ihm in diesem Augenblick der schändliche Vorfall, von dem seine Tochter ihm berichtet hatte, durch den Kopf ging, erinnerte er sich doch mit weit heftigerem Zorn an das Gelächter des Jungen und Marta Vélez in jener Nacht, als er auf dem Baum vor ihrem Schlafzimmerfenster gehockt hatte.

»Ich habe ihn einsperren lassen«, erklärte der König.

»Einsperren?«

»Er sitzt im Kerker des Palastes. In einem belüfteten und gut versorgten Bereich, der ausschließlich Adligen vorbehalten ist, aber in Ketten.«

»*Virgen Santo!*«, entfuhr es dem Granden. »Warum, Sire?«

»Darauf komme ich in einer Minute. Ich habe Euch aus zwei Gründen herzitiert. Erstens weil sein eigener Vater alt und krank ist. Wie Ihr sicher wisst, kam Julián nach einem Haufen Töchter zur Welt, als seine Eltern schon nicht mehr ganz jung waren. Ich bin dem Vater nie begegnet, obwohl mein Vater und ich ihnen stets dankbar für die Steuern waren, die auf ihrem riesigen Gebiet gesammelt wurden. Dieses Gebiet gehört ja nun teilweise Euch. Jedenfalls ist Juliáns Vater kein Grande. Ihr, mein Freund, bewegt Euch in einer völlig anderen Sphäre. Deshalb fühle ich mich verpflichtet, Euch vor Peinlichkeiten zu warnen, die die Verbrechen des jungen Mannes über Euch und Eure Familie bringen könnten, falls Ihr Euch nicht schnell von ihm distanziert.«

»Ich verstehe.«

»Zweitens hoffte ich, Ihr könntet eine Geschichte bestätigen, die ich aus einem höchst schockierenden Brief erfahren habe, den ich letzte Woche von der Witwe unseres geliebten Herzogs von Medina-Sidonia erhielt. Dieser Brief gab den Ausschlag, Euch herzubitten.«

Inmaculada hatte recht gehabt. Während sein Gesicht rot anlief, verfluchte Rodrigo die Frau, musste aber gleichzeitig ihren Scharfsinn bewundern.

»Könnte dies etwas mit meiner Tochter zu tun haben, Sire?«

»Allerdings.«

»Ich verstehe.«

»Der Brief behauptet, dass ihr gegen ihren Willen vom eigenen Ehemann Gewalt angetan wurde. Ist Euch dieser Vorfall bekannt?«

»Ja.«

»Und habt Ihr ihn deswegen zur Rede gestellt?«

»Nein, Sire. Es ist eine heikle Angelegenheit«, sagte Rodrigo und schaute zu Boden.

»Vielleicht wird so etwas von den Heiden auf dieser Welt ignoriert oder gar ermutigt«, erklärte der König. »Aber im Herrschaftsbereich unserer Heiligen Mutter Kirche wird es nicht geduldet. Und auch nicht von mir als Beschützer der Kirche.«

»Das ist mir bewusst, Sire.«

»Nun, ich begreife schon, dass es zu einer heiklen Angelegenheit werden kann, wie Ihr es ausdrückt. Solche Taten werden zwangsläufig im Privaten verübt. Es gibt selten Zeugen und nur die Aussage des Opfers. Trotzdem muss ich fragen: Wie habt Ihr und Eure Frau reagiert, als Ihr davon erfuhrt?«

»Wir rieten zur Nachsicht, mein Herr. Wir sahen keinen Sinn darin, solche Intimitäten publik zu machen.«

»Eine ehrliche Antwort, das weiß ich zu schätzen.«

»Warum, Sire, wenn mir die Frage gestattet ist, seid Ihr in diesem speziellen Fall so beunruhigt?«

»Aus zwei Gründen«, sagte der König. »Ich habe aus erster Hand davon erfahren und kann deshalb nicht einfach darüber hinwegsehen. Wäre das alles, und würdet Ihr mich bitten, mich Eurem Rat zur Nachsicht anzuschließen, dann könnte ich mich vielleicht darauf einlassen. Und doch habe ich mich anders entschieden, vor allem wegen meiner liebevollen Erinnerungen an die Jahre, die Guada hier am Hof verbracht hat. Sie war ein Liebling unserer verstorbenen Königin. Die Vorstellung, dass sie einer solchen Tat ausgesetzt war, ist mir zuwider. Aber das ist mein zweiter Grund. Der erste, in aller Offenheit, liegt darin, dass ich von dieser traurigen Geschichte auf eine Art und Weise erfuhr, die höchst beleidigend für meine eigene Person war.«

Rodrigo war entsetzt und aufgebracht, dass sein eigenes Urteil derart infrage gestellt wurde, dass er in seiner Rolle als Vater gedemütigt, ja, beleidigt und übergangen wurde. Und das von diesem durch Inzucht gezeugten Mann auf der gegenüberliegenden Tischseite, der mehr teutonisches als iberisches Blut in seinen Adern trug.

»Ich bin Euer ergebener Diener, mein Herr.«

Der König fuhr fort:

»Der verstorbene Herzog von Medina-Sidonia wurde in diesem Palast sehr geliebt. Er musste sich wegen der gelegentlichen Verbohrtheit meines Vaters immensen Herausforderungen stellen und sich sogar zum Gespött machen. Das alles tat er, ohne je seine Haltung oder seinen Humor zu verlieren – stets Ehrenmann, stets eleganter Krieger. In den letzten Monaten seines Lebens hatte er einen höchst ungewöhnlichen Protegé, einen jungen Mann, einen Prinzen angeblich aus dem fernen Reich Japan. Auch ich war von diesem außergewöhnlich vornehmen und geschmackvollen jungen Mann angetan. Ich ließ ein besonderes Geschenk für ihn anfertigen, von dem ich wusste, dass er allein es wirklich zu schätzen wüsste. Kurz darauf verließ der junge Mann plötzlich den Hof und verschwand spurlos. Vor einigen Wochen, als ich mit der jüngeren Adelsgeneration auf einem Jagdausflug war, entdeckte ich dieses Geschenk wieder: einen roten Lederköcher mit Pfeilen aus meinem persönlichen Vorrat. Kein anderer als Euer Schwiegersohn hatte ihn mit zur Jagd gebracht, und als ich ihn fragte, wie er in den Besitz des Köchers gelangt war, log er mir ins Gesicht. Und das mehrfach.«

Rodrigo fühlte sich verloren, als ginge er unter, als hätte man ihn über Bord eines Schiffes geworfen.

»Die Geschichte in dem Brief, den ich erhalten habe«, fuhr der König fort, »geht folgendermaßen...«

Dann erzählte der König die detaillierte Geschichte. Rosario hatte sie demselben Mann diktiert, der Shiro bei seinen ersten Briefen an Guada geholfen hatte. Sie begann mit Shiros Bekanntschaft mit Diego Molina an Bord der Date Maru und endete mit der schrecklichen Vergewaltigung Guadas und ihrer anschließenden Schwangerschaft. Auch die schillernde Rolle, die Marta Vélez in der Affäre gespielt hatte, kam zur Sprache.

»Ich fürchte, Eure Geliebte hat einiges zu bereuen«, stellte der König abschließend fest.

»Ich hatte keine Ahnung, dass sie sich immer noch mit Julián trifft«, sagte Rodrigo, um überhaupt irgendetwas zu sagen. Währenddessen drang das ganze Gewicht der Fakten samt der möglichen Konsequenzen langsam zu ihm durch.

»Ich bat Euch her, um einige Tatsachen zu verifizieren«, sagte der König. »Darunter die Attacke auf Eure Tochter, die Ihr mir ja bereits bestätigt habt. Ist sie tatsächlich schwanger?«

»Ja, Eure Majestät.«

»Und wenn ich es recht verstehe, wohnt sie bei Soledad Medina.«

»Das ist richtig.«

»Weil Ihr Sie bei einer Klage nicht unterstützen wolltet.«

»Wir sahen keinen Sinn darin, vor allem, als die Schwangerschaft entdeckt wurde.«

»Und dann stand auch die Frage nach den Ländereien im Raum, die Euch dank Ihrer Heirat zugefallen sind.«

»Auch das, Sire.«

»Einmal mehr respektiere ich Eure Ehrlichkeit, Rodrigo.«

»Sire.«

Während der folgenden kurzen Stille war die Atmosphäre zum Zerreißen gespannt.

»Darf ich fragen, Sire«, ergriff Rodrigo schließlich das Wort, »was Ihr mit ihm vorhabt?«

»Die Mordanklage wegen des Seemanns oder Olivenarbeiters oder was auch immer er war, wiegt am schwersten«, erklärte der König. »Es gab Zeugen, zwei Schläger, die ihm dabei halfen. Beide haben gestanden. Der eine hat sein Geständnis nicht überlebt, der andere schon. Er war übrigens auch an dem Abend dabei, als mein junger Freund aus Japan überfallen wurde. Außerdem hat dieser Verbrecher ausgesagt, er hätte Guadas Schreie sowohl während als auch nach dem Vorfall gehört. Von meinen eigenen Wachen weiß ich, dass der junge Samurai, der sich nun in Rom aufhält, beide Hände praktisch nicht mehr benutzen kann. Ihr fragt mich, was ich mit Julián vorhabe…«

Hier hielt der König inne und starrte ins Kaminfeuer.

»Wisst Ihr«, nahm er den Faden mit ruhigerer Stimme wieder auf. »Ich hätte diesem Schuft beinahe alles durchgehen lassen, und sei es bloß aus Respekt vor Euch und seinem alten Vater. Aber mich so anzulügen, wie er es getan hat, ist unverzeihlich. Vor allem, weil ich hinreichend Zeugen habe, die seine Lügen entlarven.«

»Natürlich«, sagte Rodrigo. Dann fügte er ein wenig wehmütig hinzu: »Da mein eigener Sohn sich der Keuschheit und dem Kreuz verschrieben hat, hoffte ich darauf, in Julián einen Sohn zu finden.«

»Das war ein Fehler«, erklärte der König. »Doch vielleicht wird Guadas Kind ein Sohn sein, um den Ihr Euch in Euren verbleibenden Jahren kümmern könnt. Guada und das Kind, egal ob Junge oder Mädchen, werden Juliáns sämtliche Besitztümer erben. Dafür sorge ich persönlich. Und was Juliáns Schicksal betrifft«, sagte er und tätschelte den schlafenden Hund, »so werde ich den Samurai entscheiden lassen.«

KAPITEL 3

In dem Shiro ein römisches Bad nimmt

Edo und Kyoto trugen die Farben Braun und Weiß; dazu kamen im Frühjahr grüne Blätter und dürre, in Blüte stehende Bäume sowie das Grau der geharkten Kiesel. Madrid war orange und braun, hatte verbrannte Dächer, schiefergraue Kirchtürme und Akazienblüten im Spätsommer. Die Stadt Rom präsentierte sich Shiro lachsfarben, ocker und in der Farbe überreifer Zitronen. Überall fanden sich geäderter Marmor und von der Zeit geglättete Steine. Tiefblaue Fresken und blutrote Mäntel setzten dazwischen auffällige Farbakzente. Es war kurz vor der Wintersonnenwende, und das Wasser des Tibers stand hoch. Die Stadt roch nach Abflüssen und Ausschweifungen, Intimitäten und Weihrauch. Die Bewohner drängten sich um Feuer zwischen den Ruinen des goldenen Zeitalters.

Galileo Galilei lud den Samurai zu einem geselligen Abendessen in die Villa eines Freundes, Federico Cesi, Prinz von Sant' Angelo und San Polo. Das riesige Haus war umgeben von Schirmpinien, besaß ein funktionierendes Bad aus dem zweiten Jahrhundert und lag direkt auf der Kuppe des Gianicolo. Von einer breiten Veranda voller Statuen nackter Göttinnen überblickte man viele der berühmtesten Gebäude der Stadt. Die Gäste fanden sich ein, zumal es noch ausreichend hell war, um durch Galileos Teleskop zu schauen, durch das man deutlich die einzelnen Buchstaben unterscheiden konnte, die in die weit entfernte Fassade von San Giovanni in Laterano gemeißelt waren. Nach dem Essen versuchte eine Reihe von Besuchern, die Monde des Jupiters zu entdecken. Mit bescheidenem Erfolg, was vielleicht dem reichlichen Konsum alkoholischer Getränke zu verdanken war.

Galileo war bis zu diesem Zeitpunkt niemandem aus dem Fernen Osten begegnet. Shiros Kenntnisse in Latein, Griechisch, Englisch und Spanisch beeindruckten ihn, und es machte ihm Spaß, ihn den anderen Gästen vorzuführen. Als das Gespräch auf seine häretische Theorie kam – was sich in diesen Jahren nicht vermeiden ließ –, war der von einem Liter Chianti befeuerte Visionär nicht mehr zu halten. Obwohl er sich primär an Shiro wandte, suchte er auch immer wieder Augenkontakt mit anderen potenziellen Zuhörern.

»Bellarmino ist ein Primitivling, der zu früheren Zeiten wahrscheinlich auch gegen die Erfindung des Rades protestiert hätte.«

Während die anderen laut lachten, behielt Shiro sein teilnahmsloses Lächeln bei.

»Ich zweifle keinen Augenblick daran, dass er einen Grund gefunden hätte, es für frevlerisch zu erklären. Ich habe nichts weiter verbrochen, als mich auf die Schultern von Nikolaus Kopernikus zu stellen, der wiederum auf den Schultern von Philolaos, Heraklit, Aristarchos von Samos, dem islamischen Astronomen Nasir ad-Din at-Tusi und dem indischen Mathematiker Aryabhata stand.«

Seine Worte wurden von Beifallsrufen begleitet, auch wenn die Mehrzahl der Anwesenden keine Vorstellung davon hatte, wer die erwähnten historischen Gestalten waren.

»Die Astronomie spielt auch in meiner Kultur und in ihren beiden zentralen Religionen eine Schlüsselrolle«, erwiderte Shiro. »Im Shintoismus und im Buddhismus. Weise Männer aus China hatten lange Zeit Einfluss auf unsere astronomischen Beobachtungen und auf unseren astrologischen Kalender. Doch anders als Ihr kann ich keine großen Namen zitieren. Die Astronomie war und ist einfach ein Teil unseres Lebens, solange wir zurückdenken können. Allerdings habe ich nie gehört, dass jemand wegen konkurrierender Vorstellungen über die Mechanik der Himmelskörper Verfolgung hätte erleiden müssen.«

Zuerst ärgerte sich Galileo über die Unterbrechung, doch als auf seine Behandlung durch die Kirche angespielt wurde, war er bereit, sie durchgehen zu lassen.

»Wie Ihr an meiner Gesellschaft hier heute Abend sehen könnt, junger Mann, leide auch ich nicht allzu dramatisch«, erklärte Galileo. Dabei hob er seinen Weinpokal in Richtung seiner Freunde, was für neuerliches Gelächter sorgte. »Ja, ich bin meiner Zeit voraus, doch ich habe gelernt, mich entsprechend zu verhalten. Diese Dinge sind es kaum wert, sich dafür foltern zu lassen. Was die Kirche sich heute so hartnäckig anzuerkennen weigert, wird nach meinem Tod zum Allgemeinwissen zählen. Dann sind meine Widersacher beschämt. Obwohl ich also gemieden und isoliert werde, habe ich, wie Ihr seht, viele gute Freunde. Außerhalb zu stehen, bringt sogar gewisse Vorteile mit sich.«

»So so«, rief jemand.

Shiro hielt es für plump und unhöflich, dass der Physiker seine Bemerkungen über die Rolle der Astronomie in Japan komplett übergangen hatte.

»Ich wette, wenn Ihr zurück in den Osten kehrt, werdet Ihr Euch auch so fühlen«, fuhr Galileo fort. »Diese Reise, die Ihr unternommen habt, und Eure Sprachkenntnisse werden Euch auf eine Art verändern, die Euch nach Eurer Rückkehr erst richtig zu Bewusstsein kommen wird. Mir ist es schon durch den Umzug von Pisa nach Rom so gegangen!«

Wieder brach Gelächter aus. Ein kleiner, fetter Mann bekam einen ausgedehnten Hustenanfall, der ihn nicht davon abhielt, weiter an einem Hühnerbein zu nagen.

»Nun, lasst uns einen Blick auf diese Hände werfen«, schloss der Physiker. Mehrere Männer und einige Frauen drängten sich bei diesen Worten um den Samurai.

Shiro hatte sich inzwischen die Fähigkeit antrainiert, die Hände um den Griff seines Schwertes zu legen. Doch war er nicht in der Lage, sie fest genug zusammenzudrücken, um wirklich kämpfen zu können. In den Armen hatte er seine alte Kraft zurückgewonnen, doch die Finger wurden weiterhin von prickelnder Taubheit geplagt, die kam und wieder ging. Einer der anwesenden Ärzte schlug ein System von Lederriemen vor, die mit kleinen Schnallen verbunden werden konnten und die lädierten Hände in einen starreren Griff zwingen sollten.

Später am Abend wurde Musik geboten, und es entwickelte sich ein ausgelassenes Gelage. Eine der Frauen näherte sich Shiro. Sie redeten eine Weile miteinander und nahmen schließlich ein gemeinsames Bad in den alten *balnea romani*. Im heißen Wasser sitzend, bewunderte er im Licht von Fackeln die Seepferdchen des Bodenmosaiks. Doch seit seinem Abschied von Rosario hatte er bemerkt, wie durch den Briefwechsel mit Guada sein Interesse an anderen Frauen abgeflaut war.

Er wies die *puella* behutsam ab und gab sich damit zufrieden, auf einer Pritsche auf dem Rücken zu liegen und bis zum Morgengrauen in die Sterne zu schauen und den Feiernden auf der Veranda zu lauschen. In seinen Augen waren sie eine intelligente, unbekümmerte, provinzielle Gruppe, zufrieden in der familiären Atmosphäre ihrer einzigartigen Stadt und ziemlich gleichgültig gegenüber einem Besucher, der niemals weiter fort von zu Hause sein würde als in dieser Nacht. Heute, so schien es, befand er sich auf der Rückseite des Mondes, an den entlegensten Grenzen, ganz bei sich und nicht mehr fern von der Rückkehr.

Kapitel 4

In dem Guada heimkehrt

Direkt nach seiner Audienz im Alcázar reiste Rodrigo zurück nach Sevilla. Er machte keinen Abstecher mehr zum Haus von Marta Vélez. Nie wieder würde er dorthin zurückkehren. Der Zorn auf die Frau, die fünf Jahre lang seine Geliebte gewesen war, wurde durch ihre Mitschuld am Elend seiner Tochter zwar zusätzlich befeuert. In erster Linie aber verdankte dieser Zorn sich der – ausgerechnet mithilfe des Königs gemachten! – Entdeckung, dass Marta ihn weiterhin mit seinem Schwiegersohn betrogen hatte. Dabei hatte sie ihm geschworen, dass die Liebelei mit ihrem Neffen ein Ende gefunden hätte; dass der Bursche sie inzwischen tödlich langweilte. Der Elan, mit dem sie zumindest anfangs ihre Zuneigung zu dem Granden wiederbelebt hatte, war durchaus überzeugend gewesen. Doch ihre ungehörige Lust auf Julián hatte offenbar nie geendet. Er würde ihr nicht das Vergnügen gönnen, ihn noch einmal zum Narren zu halten.

Auf seinem Ritt durch die Ebenen von La Mancha und Valdepeñas, hinab durchs schwindelerregende, unberührte

Hügelland von Despeñaperros und weiter nach Córdoba, gab er verschwenderisch viel Geld aus. Er lud sich in die besten Häuser ein, machte seinen Gastgebern sündhaft teure Geschenke und gab sich geradezu exzessiv dem Essen und Trinken hin. Auf Soledad Medinas Landgut La Moratalla, wo Guada und Julián ihre Flitterwochen verbracht hatten, hielt er sich zwei volle Tage und Nächte auf und unternahm wiederholte, nutzlose Versuche, eine Dienerin in sein Bett zu locken. Er betrachtete sich nun wieder als alleinstehenden Mann – denn Doña Inmaculada zählte in dieser Hinsicht nicht – und spürte angesichts dieser neuen Lage gleichzeitig Energie und Furcht. Vor allem aber Verwirrung. Denn er war nicht mehr der Mann, der er bei seinem anfänglichen Werben um Marta Vélez gewesen war. Indem er bei der Dienerin zum Zuge kam, wollte er sich etwas beweisen. Deshalb fühlte er sich doppelt erniedrigt, als sie seinem Charme, der Macht seiner Stellung und schließlich auch einer enormen Summe Silber widerstand. Sie blieb bei ihrem Nein und nannte ihn einmal sogar »*un abuelito*«.

Niedergeschlagen traf er in Sevilla ein. Er fühlte sich alt, grau und unattraktiv, ein ausrangierter Don Juan. Schnurstracks ritt er zu Doña Soledads Palast in der Stadt – er fühlte sich noch nicht in der Lage, die Schmach ihres überschäumenden Spotts zu ertragen, wenn Inmaculada sich selbst dazu gratulierte, die Gründe des Königs für seine Einladung geahnt zu haben. Er hoffte, den Groll seiner Frau zu mildern, indem er sich nun als guter Vater präsentierte und den Stier bei den Hörnern packte.

Soledads Heim empfand er auf beinahe irritierende Weise stilvoller als sein eigenes. Ihm wurde bewusst, dass er seit Jahren nicht mehr hier gewesen war. Der Zustand von Gärten und Kutschen, der feine Kies auf der Zufahrt, die großartige Fassade, die zurückgenommen luxuriösen Bodenfliesen im Eingangsbereich, die Gemälde, die einfach und sauber in Terracottatöpfe gepflanzten Farne beiderseits der Treppe. War sie so viel wohlhabender als er oder besaß sie, schlimmer noch, einfach einen besseren Geschmack und die Willenskraft, ihn konsequent durchzusetzen? Er würde darüber mit Inmaculada sprechen müssen, sobald sie wieder besserer Stimmung wäre.

Er wartete in einem Salon, erschöpft von der Reise und im vollen Bewusstsein, dass er wenig vorzeigbar aussah und dringend ein Bad brauchte. Als sich die Schritte der Frauen näherten, erhob er sich zur Begrüßung.

»Rodrigo«, sagte Doña Soledad. »Welch angenehme Überraschung.«

Sie wirkte in seinen Augen unerklärlich gesund, war makellos gekleidet und trug ihr weißes Haar perfekt frisiert. Was ihn noch mehr beeindruckte, war der fortgeschrittene Zustand seiner Tochter, die vor ihm knickste und dabei eine Hand auf den runden Bauch legte.

Natürlich wussten die Frauen, dass er nach Madrid gerufen worden war. Doch sie erwähnten nichts davon und kommentierten auch sein unangemessenes Äußeres nicht. Während sie sich höflich begrüßten, wurden Erfrischungen gereicht. Erst danach kam Rodrigo zur Sache. Er nahm die Hand seiner Tochter und spürte in diesem Augenblick eine Gefühlswallung, die ihn bis ins Mark erschütterte.

»Julián wurde von den Wachen des Königs in Madrid verhaftet. Der König hat ihn von sämtlichen Gütern und Ansprüchen enteignet und lässt sie dir überschreiben. Ich bin gekommen, um dich mit nach Hause zu nehmen. Oder dich in dein eigenes Haus zu bringen, denn es gehört jetzt dir, klar und deutlich, wie es von Anfang an hätte sein sollen. Und dafür entschuldige ich mich aus ganzem Herzen.«

Sie schickten eine Nachricht an Inmaculada mit der Bitte, sie zu treffen, und fuhren zu Guadas Haus, in das sie seit dem schicksalshaften Abend keinen Fuß mehr gesetzt hatte. Die dort noch wohnenden Bediensteten wurden, soweit sie zu Juliáns Gefolge gehört hatten, zurück nach Valencia geschickt. Diejenigen, die mit Guada nach der Hochzeit eingezogen waren und die sie teilweise seit ihrer Geburt kannte, wurden begrüßt und angewiesen, alles und jedes Ding zu verpacken, das ihrem Mann gehörte. Danach ordnete Guada an, dass das Zimmer, in dem er sie vergewaltigt hatte, leer geräumt, neu gestrichen und in Zukunft nur noch als Lagerraum verwendet werden sollte. Außerdem sollte die Terrasse im Eingangsbereich, wo Shiro verwundet worden war, neu verlegt werden. Statt der dort stehenden Zitronen- und Orangenbäume sollten die Samen ausgesät werden, die er ihr geschenkt hatte.

Don Rodrigo und Doña Soledad machten eine Liste der Veränderungen und ließen sich dann in einer Ecke nieder, um ein ernsthaftes Gespräch über alles zu führen, was er in Madrid erfahren hatte. Inmaculada setzte sich zu Guada und bestand darauf, dass sie sich ausruhe. Sie zogen sich in die Bibliothek zurück. Guada fühlte sich müde, aber gleichzeitig ermutigt. Und traurig. Und misstrauisch. Obwohl sie sich ihren Eltern gern wieder nahe fühlen würde, hatte sich ein innerer Abstand eingestellt, der neu und möglicherweise unüberbrückbar war. Ihr wurde klar, dass ihre familiäre Zuneigung sich inzwischen vor allem auf ihre Tante richtete.

Erst als die letzten Gegenstände Juliáns die Treppen hinuntergetragen wurden, um auf einen draußen wartenden Karren verladen zu werden, wurde Guada plötzlich wieder lebendig. Sie stand auf und forderte die Männer auf zu warten. Denn aus dem Bündel von Gegenständen ragte etwas heraus, das nichts mit ihrem Ehemann zu tun hatte. Unter den Augen ihrer Mutter, ihres Vaters und ihrer Tante zog sie Shiros Daishi hervor: das Tanto, mit dem Julián ihn an der Schulter verletzt und ihm den Finger abgeschnitten hatte, und das wertvolle Katana, das Date Masamune ihm geschenkt hatte.

KAPITEL 5

In dem Shiro einen Köcher zurückerhält

Barcelona, Ehre Spaniens, Angst und Schrecken der Feinde nah und fern, Luxus und Vergnügen für seine Einwohner, Zufluchtsort für Fremde, Schule der Ritterlichkeit und Inbegriff all dessen, was ein zivilisierter und neugieriger Geschmack sich von einer großartigen, berühmten, reichen und wohlbegründeten Stadt wünschen könnte.« (Miguel de Cervantes Saavedra)*

Bei ruhiger See und ohne Zwischenfälle segelten sie nach Barcelona zurück. Während sie sich der Küste näherten, lauschten Shiro und Hasekura Tsunenaga einem Vortrag von Pater Sotelo über den Ursprung des Namens der Stadt. Dabei begann er mit einigen grundlegenden Bemerkungen über die griechische und römische Mythologie, an denen die Japaner mehr Gefallen fanden als an den Geschichten in den dicken christlichen Büchern, die sie studiert hatten.

»Herkules tat sich mit Jason und den Argonauten zusammen«, erklärte der Mönch, »um das Goldene Vlies zu finden. Von Griechenland aus überquerten sie das Mittelmeer mit neun Schiffen. Doch eines dieser Schiffe ging in einem Sturm vor der Küste Kataloniens verloren, genau hier, wo wir uns jetzt befinden. Herkules suchte nach dem Schiff und fand ein Wrack, das nicht mehr zu retten war. Die Mannschaft allerdings war wohlauf. Sie alle waren von der Schönheit der Küste und des Hinterlandes so angetan, dass sie den Ort *Barca Nona* nannten, das neunte Schiff.«

Als ihr eigenes Schiff im Hafen festmachte, lichtete gerade eine Schaluppe mit Fischern den Anker, wodurch die Delegation mit einer höchst ungewöhnlichen und vulgären Szene konfrontiert wurde: Während die Fischer die Segel setzten und das Schiff Fahrt aufnahm, hoben einige der Frauen, die am Ufer zum Abschied winkten, ihre Röcke, machten die Beine breit und stellten absichtlich ihren Intimbereich zur Schau. Ein aus der Gegend stammendes Mitglied der Mannschaft konnte der Delegation die Erklärung liefern. »Es gibt ein altes Sprichwort, das seit Jahrhunderten existiert«, sagte er grinsend. »*La mar es posa bona – si veu el cony d'una dona.*« (Das Meer beruhigt sich, wenn es die M… einer Frau sieht.)

Shiro, der nicht vor Aberglauben gefeit war, setzte den linken Fuß zuerst aufs Festland. Sobald er den Boden unter sich spürte, kreisten seine Gedanken leidenschaftlicher denn je um Sevilla und Guada. Er hatte es eilig, nach Madrid zu kommen, von wo aus er ihre Korrespondenz wieder aufzunehmen hoffte. Auf dem Kai trat Hasekura Tsunenaga an ihn heran.

»Das nächste Schiff, auf das wir steigen, wird uns nach Hause bringen.«

Fünf Tage später ritten sie während eines Schneesturms in Segovia ein. Doch schon als sie am nächsten Morgen aufwachten, schien die Sonne, und mittags war der Schnee geschmolzen. Am frühen Abend erreichten sie Madrid. Kurz darauf wurde Shiro zum König bestellt. Um Hasekura Tsunenaga nicht zu beleidigen, war dem Diener, der den jungen Samurai abholte, befohlen worden, diesen nur anzusprechen, wenn er allein wäre. Es war schon später Abend, als sie in den privaten Räumen des Königs zusammentrafen. Die beiden Männer setzten sich an die Feuerstelle, wo die knisternden Flammen dicke Klötze trockenen Olivenholzes verzehrten. Die Hunde waren nicht in der Nähe.

»Ich wurde über Eure Audienz beim Heiligen Vater unterrichtet und sehe mich leider gezwungen, Euch über einige wichtige Geschehnisse ins Bild zu setzen, die sich in Japan nach Eurer Abreise ereignet haben. Ich weiß inzwischen, dass Euer Fürst, Date Masamune – ein mächtiger, tapferer und ehrenwerter Mann, ein wohlwollender Herrscher über ein riesiges Territorium und Führer einer großen Armee –, nicht der allgemein anerkannte Herrscher über das japanische Königreich ist. Und dass die Empfehlungsschreiben, die mir und dem Papst überbracht wurden, eigentlich von Tokugawa Ieyasu und seinem Sohn hätten unterzeichnet werden müssen. Dies jedenfalls ist der offizielle Vorwand, unter dem ich Hasekura Tsunenaga morgen meine Ablehnung eines Handelsvertrags begründen werde. Ich sage Vorwand, da der eigentliche Grund wesentlich gravierender ist. Uns haben Gerüchte über ein Edikt erreicht, das im letzten Jahr vom Shōgun erlassen und in Kraft gesetzt wurde. Das Edikt ächtet die Christen und ihre Religion in Japan. Die Einzelheiten sind uns noch nicht bekannt, doch ist offensichtlich etwas Gravierendes vorgefallen, das zu solchen Schritten geführt hat. Die Missionare der Kirche befinden sich im Augenblick in Lebensgefahr. Es tut mir leid, Hasekura Tsunenaga und den Fürsten, der Euch mit besten Absichten gesandt hat, zu enttäuschen. Und ich wollte, dass Ihr der Erste seid, der davon erfährt.«

Shiro fühlte sich durch diese Geste geschmeichelt und stellte zu seiner Überraschung fest, dass die Äußerung des Königs ihn erleichterte. Würden Date Masamune und der Shōgun enttäuscht sein? Vielleicht war es ihnen inzwischen egal. Wer wusste schon, was zu Hause in all dieser Zeit geschehen war? Er selbst jedenfalls fühlte sich von einer Last befreit, die er lange mit sich herumgetragen hatte. Die christlichen Predigten waren ein Ärgernis, sie brachten Verwirrung und beleidigten die Traditionen, aus denen er hervorgegangen war. Die Kreuze und Heiligenschreine, das Beharren auf komplizierten biblischen Mythologien, die man aus einer entlegenen Wüste importiert hatte, stellten auf seinem heimatlichen Boden eine unerträgliche Einmischung dar. Er wollte an seine Heimat als einen Ort denken, an dem man Pflaumenblüten, Schweigen, das Rauschen des Wassers, den Geruch von Tee und die Reinheit des Schnees höher schätzte als ein ewiges Leben in einem imaginären Reich über den Wolken. Doch um den König nicht zu beleidigen, sagte er nichts von alledem und erwiderte schlicht: »Ich kann die Weisheit Eurer Entscheidung nur bewundern, Eure Majestät.«

Der König tat die Bemerkung mit einer Handbewegung ab. »Außerdem habe ich von Eurem Unglück erfahren, Shiro-san. Was mit Euch geschehen ist und aus welchem Grund.«

Der König bemerkte, dass der Samurai bei diesen Worten instinktiv die Hände in den Falten seines Gewands verbarg.

»Meine Berater, der Herzog von Lerma und viele Adlige, halten es für seltsam, dass ich Eurer Anwesenheit solche Aufmerksamkeit widme. Sie sagen es mir natürlich nicht in solch deutlichen Worten, aber ich kann es sehen. Ihnen fehlt die Perspektive eines Königs. Sie begreifen nicht, wie ungewöhnlich es ist, dass jemand, der aus einer Gemeinschaft von Kriegern und einer weit entlegenen Kultur stammt, solche Sensibilität für unsere westliche Kunst, unsere christlichen Werte und unseren Lebensstil mitbringt. Ich sehe in Euch eine Art von jungem Mann, der ich selbst einst werden wollte, als ich noch in Eurem Alter war. Was mir allerdings nie gelungen ist. Und ich schätze, das hat auch Alonso in Euch gesehen. Wisst Ihr, ich kannte ihn gut und verehrte ihn seit meiner Kindheit. Er verkörperte ein spanisches Ideal, das heute selten geworden ist und das, wie ich fürchte, kurz vor dem Aussterben steht. Daher fühle ich mich verpflichtet, mich um diejenigen zu kümmern, die ihm nahestanden.«

»Ich fühle mich zutiefst geehrt«, erklärte Shiro ein wenig verwirrt.

»Ich habe etwas für Euch«, sagte der König und erhob sich. Auch Shiro stand auf. Der König griff in einen großen, mit Brennholz gefüllten Korb, nahm den roten Lederköcher und die Pfeile heraus und reichte ihn Shiro.

»Ich dachte, Ihr hättet ihn vielleicht gern zurück«, sagte der König.

Jäh wurde der Samurai von einer Mischung aus Staunen und Hass überwältigt. »Eure Majestät...«

»Er war dumm genug, ihn auf einen königlichen Jagdausflug mitzunehmen. Als ich den Köcher entdeckte und ihn zur Rede stellte, log er mich an. Das führte dazu, dass nach und nach eine grässliche Geschichte ans Licht kam – und dass ich ihn wegen des Mordes an Eurem Freund verhaften ließ; wegen dem, was seine Schläger Euch antaten; und wegen des Leides, das er Doña Guada zufügte, an der meine verstorbene Frau, die Königin, so gehangen hatte.«

»Verhaftet, sagt Ihr.«

»An eine Wand in den Verliesen dieses Palastes hier gekettet.«

KAPITEL 6

*In dem drei Frauen
privaten Gedanken nachhängen*

In Coria del Río tat Piedad ihr Bestes, um die Enttäuschung über das Verschwinden des Fremden zu verbergen. Seinen zerstörten Körper am schlammigen Ufer des Guadalquivir zu finden, ihn wieder gesund zu pflegen und all die Dinge, die zwischen ihnen geschehen waren, hatten eine geheimnisvolle Dimension in ihr Leben gebracht, von der sie nun fürchtete, dass sie ein für alle Mal hinter ihr lag.

Zwei Monate später heiratete sie einen Mann, der ihr Cousin war. Als Ehemann war er liebenswürdig, wenn er nicht gerade trank. Sie rechnete damit, dass sie bald schwanger werden und ihren Platz im traditionellen Rahmen des Dorfs einnehmen würde. Doch in stillen Momenten, wenn sie ganz für sich allein war, erinnerte sie sich an ihre Entdeckung des verwundeten Kriegers, ihren durchnässten Odysseus an der Küste der Phäaken. Da er ihr nie etwas versprochen hatte, konnte sie ihm auch keinen Vorwurf daraus machen, dass er sie verlassen hatte. Und doch malte sie sich immer noch aus, wie ihr Leben zusammen hätte aussehen können.

Eine Weile, ganz am Anfang, als seine Hände und die Messerwunde langsam heilten, war alles einfach gewesen. Es hatte das wechselnde Licht des Tages gegeben, den Geschmack des Essens, die Erregung und den Trost der Berührung. Warum musste das Leben so schnell in Kompliziertheit und Überdruss übergehen? Warum waren die elementaren Dinge, die anfangs auf so herrliche Weise ausreichten, am Ende niemals genug?

Rosario sang ihren Sohn in den Schlaf. Sie wurde nie müde, die Ähnlichkeiten zwischen ihm und dem Herzog zu beobachten. In der Öffentlichkeit nannte sie ihn ihren *tesoro*, »*mi tesorito*«, und wenn sie allein mit ihm war, ihren »*picha de oro*«. Sie trauerte um den Herzog und auch um die Zeit, die sie mit Shiro verbracht hatte. Oft fragte sie sich, was aus ihr werden würde. Don Alonsos ältester Sohn Juan Manuel war jetzt der achte Herzog von Medina-Sidonia, und sein Sohn würde eines Tages der neunte sein. Trotzdem: Wenn nicht gerade ein Krieg käme oder die Pest wieder ausbräche, würden sie und ihr Sohn sich mit dem, was der Herzog ihnen hinterlassen hatte, auf ein langes und sorgenfreies Leben freuen können.

Sie hatte nur drei Männer gekannt, zwei mehr als die meisten Mädchen, mit denen sie aufgewachsen war. Und alle drei waren auf dramatische Weise verschieden gewesen. Antonio hatte die Warnungen der älteren Frauen im Dorf bestätigt, dass Männer unbeholfen waren und Geschlechtsverkehr eine unangenehme Verpflichtung war, der man sich so selten wie möglich aussetzen sollte. Dann tauchte der Herzog auf, so viel älter als sie, aber ein Liebhaber erster Güte, ein großzügiger und dankbarer Bettgenosse, der ihr die Freiheit, einen Sohn und die Zukunft geschenkt hatte. Und schließlich der Ausländer, der ihr über alle Erwartungen hinaus Erfüllung geschenkt hatte. Was blieb? Wo konnte ein anderer Mann herkommen, wo sie doch jeden im Haushalt und im Dorf kannte? Solange sie nicht fortzöge, würde es niemand anderen geben. Sevilla war eine Möglichkeit. Oder ein kleines Haus in der Nähe des Königshofs in Madrid, wo das Leben ihres Sohnes auf ungeahnte Weise erblühen könnte. Und trotzdem wollte sie den Gedanken nicht ertragen, von hier fortzugehen.

Guada kümmerte sich ums Gießen der Biwa-Pflänzchen. Wenn sie versuchte, sich Shiros Mutter vorzustellen, sah sie eine Ausgabe von Doña Inmaculada mit schrägen Augen vor sich, in einem wunderbaren Gewand wie dem von Hasekura Tsunenaga, als er zum ersten Mal in Sevilla eingeritten war. Shiros Mutter, dachte sie, die ihn empfangen und mit sich herumgetragen, ihn gesäugt und sich jahrelang um ihn gekümmert hatte, bloß damit er zum anderen Ende der Welt reiste.

An schlechten Tagen empfand sie das Kind in ihrem Bauch als Monster und Eindringling, als den Fluch Kains. An guten Tagen wie heute fühlte sie sich von Zärtlichkeit erfüllt – einer Zärtlichkeit, die wie eine unterirdische Quelle in ihr sprudelte.

Julián war verloren. Er hatte schreckliche Dinge getan und würde dafür mit seinem Leben bezahlen. Was war aus dem hübschen Jungen geworden, mit dem sie gespielt hatte? Es schien, als wäre er von einer Krankheit befallen worden. Wieder zwang sie sich, über die schreckliche Tatsache nachzudenken, dass sie ihn sich als Ehemann erwählt und damit eine Leidensgeschichte heraufbeschworen hatte, die sie und ihr Kind für den Rest ihres Lebens begleiten würde.

KAPITEL 7

In dem Verbrechen gerächt werden

Hasekura Tsunenaga traf die Nachricht über das Edikt des Shōguns schwer. Im allerersten Moment beschloss er, sie einfach nicht zu glauben. Doch schon nach einer Minute des Nachdenkens verriet ihm sein Instinkt, dass er sich damit abfinden musste. Was bedeutete, dass die ganze Reise umsonst gewesen war. Die ganze Unterweisung in der barbarischen Religion, die schließlich ihren Höhepunkt in der erniedrigenden Taufzeremonie gefunden hatte, war vergeblich gewesen. Sein Flehen zu Füßen des Papstes, die endlosen Stunden Geschwafels von Luis Sotelo – alles eine einzige Orgie verschwendeter Zeit. Die Monate und Jahre der Trennung vom Rest seiner Familie, Tausende Kilometer auf dem offenen Meer, die Gefahren, die beinahe unerträgliche Langeweile, die er verspürt hatte, wenn immer neue Menschen in einer fremden Sprache auf ihn eingeredet hatten – all das war zur bloßen Farce verkommen.

Im Anschluss an seine Audienz bei Philipp III., immer noch müde von der Reise, ging er Pater Sotelo aus dem Weg und suchte bei Shiro Trost.

»Ich begreife, wie Ihr Euch fühlen müsst«, sagte Shiro. »Aber ich weigere mich zu glauben, dass unsere Reise umsonst war. Solange Geschichtsbücher geschrieben werden, wird der Name Hasekura Tsunenaga darin als erster japanischer Gesandter verzeichnet sein, der Spanien und Italien besucht hat. Und sogar Frankreich. Auch wenn Ihr es nun als Fehlschlag betrachtet, werden Eure Eindrücke und unsere Erlebnisse seit dem Aufbruch aus Sendai bei Tokugawa Ieyasu, dem Shōgun, und bei den wichtigsten Männern unseres Königreiches auf offene Ohren stoßen. Trotz des Edikts wird Date Masamune in Eurer Schuld stehen.«

»Es ist sehr gütig, dass Ihr so sprecht, Shiro-san. Und wenn es zutrifft, kann der Makel des Verbrechens meines Vaters vielleicht vergessen werden.«

»Euer Vater hat seinen Frieden gefunden«, sagte Shiro. »Die Zeit wird seine Unbesonnenheiten mit Wohlwollen überdecken, und man wird seinen Namen mit dem Ruhm seines Sohnes in Verbindung bringen. Da bin ich sicher.«

Shiro sagte diese Dinge, weil er sie glaubte und weil er Mitgefühl für den Mann hegte, den er einst als seinen Feind betrachtet hatte. Aber er bat ihn auch um einen Gefallen.

Als Strafe für den Mord an Diego Molina, für die Verstümmelung von Shiros Händen und für die Gewalt, die er Guada angetan hatte, sollte Julián hingerichtet werden. Der König wollte es Shiro überlassen, die Art und Weise der Exekution festzulegen: Enthauptung, die Garrotte, der Scheiterhaufen oder Ausweidung mit anschließender

Vierteilung. Für einen kurzen Moment erwog Shiro, um Juliáns Kreuzigung zu bitten, eine Todesart, mit der viele Christen in Japan hingerichtet worden waren. Doch er verwarf den Gedanken. Denn eigentlich stand seit dem Moment, als er von Juliáns Einkerkerung erfahren hatte, fest, was er zu tun hatte.

»Ich ging an jenem Abend zu seinem Haus, um ihn im Kampf zu töten. Nichts anderes wünsche ich mir noch immer.«

»Aber was ist mit Eurem Zustand, Euren Händen?«

»Ich habe keine Wahl«, erklärte Shiro. »Die Ehre verlangt es.«

»Dann sei es so«, sagte der König.

Von einer Gruppe königlicher Wachen und einem Priester abgesehen, waren die einzigen Christen, die dem Duell beiwohnten, der Herzog von Lerma und der König selbst. Der Monarch und sein wichtigster Berater stimmten darin überein, dass der Anblick eines Ausländers, der einen jungen Adligen tötete, für die Öffentlichkeit und besonders für Angehörige des Adels schwer zu ertragen sein könnte, unabhängig von Juliáns Schuld. Der Gefallen, den Shiro von Hasekura Tsunenaga erbat, bestand darin, dass auch er bei dem Duell anwesend wäre und sich um seine Leiche kümmerte, falls er den Kampf verlor.

Die Gruppe verließ den Alcázar vor der Morgendämmerung an einem kalten Tag Ende Januar. Sie ritten nach Westen, überquerten den Manzanares und setzten ihren Weg eine weitere Stunde fort, bis sie eine Lichtung in der

Wildnis erreichten. Man half Julián vom Pferd und löste seine Fesseln. Über alle Anwesenden wurde ein Segen gesprochen, dann reichte man bei Sonnenaufgang Speisen und Getränke.

Die Anspannung, die frühe Stunde und der bevorstehende Anlass sorgten dafür, dass nur das Nötigste gesprochen wurde. Als der Moment kam, bat Shiro Hasekura Tsunenaga, die Schnallen an den Lederriemen festzuziehen, die er aus Rom mitgebracht hatte, damit er den Griff seines Schwertes fest genug greifen konnte.

»Auch wenn es mich schmerzt, so etwas zu sagen, Eure Majestät«, meldete Julián sich plötzlich zu Wort. »Wir wissen alle, dass das Schwert des Ausländers den unseren überlegen ist. Falls er oder irgendjemand sonst hier von einem fairen Kampf sprechen will, kann man ihm auch gleich eine Muskete reichen, um mich zu erschießen.«

Shiro übersetzte diese Bemerkung für Hasekura Tsunenaga.

»Wer seid Ihr, junger Mann«, erwiderte der Herzog von Lerma, »dass Ihr von einem fairen Kampf sprecht? Habt Ihr nicht einen Mann mit dem Schwert durchbohrt, nachdem Ihr ihn an einen Baum binden ließt? Habt Ihr diesen Mann hier nicht von Euren Handlangern festhalten lassen, um ihn zu foltern und zu verstümmeln?«

»Ich war und ich bleibe ein Christ, mein Herr, loyal zur Kirche und zu meinem König«, antwortete Julián. »Ein Christ, der sich stets nach Kräften bemüht hat, unseren Glauben und unseren Lebensstil vor dem Angriff von Heiden wie diesem hier zu verteidigen. Und zwar mit allen Mitteln.«

Bei den letzten Worten schaute er die Wachen und den Priester an, deren Sympathie er zu gewinnen hoffte. Doch sie wandten ihre Blicke ab und schauten zu Boden. Shiro allerdings durchschaute Juliáns Absicht.

»Dann tauschen wir«, sagte der Samurai. »Mein Schwert gegen Euer Schwert.«

Im Kreis der Männer erhob sich ein Murmeln. Damit hatte Julián nicht gerechnet. Die Ehrenhaftigkeit der Geste irritierte ihn, doch er willigte ein.

Es erwies sich als unmöglich, Shiros beide Hände um den viel kürzeren Griff des christlichen Schwertes zu binden. Es war ein für Julián angepasstes *espada ropera*, eine Waffe, mit der er keinerlei Erfahrung hatte. Sie wog doppelt so viel wie das Katana und wirkte auf Shiro stumpf und nachlässig geschmiedet. Der König war tief beunruhigt. Er befürchtete das Schlimmste. Doch er schwieg, da er sich geschworen hatte, an diesem Tag vor dem Ende des Duells kein Wort zu sprechen.

Für den Samurai begann es schlecht. Julián stürzte mit rasender Energie auf ihn los und schwang das Katana hin und her. Einmal sah es so aus, als liefe Shiro um sein Leben. Doch mitten in dieser Bewegung hob er das merkwürdige christliche Schwert in alle möglichen Richtungen, um ein Gefühl dafür zu bekommen. Gerade als Julián in einem zunehmenden Triumphgefühl über den Rückzug seines Rivalen zu lachen begann, hielt Shiro inne, drehte sich um und erwischte Julián auf dem falschen Fuß.

Julián hob die Arme und setzte zu einer schneidenden Bewegung an Shiros Hals an. Der Samurai lenkte den Angriff ab und benutzte dazu die dickste Stelle des

Schwertes, dicht unterhalb des Griffs. Eine halbe Minute griff Julián nun unentwegt an, während Shiro die Stellung hielt und sich verteidigte. Er parierte die schnellen Hiebe des Katanas einen nach dem anderen und versuchte, den Angreifer zu ermüden. Aus dem Blickwinkel der Beobachter sah es danach aus, als wäre es nur eine Frage der Zeit, bis der Fremde einen Fehler begehen und sich eine Blöße geben würde. Doch Shiro hielt dagegen. Je rasender Juliáns Attacken wurden, desto mehr wuchs auch seine Frustration. Genau darauf zählte Shiro. Er wich nicht zurück. Er stand aufrecht und selbstsicher, auf beiden Füßen fest ausbalanciert, und begegnete jedem tödlichen Hieb mit einer in langen Übungsstunden erworbenen Präzision.

Dann bot sich die Möglichkeit, auf die er die ganze Zeit gewartet hatte. Julián zog das Katana zurück, um zu einem neuen Angriff auszuholen. In diesem Moment drückte Shiro in einer knappen Bewegung, in die er die ganze Kraft seines Armes legte, die Klinge des Christen seitlich nach unten, traf Julián an der Wade, schnitt in sein Fleisch und brach sein Schienbein.

Julián schrie auf und stürzte zu Boden, schockiert von der Plötzlichkeit der Attacke und wütend über den Schmerz.

»Ich flehe Euch an«, schrie er auf. »Ich verdiene es nicht, so zu sterben.«

Er sah sich von Männern umstellt, darunter sein eigener König, die ihn ermordet sehen wollten. Die Bitterkeit und Grausamkeit des Geschehens waren überwältigend. Er wünschte sich zurück in Marta Vélez' Bett, in dem er sanft einschlafen konnte; zurück in Guadas Arme, als ihm die Ehe noch wie eine verlockende Möglichkeit erschien. Er wünschte sich warme Morgenluft, die durchs Fenster hereinwehte und nach Orangenblüten duftete. Stattdessen fror er, war umzingelt wie ein Hund, und sein Bein war in Stücke geschlagen.

»Ich flehe Euch an, Herr«, rief er noch einmal.

Die Männer waren peinlich berührt und verlegen, doch seine Schreie packten ihre Herzen wie Krallen. Shiro schaute auf ihn hinunter, auf Diego Molinas Mörder; den Mann, der seine Hände zerstört und mit seinem eigenen Tanto auf ihn eingestochen hatte; den Mann, der ihn einen Bastard genannt, seinen Finger abgetrennt und Guada vergewaltigt hatte. Mit den Blicken suchte er beim König Rat, wie ein Gladiator es bei Cäsar getan haben mochte.

Als Julián registrierte, dass der Samurai die Augen für einen Moment abwandte, stützte er sich auf sein unversehrtes Knie und holte mit aller verbliebenen Kraft ein letztes Mal aus. Shiro spürte den Angriff und drehte sich zur Seite, drehte sich in einem Kreis, so wie er es gelernt hatte. Doch die Klinge des Katanas war lang, und ihre Spitze traf seine Schulter, aus der sie ein Stück Fleisch riss. Als er sich einmal um die eigene Achse gedreht hatte, trat er auf die immer noch ausgestreckten Hände des Christen, als wären sie giftige Schlangen. Dann beugte er sich vor, um den richtigen Winkel zu bestimmen, und trieb das stumpfe Metall in Juliáns Brust. Als er die Spitze aus Juliáns Rücken austreten sah, riss er es mit aller Kraft hoch, zerbrach Rippen und verletzte Arterien. Dann zog er das Schwert heraus. Julián fiel tot zu Boden, und Shiro zog seinen Fuß zurück.

KAPITEL 8

*In dem der Meister sich erinnert und
Shiro sich verabschiedet*

In den beiden darauffolgenden Wochen fand Juliáns Begräbnis statt, Shiros Wunde wurde behandelt, und Guada bekam einen Sohn.

Miguel de Cervantes Saavedra, dessen bescheidenes Haus nicht weit vom Alcázar in Madrid lag, befand sich an der Schwelle des Todes. Er verlor immer wieder das Bewusstsein und verweigerte jede Nahrung, mit Ausnahme einfacher Brühe. Wie seine berühmteste Schöpfung wanderte er zwischen wahnhaften und realen Welten. In seiner Einbildung war er oft überzeugt, dass das Bett, auf dem er lag, sich an Bord eines Schiffes vor der Küste Nordafrikas befand. Unter sich spürte er die Wellen des Mittelmeers, er empfand die Hitze des Tages, roch das Salz des Meeres und hörte die Segel im lauen Wind flattern. Dann trieb ihn die bange Frage um, ob das Schiff auf die Küste zuhielt, wo man ihn erneut einsperren und in der Gefangenschaft vergessen würde; oder ob er bereits gerettet und auf dem Rückweg nach Spanien war. In jenen Phasen, in denen die

Vernunft noch vorherrschte, was vor allem in den frühen Morgenstunden der Fall sein konnte, erfreute er sich am tröstlichen Gurren zweier Tauben, das durch sein Fenster hereindrang – an der Klangfarbe und dem Rhythmus ihrer klagenden Laute. Das Gurren versetzte ihn in seine Kindheit zurück, in frühe, sommerliche Morgenstunden in Alcalá de Henares; nach Rom ins erste Morgenlicht nach einer Liebesnacht; an Herbstnachmittage in Neapel, an denen er hinüber nach Capri geschaut hatte.

Während derselben beiden Wochen wandten der König und der Herzog von Lerma sich wieder der Verfolgung von Häretikern, widerspenstigen Mauren und Juden sowie der Absicherung des brüchigen Friedens an den nördlichen Grenzen des Reiches zu. Die Delegation aus Japan war vergessen bis zu dem Abend vor ihrer Abreise Richtung Süden.

Noch einmal wurde Shiro ins private Arbeitszimmer des Königs bestellt. Wieder nahmen sie neben dem mächtigen Feuer Platz. Diesmal waren auch die Hunde im Raum. Der Samurai trug den linken Arm noch immer in einer Schlinge.

»Wie geht es der Schulter?«, fragte der Monarch.

»Viel besser«, erwiderte Shiro. »Sie blutet nicht mehr und hat sich auch nicht entzündet.«

»Das freut mich zu hören«, sagte der König und tätschelte einen der Hunde. »Also reist Ihr morgen ab.«

»Ja, Eure Majestät.«

»Ihr werdet die Hochzeit meines Sohnes verpassen«, stellte der König fest.

»Das bedaure ich sehr«, erwiderte Shiro.

»Ich bin nicht sicher, ob Ihr Euch überhaupt schon begegnet seid«, sagte der König lachend, faltete die Hände und hob sie Richtung Decke, als wollte er Gott um Rat bitten. Dann nahm er die Arme herunter und griff nach einer von Shiros Händen.

»Gut möglich, dass wir uns nie wiedersehen.«

»Wahrscheinlich nicht, Sire.«

»Ich glaube, man weiß nie mit Gewissheit, wann man einem Menschen das letzte Mal begegnet.« Er reichte Shiro einen versiegelten Umschlag. »Ich will, dass Ihr dies bei Euch tragt für den Fall, dass Ihr – aus welchem Grund auch immer – Eure Meinung ändert und Euch entscheidet, in Spanien zu bleiben. Oder irgendwo anders im Reich. Das Pergament erklärt, dass Ihr unter meinem persönlichen Schutz steht und auf großzügigste und respektvollste Weise behandelt werden sollt.«

Shiro nahm den Umschlag und schob ihn zu den verbliebenen Biwa-Samen in seinem Gewand.

»Ihr beschämt mich, Eure Majestät. Ein solches Geschenk scheint mir passender für Hasekura Tsunenaga.«

»Ich schätze, dass Euer Botschafter niemals den Wunsch hatte, sein Heimatland zu verlassen. Seit ich ihn das erste Mal sah, war mir klar, dass er nur eine einzige ernsthafte Sorge hat, nämlich nach Japan zurückzukehren. Bei Euch liegen die Dinge anders.«

Shiro lächelte, einmal mehr beeindruckt vom scharfen Blick des Königs.

»Und natürlich wird auch er sein Geschenk erhalten«, fügte der König hinzu.

»Meine Leute in Japan haben Eure Landsleute vertrieben«, sagte Shiro und blickte ins Feuer. Einer der Hunde legte die Schnauze auf seinen Oberschenkel. »Ich habe gehört, dass auch Ihr Ausländer anderen Glaubens vertrieben habt, auch solche, die seit Jahrhunderten hier gelebt haben. Und trotzdem sitzen wir hier ganz ungezwungen und werden uns bald vermissen – jedenfalls kann ich das für meinen Teil behaupten. Zwei Menschen, die in vielerlei Hinsicht so verschieden sind.«

»Lasst uns all das vergessen«, erwiderte der König, »und den Becher auf unseren verstorbenen Freund, den Herzog von Medina-Sidonia erheben. Und bitten, dass Gott Euch eine sichere Reise schenken möge.«

Kapitel 9

In dem ihr Leben beginnt

Als er Sevilla erreicht hatte, verbrachte Shiro drei Tage mit der Suche nach Diego Molinas Witwe. Schließlich spürte er sie auf, stellte sich vor und berichtete ihr, dass Gerechtigkeit geübt worden war. Erst dann gestattete er sich einen Besuch in Soledad Medinas Palast. Dort erfuhr er, dass Doña Guada zurück auf ihren eigenen Landsitz gezogen war. Er traf dort am späten Nachmittag ein, fast schon im Zwielicht. Ehe er an die massive Tür klopfte, starrte er auf das Steinpflaster hinunter, auf das man ihn vor beinahe einem Jahr halb tot geworfen hatte.

Er wurde eingelassen und entdeckte als Erstes die aufkeimenden Biwa-Pflanzen, um die herum neue Fliesen verlegt worden waren. Eine Kammerdienerin begleitete ihn nach oben in das Zimmer, wo Guada ihren Neugeborenen säugte. Als sie ihn dort stehen sah, errötete sie und legte sich ein Tuch vor die Brust, womit sie gleichzeitig auch den Kopf des Kindes verdeckte. Zuerst sagten sie beide nichts. Er hörte nur den Springbrunnen unten im Garten und das Baby, das gierig die Muttermilch trank.

»Du bist gekommen«, sagte sie schließlich.

»Hier bin ich«, antwortete er.

»Lebt Julián noch?«

»Nein«, sagte er.

Sie schaute weg und nickte.

»Ich möchte nichts Näheres darüber wissen«, erklärte sie dann.

Er schwieg. Bis sie ihn wieder anschaute.

»Wie lange kannst du hier in Sevilla bleiben?«, fragte sie.

»Bis die Nachricht kommt, dass in Sanlúcar ein Schiff bereitsteht«, sagte er. »Ein paar Wochen.«

Tränen traten ihr in die Augen. Sie kämpfte nicht dagegen an. Ohne zu wissen warum, hatte sie das Gefühl, als würde alles Leben aus ihr weichen.

»Wirst du hierbleiben?«, fragte sie. »Bei mir?«

KAPITEL 10

In dem Shiro eine Entscheidung trifft

Als sie einander berührten, als sie ihre Hände hielten, als sie nackt in ihrem Bett einschliefen, spielte die Kultur keine Rolle mehr. Sobald sie wieder angekleidet waren und sich der Welt stellten – ihrer besorgten Tante, schockierten Bediensteten, ihren entsetzten Eltern –, kehrten alle Unterschiede zurück.

Sie erzählte ihm, wie sie sich in der Nacht in Baelo Claudia vorgestellt hatte, ihren Arm unter seiner Zeltplane hindurchzuschieben. Sie beschrieb die intimen Empfindungen, als seine Knie in der Kutsche von Medina-Sidonia gegen ihre gepresst waren. Nachts, wenn alle im Haus schliefen, nahmen sie das Baby, legten sich auf den Balkon im oberen Stockwerk und starrten zum Himmel. Er erzählte ihr alles von Japan, woran er sich erinnern konnte. Sie verglichen ihre Erinnerungen an Kindheitssommer – seine in den Gärten der Burg von Sendai, ihre in den weiten Ebenen um Carmona herum.

Er kam zu der Überzeugung, dass sie für ihn geschaffen war. Ihr Geruch, ihre Haut, die Art, wie sie sich anfühlte, ihr Nacken, die Blicke, die sie ihm zuwarf. Nichts, was sie sagten oder taten, beschämte sie. Jede Körperhaltung und jedes Wort waren eine Quelle des Vergnügens.

Als die Zeit kam, zog er los, um mit Hasekura Tsunenaga zu sprechen. Er gab das Schwert zurück, das dieser ihm geliehen hatte. Gemeinsam betrachteten sie Shiros wiedergefundene Waffe, die einst Anlass zum Streit zwischen ihnen geliefert hatte. Ins Gespräch vertieft, schlenderten sie am Ufer des Guadalquivir entlang zum *Compás del río*, nicht weit von der Stelle, an der Guada getauft worden war; und auch nicht weit von der Brücke, von der Shiro sich geworfen hatte. Sie mieden nur das Gebiet, wo Diebe und Männer mit schlechtem Ruf in schmutzigen Hütten hausten.

»Ich werde nicht mit Euch zurückkehren«, sagte Shiro. »Ich habe mich entschlossen, eine Weile hierzubleiben. Bitte überbringt dem Fürsten meinen Respekt und meine Entschuldigung. Und bitte versichert ihn meiner Treue. Sagt ihm, es geht um mein Herz, und ich habe keine andere Wahl. Sagt meiner Mutter, sie soll sich keine Sorgen machen und Geduld mit mir haben. Ich werde mein Versprechen ihr gegenüber erfüllen.«

»Eure Worte erfüllen mich mit Trauer, Shiro-san«, erwiderte Hasekura Tsunenaga. »Denn die Reise ist lang und gefährlich. Eure Gesellschaft wird uns fehlen. Trotz meiner Warnungen, was ihm bei einer Rückkehr nach Sendai zustoßen könnte, wird der Pater an Bord sein. Noch mehr Monate auf engstem Raum mit ihm... Ich weiß nicht, wie ich es ertragen soll.«

»Spart dem Shōgun ein wenig Brennholz«, sagte Shiro, »und werft ihn einfach ins Meer.«

»Vielleicht werde ich das«, erwiderte Hasekura Tsunenaga. »Noch unangenehmer ist allerdings, dass sechs der Samurai aus Edo, die ihren Übertritt zum christlichen Glauben zu ernst genommen haben, ebenfalls hierbleiben wollen, weil sie zu Hause die Verfolgung fürchten. Nur ausgerechnet dieser Priester nicht!«

Sie näherten sich dem *Torre del Oro*, von den Mauren im frühen 13. Jahrhundert aus Schlamm und Kalkstein erbaut.

»Ich werde versuchen, sie zu überzeugen, Hasekura-san. Und wenn mir das nicht gelingt, werde ich ihnen helfen, hier sesshaft zu werden.«

Als Shiro und Guada schließlich mit der Delegation nach Sanlúcar reisten, um das Schiff zu verabschieden, hatte sich der größte Teil der Adligen von Sevilla bereits gegen sie gestellt. Ihre einzigen Verbündeten – wichtige Verbündete, deren Sympathie allerdings ausschließlich Guada galt – waren Don Rodrigo und Doña Soledad.

In dem neugeborenen Enkel, den Guada Rodrigo genannt hatte, bekam ihr Vater seinen Erben. Weder Juliáns schäbiger Tod noch die Art und Weise, wie das Kind gezeugt worden war, oder die skandalöse Verbindung seiner Tochter mit dem Ausländer konnten ihm die Freude verderben, die er darüber empfand, dass seine Linie fortgesetzt wurde.

Außerdem spielten noch andere Erwägungen eine Rolle. Vom Herzog von Lerma hatte er erfahren, dass Shiro aus irgendwelchen Gründen ein Liebling des Königs war. Und vom König selbst wusste Rodrigo, wie hoch er Guada schätzte. Würde er also in die Verunglimpfungen der Mehrheit einfallen – darunter seine eigene Frau, die über nichts anderes mehr schwafelte –, könnte seine Stellung am Hof Schaden nehmen.

Nach der Abfahrt des Schiffes reisten sie zurück nach Medina-Sidonia und blieben eine Weile bei Rosario. Auf den Familiensitz des Herzogs zurückzukehren, einen Ort, den er nie wieder zu sehen geglaubt hatte, bewegte Shiro auf eine Art und Weise, die er nicht in Worte fassen konnte. Gemeinsam schauten sie den beiden kleinen Jungen auf einer großen Alpujarreño-Decke zu, die sie im Garten ausbreiteten, wo Guada und Shiro sich zum ersten Mal begegnet waren. Rosario verhielt sich zurückhaltend und freundlich. Vor einer Weile noch hatte es so vieles gegeben, was die beiden jungen Frauen getrennt hatte. Nun aber schien sie eine Menge zu verbinden, nicht nur Witwen- und Mutterschaft, sondern auch öffentliche Missbilligung. Aus sentimentalen Gründen wurde ein Ausflug nach Baelo Claudia geplant, bis die jungen Frauen fürchteten, dass die starken Winde dort den Kleinkindern nicht bekommen würden. Nach der *Semana Santa* machten Shiro und Guada sich wieder auf den Weg nach Sevilla, diesmal über Ronda.

In jener freundlichen Gebirgsstadt machte Shiro vom Köcher und den Pfeilen des Königs Gebrauch, als er für die *Hermandad del Santo Espíritu* eine Vorführung im Bogenschießen zu Pferd gab. Die Vornehmen des Ortes feierten ihn, da seine Fähigkeiten sie mehr beeindruckten als die verdächtige Verbindung mit der Tochter eines spanischen Granden.

Sie übernachteten in einem Zimmer, dessen Decke mit Kalligrafien von Koranzitaten geschmückt war und das einen weiten Blick auf die Hügel am Río Guadiaro erlaubte. Hier und dort konnten sie in der Landschaft einen von Kaminfeuer erhellten *cortijo* ausmachen.

Kapitel 11

*In dem Guada nach La Moratalla
zurückkehrt*

Zwei Monate später war Guada erneut schwanger. Sobald sie ganz sicher sein konnte, reiste sie zu ihrer Tante nach Sevilla. Seit ihr Vater mit der Nachricht von Juliáns Verhaftung aus Madrid zurückgekehrt war, war dies ihr erster Besuch in Soledads Palast. Bei der Erinnerung daran, wie sie hier in ihrer schlimmsten Zeit Zuflucht gefunden hatte, fühlte sie sich wie in einem zweiten Zuhause. Sich durch die Gänge des Palasts zu bewegen, schenkte ihr Trost, trotz aller Ungewissheit über die bevorstehende Reaktion Doña Soledads auf die Neuigkeiten.

Tante und Nichte aßen im selben Raum zu Mittag, in dem sie einst über Guadas bevorstehende Hochzeit gesprochen hatten.

»Ich erwarte ein Kind«, sagte Guada.

Doña Soledad, die wegen des Jahrestags des Todes ihres ältesten Sohnes Schwarz trug, hob einen Löffel mit gekühlter Mandelsuppe zum Mund und ließ ihn sich auf der Zunge zergehen. Erst dann antwortete sie.

»Ich gratuliere dir, meine Liebe. Freust du dich?«

»Sehr«, sagte Guada.

»Weiß sonst noch jemand Bescheid?«

»Nur Shiro. Ich wollte es dir zuerst erzählen.«

Soledad lächelte in dem Versuch, ihre Anspannung zu verbergen. Einen Moment lang schloss sie die Augen, dann fasste sie einen Entschluss.

»Dein Vertrauen ehrt mich, Guada. Darf ich dir einen Rat geben?«

»Deshalb bin ich hier.«

»Wenn du in Sevilla bleibst, wirst du von Monat zu Monat mehr zu leiden haben. Nicht nur wegen der Meinung der Leute, sondern auch wegen deiner Mutter. Ich würde vorschlagen, dass du mit deinem Freund nach La Moratalla ziehst. Ich komme mit Euch. Aber wir erzählen allen, die es betrifft, dass wir nach Italien reisen. Es wird leichter für dich, wenn du das Baby im nächsten Jahr als *fait accompli* präsentierst.«

»La Moratalla…« Guada wandte den Blick ab.

»Gefällt dir die Idee nicht?«

»Doch«, sagte sie. »Die Idee ist wunderbar, nur dass ich mit Julián nach unserer Hochzeit dort war.«

»Es ist mein Zuhause«, sagte Soledad. »Irgendwann wird es dir und deinen Kindern gehören. Besser, du wirst deine schlechten Erinnerungen los, indem du gute an ihre Stelle setzt. Weiß dein Freund, dass du mit Julián dort warst?«

»Nein.«

»Dann wird es unser Geheimnis bleiben. Du wirst sehen, dass sich deine Sorgen nach kurzer Zeit in Luft auflösen.«

Don Rodrigo und Doña Inmaculada waren beunruhigt und verärgert, dass sie ihren Enkel so lange nicht sehen würden. Mit aller Macht versuchten sie Guada zu überreden, ihn in ihrer Obhut zu lassen. Andererseits waren sie erleichtert, dass Guada während ihrer einjährigen Abwesenheit unter den Fittichen Soledad Medinas stehen würde, der bedeutendsten Doyenne in ihrer Welt.

Guada, Shiro, Doña Soledad und das Kind brachen im Mai mit einem kleinen Gefolge von Dienern auf. Im Juni wurde Guadas Schwangerschaft sichtbar. Doña Soledad hatte seit der Zeit, als sie selbst in Guadas Alter gewesen war, kaum noch Zeit in La Moratalla verbracht. Was ihr zunächst wie ein Opfer vorgekommen war, wandelte sich bald zu einem echten Vergnügen. Die Gärten waren gepflegt und mit Mulch fruchtbar gehalten worden, die Statuen waren gereinigt, Risse im stattlichen Gebäude ausgebessert. Die Orangen- und Zitronenhaine hinter dem Haus waren geharkt und gepflegt, ihre schlanken Stämme geweißt. Der zum Haus gehörenden Dienerschaft wurde jegliches Herumschnüffeln verboten; wer zur Diskretion nicht in der Lage schien, wurde entlassen und ersetzt.

Trotz allem, was sie von ihrer Nichte und dem Herzog gehört hatte, hegte Doña Soledad ernsthafte Zweifel an dem Fremden und seinem angeblichen Status eines Prinzen. Doch sobald sie sich in La Moratalla eingelebt hatten, nahm er sie für sich ein. Seine zurückhaltende Art, seine Liebe zu ihrem Land, sein Benehmen und seine aristokratische Haltung, seine ungenierte Begeisterung für Blumen, sein Hang zur Reinlichkeit und vor allem die Liebe, mit der er ihre Nichte überschüttete, ließen sie endgültig weich werden. Er verkörperte nicht die spanische Art von Männlichkeit, die sie ihr Leben lang gekannt hatte. Heuchelei und Derbheit schienen ihm ebenso fremd wie eine gekünstelt raue Stimme. Seine guten Manieren waren nicht gespielt und kamen ohne falsche Töne aus. Er neigte weder zu zweifelhaftem Geschmack noch zu einem Anflug von Vulgarität.

Sie bewohnten Suiten an den entgegengesetzten Enden der Finca. Da das Landgut von den beiden wichtigsten Städten der Provinz gleichermaßen weit entfernt lag, erklärte Doña Soledad, wenn sie sich abends in ihre Räume zurückzog: »Ich verschwinde nach Sevilla.« Guada entgegnete dann: »*Vaya usted con dios*. Wir gehen auch bald nach Córdoba.« Kein einziges Mal kamen sie auf die Idee, das Grundstück zu verlassen. Wenn sonntags der Priester aus dem Real Monasterio de San Francisco in Palma del Río kam, besuchte Doña Soledad zusammen mit ihrer Kammerdienerin die Messe in der Kapelle von La Moratalla. Auch Guada nahm teil, hinter einer *celosia* auf dem Balkon verborgen, den man für einen Chor errichtet hatte.

Auf dem Gelände gab es eine römische Ruine, zwei Steinsäulen in einem Wäldchen, wo sie manchmal zum Picknick rasteten. Während der brütend heißen Sommermonate gingen sie manchmal zum Guadalquivir, der einen Teil der südlichen Grenze des Grundstücks bildete. Der Fluss war an dieser Stelle schmal, aber klar und tief. Shiro schwamm und nahm den kleinen Jungen mit ins Wasser, was von den aus dem Schatten zuschauenden Frauen mit besorgten Rufen kommentiert wurde.

Als der Herbst kam, wurden die Abende kühler, die Luft klarer und die Tage insgesamt angenehmer. Der einzige andere Ort, an dem Shiro sich derart zu Hause gefühlt hatte, war Sendai. Er wollte es in seinen Gedanken stets gegenwärtig halten, obwohl er sich mit jedem Tag mehr dem andalusischen Arkadien verbunden fühlte, das ihn umgab.

An einem Septemberabend gegen Ende von Guadas achtem Schwangerschaftsmonat lagen sie wach im Bett. Zwei Kerzen flackerten. Sie lauschten den Eulen und Springbrunnen.

»Weißt du, wovor meine Tante die meiste Angst hat?«, fragte Guada. »Dass du mich ihr wegnimmst, bevor sie stirbt. Und mich weit weg nach Japan bringst.«

Es war eine Möglichkeit, über die Shiro oft nachgedacht hatte. Er wollte gern seine Mutter sehen und auch Date Masamune, damit er bei seinem Herrn nicht in Ungnade fiel. Er war immer noch ein Samurai, kein abtrünniger Ronin.

»Irgendwann muss ich zurückkehren«, sagte er. »Aber die Reise ist sehr ungemütlich und gefährlich. Das ist nichts für eine Frau wie dich oder für kleine Kinder. Es schmerzt mich jedes Mal, wenn ich darüber nachdenke.«

Sie hatte sich immer gewünscht, solche Art Gespräche als verheiratete Frau führen zu können, doch mit Julián war es nie dazu gekommen. Sie wünschte sich, es würde immer so bleiben.

»Ich will das Land kennenlernen, aus dem du kommst«, sagte sie. »Ich möchte deine Mutter kennenlernen. Und unser Kind soll wissen, wo sein Vater geboren wurde.

Frauen ›wie ich‹ sind schon häufig in die Neue Welt gereist.«

»Wir können warten«, sagte er. »Mir liegt nichts daran, deine Tante traurig zu machen.«

»Dann könnte es aber noch eine Weile dauern«, sagte sie. »Sie ist noch immer eine ziemlich kräftige Frau.«

»Das ist sie«, sagte er und lachte im Dunkeln.

Dann küsste er ihre Schulter.

Zwei Wochen später kamen die Wehen. Die *comadrona* wurde mitten in der Nacht geweckt und von Doña Soledads Kammerdienerin ins Zimmer geführt. Unter Schwierigkeiten wurde kurz vor der Morgendämmerung ein Mädchen entbunden. Guada hatte schrecklich gelitten und blutete stark. Shiro hielt ihre Hand und stand schweigend neben ihr, als die Farbe aus ihrem Gesicht wich. Doña Soledad sank auf die Knie und betete.

KAPITEL 12

In dem Shiro ein Versprechen ablegt

Soledad Medina sah zu, wie er ihre Nichte badete, sie zum Abschied küsste und das Leichentuch über sie zog. Sie begruben Guada in der Nähe der römischen Ruinen an einem Steilhang mit Blick über den Fluss, in dem das Baby eine Woche später getauft wurde. Wie Guada es gewünscht hatte, bekam das Mädchen den Namen Soledad María.

Vor seiner Rückkehr nach Sevilla besuchte Shiro die Grabstelle, um dort die letzten verbliebenen Biwa-Samen auszusäen. Dann kopierte er in japanischer Sprache das Gedicht, das seine Mutter auf dem Grab ihres ersten Ehemanns hinterlassen hatte und das er schon in seiner Jugend auswendig gelernt hatte. Er schrieb es auf ein einfaches Stück Papier, legte es ins Gras und beschwerte es mit einem Stein.

Wenn der Schnee fällt, stechen meine Augen
Im Winter sah ich dich
Wenn der Hashidoi blüht, hebt sich meine Brust
Im Frühjahr umarmte ich dich
Wenn Zikaden singen, werden meine Glieder schwer

Im Sommer liebte ich dich
Wenn die Blätter sterben, lässt mein Atem mich im Stich
Im Herbst verließest du mich

Als er hörte, dass seine Tochter in Florenz einem Fieber erlegen war, begann Don Rodrigo zu weinen. Doña Inmaculada wurde ohnmächtig. Der kleine Junge wurde zu ihnen gebracht, und Doña Soledad beschloss, noch eine Weile über das kleine Mädchen zu schweigen.

Shiro packte seine Habseligkeiten zusammen und zog mit seiner Tochter in den Palast. Für drei Monate zog eine Amme ins Haus. Shiro ermutigte die sechs Samurai, die in Spanien geblieben waren, sich in Coria del Río niederzulassen, wo man sich gut um ihn gekümmert hatte. Er nannte ihnen Namen, gab ihnen ein Empfehlungsschreiben mit und erklärte ihnen, dass sie dort so nah am Meer ihren Lebensunterhalt mit der Gewinnung von Kaviar des Störs bestreiten könnten. Auch wenn er selbst nie mehr in das Dorf zurückkehrte, fanden die anderen Samurai dort ihr Auskommen und heirateten nach einer Weile spanische Frauen.

Nach Ablauf eines Jahres spürte Doña Soledad, was bevorstand. Sie konnte das Schweigen nicht länger ertragen und bat Shiro eines Morgens nach dem Frühstück in ihr Wohnzimmer. Sie beide trugen immer noch Schwarz.

»Ich möchte gern wiederholen, dass du herzlich eingeladen bist, in diesem Haus bis an dein Lebensende zu wohnen«, sagte sie. »Du bist jung und wirst vielleicht irgendwann zu dem Entschluss kommen, wieder zu heiraten. Sollte es so kommen, wäre mir deine Gesellschaft auch weiterhin willkommen.«

Er verneigte sich vor ihr.

»Ich werde der Kleinen alles vermachen, was ich besitze«, fuhr sie fort. »All meinen Landbesitz, mein Einkommen, meine Rücklagen. Du sollst daran teilhaben und es verwalten, bis sie zu einer jungen Frau heranwächst. Ich fürchte, ich werde nicht mehr lange genug hier sein, um das mitzuerleben.«

Ihnen beiden war bewusst, was sie hier tat. Sie versuchte mit all ihren Mitteln, ihn zum Bleiben zu bewegen.

»Ich muss in mein Heimatland zurück«, sagte er. »Und ich muss meine Tochter mitnehmen. Ich weiß nicht, wie die Menschen hier auf sie reagieren, wenn sie älter wird. Ich hoffe, du kannst mir vergeben.«

»Deine Tochter wird eines Tages von allen in Sevilla beneidet werden«, sagte sie, noch nicht bereit, sich geschlagen zu geben. »Sie wird außergewöhnlich schön sein und zur vornehmsten Familie der Stadt gehören. Und – ich hoffe, du verzeihst mir diese Vulgarität – sie wird extrem reich sein, genau wie du. Ich weiß, dass du dieses Land ins Herz geschlossen und mächtige Freunde hier hast. Ich bitte dich zu bleiben. Oder sie hier bei mir zu lassen.«

Er stand auf und trat an ein Fenster mit Blick auf den Garten, wo ein buchsgesäumter Pfad an einer von zwei Palmen eingerahmten Bank endete. Überall flatterten Vögel. Er versuchte, sich diese Frau in ihrer Jugend vorzustellen, als sie in den Herzog verliebt gewesen war. Dieses Bild besänftigte ihn. Er schloss eine Weile die Augen, öffnete sie wieder und drehte sich zu ihr um.

»Wir müssen gehen«, sagte er. »Ich habe ein Versprechen gegeben. Meine Ehre verlangt, dass ich es halte. Aber wir könnten nachher zurückkommen.«

Das war schon mal etwas, dachte sie. Wenn auch nicht viel. Und Gott allein wusste, was ihnen auf einer derart höllischen Reise zustoßen konnte. Oder wie der junge Mann sich fühlen würde, wenn er erst wieder unter seinesgleichen wäre. Das Leben schritt nun einmal immer voran. Ein Zurück gab es nur selten.

»Dann kannst du vielleicht auch mir ein Versprechen geben«, sagte sie. »Versprich mir, dass du sie zu mir zurückbringen wirst. Damit sie sehen kann, was sie hier hat und was hier so lange wie nötig auf sie wartet. Versprich mir, ihr die Chance zu geben, für sich selbst zu entscheiden.«

Er sah nicht, wie er ihr diesen Wunsch abschlagen konnte. Und abgesehen davon verspürte sein gebrochenes Herz Dankbarkeit. Er ging auf sie zu, verneigte sich, kniete vor ihr nieder und küsste ihre zerbrechliche Hand. »Ich verspreche, dass ich sie dir zurückbringen werde«, sagte er.

»Dann zaudere nicht, Shiro-san«, sagte sie weinend. »Denn ich lebe nicht ewig. Und wenn ich sterbe, ehe ich sie wiedergesehen habe, werde ich den schlimmsten Tod sterben, den je ein Mensch erlitten hat.«

»Wir werden in vier Jahren zurückkehren«, sagte er. »Und lange genug bleiben, dass sie selbst entscheiden kann.« Und so meinte er es auch, obwohl er noch keine Vorstellung davon hatte, wie er diesen Vorsatz umsetzen konnte.

»Pass gut auf sie auf«, sagte sie und packte seinen Arm.

»Ich würde mein Leben geben, um sie zu beschützen«, erklärte er.

Drei Monate später legte das Schiff in Sanlúcar ab, um über Santa Cruz auf Teneriffa bis Havanna zu segeln. Der Samurai stand auf dem Vorschiff und hielt die kleine Soledad María in den Armen. Er hatte sie in ein Tuch gewickelt, das Guada gehört hatte. Vater und Tochter schauten auf die sich langsam entfernende Küste Spaniens. Shiro erinnerte sich, wie er sie das erste Mal vom Deck der San José aus gesehen hatte, unsicher, was ihn erwarten würde. Und wie er eine Nacht länger an Bord geblieben war, bevor er den spanischen Boden betreten hatte.

Trotz des Schmerzes und Unglücks, die ihn in diesem Land ereilt hatten, war es ihm ans Herz gewachsen und hatte ihn verändert. Bei seiner Ankunft war er ein unreifer Bursche gewesen, der vorgab, ein Krieger zu sein. Nun verließ er es als Mann, als echter Samurai. Würden sie sicher in Japan ankommen? Würde sein Herr böse auf ihn sein? Würde er sich in Sendai noch zu Hause fühlen? Würde seine Mutter noch leben? Er erinnerte sich an ihre letzten Worte: »Liebe deine Einsamkeit. Lass sie nicht los, bewahre sie tief in deinem Herzen.« Das spanische Wort für Einsamkeit war »Soledad«. Jetzt, nach Guadas Tod, war sie seine größte Aufgabe.

Das Schiff erreichte die hohe See. Seine kleine Tochter atmete ruhig. Es war gut, am Leben zu sein.

Geschrieben in
Madrid, Córdoba & Williamstown 2014/2015

Jeffrey Archer

Die große *Clifton-Saga*

978-3-453-47134-4

978-3-453-47135-1

978-3-453-47136-8

978-3-453-41991-9

978-3-453-41992-6

978-3-453-42167-7

978-3-453-42177-6

Leseproben unter **www.heyne.de**

HEYNE ‹